DANS LA FOSSE AUX TIGRES

Kim Hyun Hee

DANS LA FOSSE AUX TIGRES

Document

PRESSES DE LA CITÉ

Titre original : *The Tears of my Soul*
Traduit par René Baldy

ISBN 2-258-03774-3

Ce livre est dédié aux familles des victimes du vol 858. Tous les revenus tirés du présent ouvrage leur seront intégralement versés.

Prologue

Séoul, Corée du Sud, 25 avril 1989.

Je suffoque dans cette pièce lugubre où l'on m'a fait asseoir pour attendre le verdict. Dehors, une foule déchaînée se bouscule dans le couloir qui conduit au prétoire et, par moments, j'ai l'impression que la porte va céder sous sa poussée. J'ai peur. Des voix haineuses grondent. Tout le palais de justice semble secoué par leurs malédictions. « Criminelle », « Terroriste », « Meurtrière »...

C'est de moi qu'ils parlent. C'est cela qu'ils me jettent à la figure à travers cette porte. Je serre les poings.

Je tremble de tout mon corps à les entendre hurler de la sorte et je me souviens des procès qu'on nous faisait étudier en classe, autrefois. Maintenant, je comprends la terreur de ces hommes et de ces femmes qui furent traduits pour trahison devant le tribunal du peuple, après le départ de l'occupant japonais. C'est peu dire que je la comprends : je la connais. Je la vis.

Je suis entourée par un médecin, une infirmière et trois agents spéciaux, qui ont pratiquement partagé tous les instants de ma vie cette année. Pourtant, je ne me suis jamais sentie aussi seule. Nous pouvons bien avoir été très proches les uns des autres, aujourd'hui c'est à moi, et à moi seule, qu'on va annoncer la sentence. Ils sont innocents, eux. Ils ont un avenir. Comme je les envie!

Une indicible détresse s'empare de tout mon être. J'essaie de trouver le réconfort dans les versets de la Bible que le pasteur m'a écrits sur un billet tout à l'heure, mais je suis interrompue dans mes pensées par l'arrivée de quatre policiers à l'uniforme empesé et aux insignes étincelants. Ils m'encadrent pour me protéger et, fendant la foule, m'escortent jusqu'à la salle d'audience. Le procès s'est déroulé à huis clos mais la sentence va être prononcée en audience publique. C'est la première fois que ces gens peuvent me voir et une sorte de frénésie s'empare d'eux. Ils m'insultent, me maudissent, crient comme des bêtes furieuses. Si on les laissait faire, ils m'écorcheraient vive.

– Chienne! siffle une vieille femme sur mon passage. Tu as tué mon seul fils. Qui va s'occuper de moi maintenant?

Le trajet jusqu'au banc des accusés est interminable. Je m'efforce de rester impassible mais, au moment où je peux enfin m'asseoir, mes nerfs lâchent. J'éclate en sanglots et, comme une litanie, je murmure doucement : « Maman, maman... »

De tous les destins que ma mère a pu envisager pour moi, celui-ci était certainement absent. Je me rapelle la bonté, le dévouement total avec lesquels elle m'a élevée. Et je ne puis m'empêcher de penser que j'ai manqué à tous mes devoirs envers elle. Je la revois en train de me pomponner, je revois les dentelles qu'elle confectionnait elle-même et qu'elle cousait sur mes uniformes d'écolière. Elle aurait le cœur brisé si elle me voyait ici, en ce moment.

J'ai trahi les espoirs de ma mère. J'ai aussi trahi ceux de mon pays. Les aveux que j'ai passés auprès des autorités sud-coréennes doivent être considérés par mon gouvernement comme la pire des forfaitures. A cause de mon échec et de ma disgrâce, les miens vont, très probablement, être arrachés à leur foyer et internés par l'administration nord-coréenne dans l'un de ses épouvantables camps de travail forcé. Sans doute vont-ils y passer le reste de leur existence. Non contente d'avoir détruit ma vie, j'ai détruit la leur.

La cour s'avance et la procédure se poursuit dans un bourdonnement feutré auquel je ne parviens pas à m'intéresser. Pour moi, l'affaire est réglée d'avance : je suis condamnée à mort. J'ai placé une bombe à bord du vol 858 de la Korean Air et je suis responsable de la mort de cent quinze personnes. Curieusement, c'est seulement en entrant dans cette salle d'audience que la réalité de mes actes m'apparaît enfin dans toute son horreur. Bien sûr, j'ai mis une bombe dans l'avion mais je n'ai vu ni l'explosion ni le lieu du crash et, jusqu'à présent, j'éprouvais un étrange sentiment de détachement par rapport à mon crime, comme s'il n'avait pas eu lieu, comme si je n'y étais pour rien. C'est la confrontation avec les familles des victimes, avec tous ces gens éplorés, qui me fait sentir, au plus profond de moi-même, l'atrocité de l'acte que j'ai commis. Et maintenant, je n'arrive plus à me tourner vers le public. Chaque personne présente dans cette salle incarne une vie brisée. Je me sens trop faible; je n'ai pas le courage de les regarder.

Le plus déchirant, c'est ce petit groupe, essentiellement composé de femmes âgées, et qui s'accroche encore à l'espoir fou que tout ceci n'est qu'une mise en scène, que leurs proches ont été retenus en quelque lieu par le gouvernement sud-coréen, et qu'ils sont toujours en vie.

Je voudrais aller vers eux, les serrer dans mes bras, leur dire combien je m'en veux, mais je n'arrive qu'à pleurer, et pleurer encore.

En me confiant cette mission, il y a deux ans, on m'avait dit que j'allais servir mon pays, pour sa plus grande gloire. Et je croyais, sans discussion possible, ce que disait notre Grand Leader Kim Il Sung, car il était le sauveur de la Corée du Nord. Je sais aujourd'hui à quel point j'ai été naïve de croire pareilles choses. Je n'ai pas réunifié les deux Corées comme les agents de Kim le faisaient croire. Je ne suis pas une héroïne nationale comme ils me l'avaient promis. Ce que je suis aujourd'hui ne mérite même pas le nom de femme. Je suis un monstre odieux, sans âme.

Soudain, je me rends compte que j'ai dans la main les versets écrits par le pasteur. Je n'arrive pas à lire à travers mes larmes mais la mémoire me revient :

N'aie pas peur car je suis avec toi;
N'aie aucune crainte car Je suis ton Dieu.
Je te donnerai la force et t'assisterai;
La puissance de Ma main te soutiendra.

Mais répéter ces mots ne me console pas. Je ne peux plus croire qu'un Dieu, quel qu'il soit, aussi bon et indulgent soit-il, puisse me pardonner ce que j'ai fait.

Pendant les longs mois de ma réclusion, ma seule consolation était que, bientôt, il me serait permis de mourir. Une fois, déjà, j'ai manqué mon rendez-vous avec la mort lorsque Kim Seung Il, mon complice dans cette action, et moi-même avons été arrêtés à l'aéroport de Bahreïn. Suivant les ordres qui nous avaient été donnés, nous avons croqué les ampoules de cyanure cachées dans les filtres de nos cigarettes. Kim a réussi. Il est mort sur le coup. Mais moi, j'ai été ramenée à la vie pour subir, mois après mois, le calvaire de la culpabilité, le remords de ce crime affreux. Il était dans l'ordre des choses, je pense, que moi, la plus jeune des deux agents, je vive plus longtemps et connaisse cette souffrance.

Voilà qu'on me demande de me lever et je comprends qu'enfin on va me faire entendre la sentence. Le juge me demande si j'ai quelque chose à ajouter. Je fais tout mon possible pour me calmer et parviens à bredouiller confusément :

– Enfin, j'ai réalisé la gravité de mon crime. Je vous remercie de m'avoir offert la possibilité de dire la vérité, de l'entendre aussi. Je n'éprouve rien d'autre que de la haine à l'égard de Kim Il Sung et je juge bien insuffisant et inadéquat de présenter mes excuses aux familles des victimes.

Je marque une pause. J'essaie de trouver en moi le courage de requérir leur indulgence. Car, bien que j'estime avoir mérité la mort et bien que je l'attende depuis des mois comme une délivrance, je me sens défaillir à la perspective de mon exécution, maintenant qu'elle devient une réalité tangible. Mais je n'arrive pas à émettre le moindre son. Les mots restent bloqués dans ma gorge tandis que ma raison me dit qu'il vaudrait mieux mourir que vivre dans ces conditions et qu'implorer leur pitié serait un acte vil et déshonorant. Pourtant, une sorte d'instinct, quelque part au plus profond de moi, voudrait que je parle, que je dise quelque chose. Soudain, les tiraillements contradictoires cessent et j'ai cet étrange sentiment qu'il me reste quelque chose à faire, une tâche ou une pénitence à accomplir. Je dois vivre. Il le faut...

Mais le juge interprète mon silence comme un point final et reprend sa lecture. Et voilà, brusquement, que je l'entends me dire :

– Attendu que l'accusée a reçu de Kim Jung Il, fils de Kim Il Sung, l'ordre de détruire à l'aide d'un engin explosif le vol 858 de la Korean Air, attendu que l'accusée a exécuté cet ordre, causant la mort de cent quinze personnes innocentes..., etc. Soucieuse de décourager quiconque envisagerait de commettre des actes similaires, la cour a décidé d'appliquer la peine maximale. La peine capitale est donc requise contre l'accusée.

Un rugissement monte de la foule. Bien que ce soit pour moi la sentence attendue, je me sens soudain comme assommée. Mon cœur bat la chamade et mon sang se glace dans mes veines. Je reste un instant paralysée puis, de nouveau, les larmes jaillissent et se déversent à flots de mes yeux.

Adieu Maman, adieu Papa, adieu Hyun Ok ma sœur et Hyun Soo mon frère. Cette fois, je suis définitivement perdue pour vous.

On me fait sortir de la salle. Je suis tellement bouleversée que je n'entends rien des cris et des ricanements qui ponctuent chacun de mes pas. Dans le fourgon qui me reconduit en prison, je me prends à souhaiter frénétiquement qu'on me laisse revoir ma famille avant de mourir. Mais, en même temps, je sais bien qu'un tel espoir est complètement futile. Je pense à mon polisson de frère, à ma sœur, si belle, et je prie pour qu'ils soient vigilants et ne suivent pas la même voie que moi. Et puis, de nouveau, je pense à ce que le gouvernement nord-coréen risque de leur faire subir. Peu importe que ma famille ait tout ignoré de cette mission (en fait, ils ne savaient même pas que j'étais devenue agent secret), elle va payer le prix fort pour mes aveux, pour ma trahison envers mon pays.

Pour moi, le vrai supplice commence. A partir de maintenant, la seule chose que je puisse faire, c'est compter. Compter les jours, jusqu'à celui où ils me tueront.

1

Je suis révoltée lorsque je pense aux millions d'enfants qui naissent chaque année en Corée du Nord, mais aussi à tous ceux qui y sont nés depuis quarante ans, c'est-à-dire depuis la fin de l'occupation japonaise. Chacun de ces enfants a été ou sera éduqué comme je l'ai été moi-même et chacun d'eux avalera les mêmes mensonges. Quelle désolation de voir une chose pareille se perpétuer ainsi. Quel gaspillage de vies humaines! Mais, dans un sens, cela explique comment j'ai pu en arriver à trouver de bonnes raisons de faire ce que j'ai fait.

Je suis née le 27 janvier 1962 à Gaesung, dans la maison de mes grands-parents maternels. J'étais le premier enfant de ma mère, et tout le monde, surtout mes grands-parents, aurait voulu un garçon. Mais leur déception fut bien vite surmontée et, mon père étant, à l'époque, en perpétuels déplacements, ils aidèrent beaucoup ma mère à s'occuper de moi. Elle m'a raconté par la suite qu'ils m'adoraient et me choyaient comme une poupée de luxe.

Mon père occupait un poste important au ministère des Affaires étrangères, mais personne dans la famille ne savait au juste en quoi consistaient ses fonctions. Il fit ma connaissance au retour d'une mission outre-mer et, à compter de ce jour, il me traita avec prévenance et gentillesse, comme le faisaient mes grands-parents.

Selon les normes sud-coréennes, c'est tout juste si on nous aurait placés dans la classe moyenne mais, en Corée du Nord, nous nous considérions comme une famille de privilégiés. Par exemple, nous avions toujours à la maison de l'huile pour faire la friture, ce qui était considéré comme un luxe. J'appris par la suite qu'en Corée du Sud, le fait de disposer d'huile pour faire frire les aliments était une chose des plus banales.

Nous vivions à Pyeong Yang, capitale de la Corée du Nord, et nous nous estimions favorisés d'être propriétaires de notre petit appartement. La plupart des gens haut placés comme mon père avaient leur propre logement mais les membres de la classe ouvrière devaient souvent partager leur habitation et il n'était pas rare de voir jusqu'à dix familles utiliser les mêmes toilettes.

Je venais d'avoir un an quand mon père fut nommé à Cuba. C'est ainsi que je vécus les quelques années qui suivirent dans la rue, devant l'ambassade de Corée du Nord à La Havane. Fidel Castro était président depuis peu et, bien que le climat politique fût encore assez troublé, Cuba était beaucoup plus prospère que la Corée du Nord. Là-bas, nous partagions avec d'autres familles de la représentation nord-coréenne un énorme hôtel particulier qui, avant la révolution, appartenait à une famille de la bourgeoisie cubaine. La maison avait été dépouillée de tout ce qu'elle contenait, riches sculptures, chandeliers de cristal, mobilier de luxe et autres miroirs aux alouettes de la société capitaliste.

En ce temps-là, on était beaucoup plus libre à Cuba qu'en Corée du Nord et nous nous y sentions comme des coqs en pâte. Ma mère m'a avoué par la suite qu'elle considérait cette période cubaine comme la plus heureuse de sa vie. Elle adorait aller faire ses courses dans les supermarchés où ne fût-ce que la variété des produits était une chose stupéfiante pour nous. Moi, qui n'avais rien connu d'autre, je pensais que tous les enfants du monde vivaient ainsi.

Chaque jour, à midi, un glacier arrêtait sa camionnette devant chez nous et, serrant quelques pièces de monnaie au creux de ma main, je me précipitais en criant :

– *El la dero! El la dero!* [1]

Je me serais fait damner pour un peu de chocolat et ma mère m'avait surnommée le Général Chocolat.

Nous étions fréquemment invités à des dîners diplomatiques et je regardais avec la plus grande curiosité les convives étrangers qui avaient la peau noire ou blanche. Je me souviens que je restais tout particulièrement bouche bée devant les gens aux cheveux blonds. Ils me paraissaient si étranges, si différents de moi. De mon côté, je faisais l'émerveillement des secrétaires cubaines de notre ambassade, qui adoraient me dorloter et me prendre sur leurs genoux.

Il y avait un piano au premier étage de notre résidence et, chaque jour, ma mère me donnait une leçon. Elle avait appris à jouer dans son enfance et avait beaucoup de talent. Plus tard, à notre retour en Corée du Nord, je découvris que, pour une famille normale, il était inimaginable d'avoir un piano à domicile. Seuls ceux qui étaient autorisés à travailler l'instrument dans une optique professionnelle pouvaient en posséder un.

Mes souvenirs cubains se fondent aujourd'hui dans le souvenir idyllique d'une vie de rêve. Je jouais souvent avec d'autres enfants et la seule ombre à ce tableau merveilleux était l'existence de Kim Jae Bong, le fils de notre ambassadeur. Il ne cessait de me battre simplement pour s'amuser et trouvait toujours une raison pour me tourmenter. Je me rappelle qu'il avait détruit mon canot pneumatique, un cadeau d'anniversaire que je chérissais par-dessus tout, en le crevant à coups de baguette. Chaque fois que j'essayais de l'oublier, il se plantait sous nos fenêtres et criait : « Hyun Hee, viens jouer avec moi! » Il me faisait penser à ces chats qui miaulent inlassablement. Il ne cessait de m'appeler que lorsqu'à bout de résistance je finissais par sortir pour jouer avec lui.

1. Déformation de *heladero*, « glacier ».

Nos chemins se croisèrent à nouveau, des années plus tard, en Corée du Nord. J'étais lycéenne à l'époque. Un jour, nous tombâmes nez à nez dans la rue et, sans me laisser le temps d'ouvrir la bouche, le regard gêné, il détala. Je savais qu'il m'avait reconnue et se rappelait quelle plaie il avait été pour moi. Ce fut une rencontre très instructive.

L'un des souvenirs de cette époque cubaine que j'aime évoquer est celui du jour où je découvris que la porte d'accès au toit de la maison n'était pas verrouillée. J'entraînai là-haut ma sœur Hyun Ok et plusieurs autres enfants. Nous restâmes des heures assis au bord du toit, les jambes pendant dans le vide, jusqu'à ce que des ouvriers de l'entretien nous aperçoivent et avertissent nos parents qui vinrent, livides de peur, nous récupérer.

Même durant cette époque bénie, on nous inculqua la doctrine de Kim Il Sung. Les premières paroles qu'on nous apprit à prononcer étaient : « Merci à toi, Kim Il Sung, notre Grand Leader. » On nous enseigna également la haine de l'Amérique. Ce sentiment de haine s'enracina profondément dans nos âmes de jeunes enfants. En Corée du Nord, l'Amérique est définie comme « l'ennemi de toujours avec lequel nous ne pourrons jamais vivre en harmonie sous le même ciel ». Quand nous étions à Cuba, mon père évoquait fréquemment l'imminence d'une attaque par les impérialistes yankees et, un jour que nous étions à la plage – un lieu magique pour moi, avec ces étendues de sable et cette mer qui roulait à l'infini –, il me montra une ligne à peine visible sur l'horizon.

– Regarde, Hyun Hee, c'est l'Amérique, une contrée maudite à la surface du globe.

Ces paroles me terrifièrent et j'eus peur que mon canot gonflable ne s'échappe pour s'en aller à la dérive vers cette Amérique de malheur. Je me mis aussi à avoir peur des bouteilles et des boîtes métalliques qui flottaient alentour car on m'avait dit qu'elle venaient d'Amérique. Ces terreurs prirent de telles proportions que, bientôt, je refusai d'aller à la plage.

Au bout de cinq ans de service à Cuba, mon père fut rappelé à Pyeong Yang. Entre-temps, mon frère Hyun Soo était né. Avant le départ, ma mère m'emmena chez le coiffeur car, disait-elle, une fois au pays, il ne serait plus possible de se faire faire une permanente. Je ne le savais pas encore mais ce retour en Corée allait marquer un changement radical et définitif dans ma vie.

A Pyeong Yang, je fus inscrite à l'école primaire publique Hashin. C'est là que le conditionnement idéologique commença pour de bon. Le travail scolaire proprement dit ne nous occupait même pas à mi-temps. La plus grande partie de notre journée était, en effet, consacrée à l'enseignement de la doctrine de Kim Il Sung. Pendant deux mois pleins nous travaillâmes une chanson, intitulée *Tête de potiron*, qui commémorait la victoire de Kim Il Sung sur les Japonais. Kim, disait cette chanson, avait infligé aux soldats japonais une défaite tellement cuisante que ces derniers, incapables de transporter leurs morts, avaient dû se contenter d'en rapporter les têtes dans leur pays. Tous les élèves étaient inscrits à des activités extrascolaires à caractère idéologique. Ces activités étaient tellement prenantes qu'il nous arrivait souvent de ne pas rentrer chez nous avant dix heures du soir.

L'année du cours élémentaire, je fus choisie avec neuf autres élèves pour chanter à une fête de la jeunesse à laquelle Kim Il Sung en personne devait assister. Pendant deux mois, nous répétâmes notre chanson, qui s'intitulait *Nous aimons l'uniforme que nous a donné notre Grand Leader*. Cela se passait en plein hiver et, après les répétitions, je devais attendre le dernier bus, parfois pendant des heures. J'avais les pieds gelés et jamais je ne me plaignis ni du froid ni de la longueur des répétitions car je savais que c'était un grand honneur de chanter pour notre Leader Bien-Aimé.

Cette même année, il y eut des inondations et les

familles qui habitaient au rez-de-chaussée de notre immeuble durent se faire héberger par celles qui avaient des appartements dans les étages. Pour les enfants, c'était très amusant. Nous passions nos nuits sur le toit à regarder le niveau des eaux baisser progressivement.

Peu après les crues, de terribles rumeurs se répandirent dans le pays. On parlait d'une guerre imminente avec les États-Unis après l'arraisonnement par la Corée du Nord du navire américan *Pueblo*. L'atmosphère était très tendue à Pyeong Yang. Pensant qu'il faudrait bientôt évacuer la ville, les gens se mirent à préparer des paquets de vêtements et de denrées alimentaires. Des affiches, placardées sur les murs de la capitale, disaient : « A l'offensive nous répliquerons par l'offensive, aux représailles par les représailles. » Les adultes se tuaient au travail pour préparer cette guerre mais, pour les enfants, c'était, encore une fois, beaucoup d'amusement. Nous observions les événements avec grand intérêt et chapardions de la nourriture dans les stocks entassés un peu partout. Parfois, les sirènes du couvre-feu nous éveillaient en pleine nuit et nous montions sur le toit pour regarder les lumières s'éteindre et la ville sombrer dans l'obscurité. D'autre fois, généralement vers quatre heures du matin, c'étaient les sirènes d'alerte aérienne qui se mettaient à hurler et nous sautions du lit pour foncer vers les collines voisines, où se trouvait notre abri.

Durant cette période, la purge frappa Ho Bonghak et Kim Changbong, deux proches conseillers de Kim Il Sung. Le gouvernement ordonna que leurs noms soient rayés des manuels d'histoire. Et, dans un grand élan digne des romans de George Orwell, chacun de nous exécuta consciencieusement la consigne, qui d'un coup de grattoir, qui d'un gros trait d'encre. Les conseillers étaient devenus des « non-personnes ».

Les activités de groupe étant jugées plus importantes que l'instruction scolaire, nous passions une grande partie de notre temps au sein de la section Jeunesse, où un certain nombre de tâches nous étaient assignées. Par exemple, lorsque Kim Il Sung décida que les femmes devaient cesser de porter le pantalon pendant l'été, nous fûmes envoyés en patrouilles dans les rues pour contrôler la tenue vestimentaire des passants. Si des femmes étaient sorties en pantalon ou si quelqu'un avait oublié d'épingler à son revers le badge de Kim Il Sung, nous, les enfants, nous leur demandions leur identité et ils étaient immédiatement signalés à leurs contremaîtres, sur leur lieu de travail.

On nous avait dit que, pour écraser les impérialistes américains, il nous faudrait acheter des armes à l'étranger. Aussi nous envoyait-on chaque jour, pendant des heures, ramasser dans les rues des morceaux de ferraille, des bouteilles et autres objets recyclables afin de les revendre ensuite contre des devises étrangères. Nous avions des quotas à respecter et les enfants qui ne remplissaient pas leur contrat étaient réprimandés en public. Bien vite, la récupération devint un terrain de compétition féroce entre nous.

On nous demandait aussi de collecter les peaux de lapins et de chiens ainsi que le plus grand nombre possible d'asticots. Je ne parviens pas à me rappeler la justification invoquée pour le ramassage des asticots. Toujours est-il que nous en trouvions en abondance, grouillant sur les déjections, dans les toilettes publiques dépourvues de chasse d'eau. La collecte des asticots faisait l'objet, elle aussi, d'une compétition acharnée. Quant aux déjections elles-mêmes, on nous demandait aussi de les collecter et, lorsque nous en avions formé de grands tas, elles étaient expédiées par bateau aux agriculteurs qui les utilisaient comme engrais. Chacun d'entre nous était noté en fonction de la quantité des produits récoltés. Plus tard, lorsque des cartes de rationnement furent distribuées, les notes qui nous avaient été attribuées lors de ces collectes furent prises en considération pour l'obtention de certains avantages.

La collecte la plus difficile était celle des fleurs, dont on nous demandait d'orner les statues de Kim Il Sung et leurs abords. Comme il n'existait pas de fleuristes en Corée du Nord, le seul moyen que nous avions pour remplir nos quotas était de graisser la patte à un gardien de serre de notre quartier.

Voilà à quelles activités nous occupions notre temps. Même pendant les congés scolaires, il était impensable de partir en vacances avec notre famille. Au contraire, on nous obligeait à consacrer nos moments de loisirs aux projets de la section Jeunesse.

Durant cette période de ma vie, un deuxième garçon naquit chez nous, un adorable bambin qui reçut le nom de Bum Soo.

Des événements qui marquèrent mon enfance, le plus extraordinaire est sans doute mon expérience de vedette de cinéma. Un agent de casting qui recherchait un garçon et une fille pour un film vint visiter notre école et, sans que je le sache, c'est moi qu'il choisit pour le rôle féminin. Le film s'intitulait *Le jeune Soo et la jeune Ok découvrent leur patrie socialiste.* Ce titre, sans doute, paraîtra étrange aux Occidentaux. Mais pour moi, alors, il n'y avait que l'excitation d'avoir été retenue pour le rôle de la jeune Ok.

C'était un film de propagande à l'état brut avec un très léger vernis de fiction. L'histoire était celle d'une famille séparée par la division des deux Corées. A la fin, la mère se faisait prendre par des soldats américains et était arrachée à sa famille pour avoir donné asile à des soldats nord-coréens. Là encore, quand j'évoque ce souvenir, je ne puis m'empêcher de penser à George Orwell – que j'ai lu, depuis – et au rituel des « deux minutes de haine » dans son roman *1984*. A la fin de la projection, la salle ne manquait jamais de conspuer les Américains, voire de jeter des objets sur l'écran. J'étais, bien sûr, trop jeune pour comprendre tout cela. Je me passionnai davantage pour l'accueil digne d'une héroïne nationale que l'on me fit lorsque je repris l'école. Et, quand le film fut projeté sur les écrans, je devins une véritable petite célébrité. Les gens me reconnaissaient dans la rue et m'appelaient Ok, le nom du personnage que j'incarnais. Ma mère me présentait aux invités de marque. A l'école, les instituteurs faisaient de même. Seul mon père désapprouvait, et son visage se fermait à chaque fois que l'on parlait du film.

On me donna un rôle dans un autre film, qui racontait l'histoire d'une petite fille sauvée d'un incendie par des soldats de l'armée du Peuple lors de la retraite vers le nord pendant la guerre civile. Mais ce n'était qu'un rôle secondaire. Je jouais la meilleure amie du personnage principal et, comme paiement, je reçus un cartable neuf et dix cahiers. On ne peut pas parler d'un cachet de star.

Dans les années qui suivirent, je reçus plusieurs autres propositions mais, cette fois, mon père refusa de me laisser jouer. Je me limitai donc à mes activités au sein de la section Jeunesse. Chaque matin, à sept heures pile, la seule radio de Pyeong Yang diffusait notre hymne.

Nous sommes les jeunes héros de la République,
Nous sommes les pionniers du communisme en plein essor
Amis de la section Jeunesse, hissez haut le drapeau!
Fils et filles de notre Président,
Allons de l'avant avec ardeur!

Je fus nommée chef d'équipe et, dès lors, consacrai le plus clair de mon temps à faire de mon groupe un modèle pour les autres. En dépit d'une certaine réussite, je dois dire que j'avais quelques problèmes pour imposer la discipline et que je ne pouvais jamais, de mon propre chef, tenir des propos durs contre mes amis.

Pour ce qui est de l'enseignement scolaire, nos

résultats étaient proclamés en public. Quatre sujets étaient étudiés : révolution, enseignement général, travaux manuels et morale. Pendant l'heure de discussion sur la révolution, par exemple, l'instituteur montrait une photo concernant le passé de Kim Il Sung et demandait à un élève de la commenter. L'enfant s'avançait, les deux mains levées, les yeux fixés sur la photographie et expliquait respectueusement :

– Cette photo montre notre Grand Président en train de donner des directives pour la propagation de la lutte armée dans le monde entier. Elle a été prise à Karoon, en 1930, lors d'une conférence de notre Grand Président devant l'Armée populaire révolutionnaire de Chosen [1].

Si la réponse était correcte, le maître traçait, sur le tableau de notes, une marque rouge dans la colonne « Révolution » de l'élève.

Comme j'étais chef d'équipe à la section Jeunesse, les enseignants me demandaient souvent de les aider à sanctionner les élèves qui ne répondaient pas correctement. Je me souviens d'un jour où l'un de mes camarades de classe devait être réprimandé pour ne pas avoir respecté ses quotas. Chaque enfant dut se lever et venir lui formuler une critique en face. Je tremblais comme une feuille quand mon tour arriva mais le regard glacé de l'institutrice était fixé sur moi et, avec toute la conviction qu'il me fut possible de rassembler, je lançai :

– Tu prétends ne pas avoir respecté tes quotas par manque de temps et pourtant hier, je t'ai vu jouer avec d'autres enfants. J'ai du mal à croire que tu puisses trouver du temps pour jouer et non pour travailler. En invoquant ce genre d'excuse, tu bafoues la leçon de notre Grand Leader, qui nous enseigne à être loyaux envers le groupe.

Je fus applaudie et la maîtresse manifesta son approbation d'un hochement de tête mais, intérieurement, je

1. Chosen, le « pays des matins calmes », la Corée.

n'étais pas fière de moi. Je regagnai ma place et écoutai sans l'entendre l'élève suivante, une fille du nom de Sun Young, qui, elle, se faisait toujours une joie de dénoncer et critiquer les autres.

– Camarade, déclara-t-elle, tu n'es pas digne de l'enseignement qu'on te donne à l'école de notre Père le Président. A mon avis, tu devrais être renvoyé sur-le-champ.

Pareilles séances avaient lieu deux ou trois fois par semaine. A la longue, la critique systématique devint pour nous comme une deuxième nature, à tel point que nous cherchions des choses à critiquer au sein même de notre famille.

Je fus autorisée à m'inscrire à la faculté de biologie de l'université Kim-Il-Sung alors que j'étais encore en classe de terminale. Cette université, la seule de Corée du Nord, n'est en rien comparable à ses homologues américaines. Seuls les enfants des fonctionnaires de haut rang y sont admis. Là, comme dans tous les établissements d'enseignement de Corée du Nord, le cursus fait la part belle à l'idéologie et la majeure partie des heures d'enseignement est consacrée à la philosophie de Kim Il Sung.

Avant mon inscription proprement dite, je dus suivre, comme tous les autres étudiants, six mois de préparation militaire. Puis les cours débutèrent, et je fus stupéfaite de retrouver à l'université une organisation de type militaire. Les classes étaient des pelotons, les facultés des compagnies, le groupe des nouveaux bacheliers était appelé bataillon, et ainsi de suite. De même, les chefs de classe étaient des lieutenants et le responsable du bureau des étudiants était un capitaine.

Les diplômés de l'université Kim-Il-Sung étaient pratiquement assurés d'avoir un emploi élevé. Ce qui explique que seuls quelques privilégiés pouvaient en suivre les cours. Mais, toute privilégiée que j'étais, j'avais du mal à faire face aux exigences de mes études parce que la plus grande partie de mon temps libre était consacrée aux travaux agricoles obligatoires, à exécuter dans la campagne voisine. Mon père me conseilla alors d'abandonner l'université et de m'inscrire à l'école des langues étrangères de Pyeong Yang qui, apparemment, garantissait aussi de bons emplois à ses diplômés, notamment aux femmes. Il s'arrangea pour que je passe l'examen d'entrée, je le réussis et m'inscrivis en licence de japonais.

Cette décision me fut fatale. Si je n'avais pas étudié la langue japonaise, jamais je n'aurais été recrutée comme agent secret. Mais, à l'époque, bien sûr, j'étais loin d'imaginer quelles conséquences ce choix allait avoir sur ma vie.

Simultanément, je continuai à suivre la formation militaire obligatoire. On nous emmenait en pleine campagne, dans des camps d'instruction où l'on nous apprenait à utiliser un fusil et à marcher au pas. Cette formation militaire était particulièrement dure pour les femmes, que le régime communiste considérait comme égales aux hommes et qui, de ce fait, étaient soumises aux mêmes traitements. En dépit de cette prétendue égalité, rien n'était prévu pour nous. Par exemple, nous devions nous enfermer dans des réduits minuscules pour nous déshabiller, et nous étions plus que souvent à court de serviettes périodiques.

On nous faisait mener une vie d'enfer. Nous marchions des jours entiers dans la montagne. Nous apprenions à reconnaître différents modèles d'armes, à les utiliser, à conduire des véhicules militaires. Nous étions mal nourris et nombre d'entre nous perdirent du poids. Souvent, pendant les marches les plus longues, j'avais du mal à suivre la cadence. Le lieutenant chargé de l'instruction, un beau garçon d'environ vingt-cinq ans, m'attendait et me stimulait :

– Allez, Hyun Hee, pas de traînards. Et ne me dis pas que tu es une femme. Ici, les hommes et les femmes sont traités de la même manière.

Malgré ces déclarations de principe, je notais que les femmes, au bilan militaire, étaient plutôt inscrites au passif qu'à l'actif. Et, conséquence logique, elles se retrouvaient plus souvent de corvée que les hommes. Ce double statut me mettait en rage mais, au bout d'un certain temps, je fus capable de performances identiques à celles des hommes.

A la fin, nous faisions des marches de plus de trente kilomètres d'une seule traite avec des sacs de quinze kilos sur le dos. Nous savions tirer à l'arme de poing, au pistolet mitrailleur et même conduire des chars. Nous avions appris à lancer la grenade, à manier le lance-missiles antichars et à utiliser les canons de DCA lors de simulations d'attaques aériennes.

J'éprouvai un indicible sentiment de soulagement quand cette instruction fut terminée et je me consacrai avec ardeur à mes études. Les garçons et les filles n'avaient pas le droit de se donner de rendez-vous mais certains transgressaient l'interdiction. Quand ils se faisaient prendre, ils étaient renvoyés et parfois même déportés dans des camps de travail dans le grand Nord. On nous faisait régulièrement passer des visites médicales qui, pour les femmes, incluaient un examen gynécologique. Ainsi, les autorités étaient sûres que nous étions toujours vierges.

Quand je repense à cette époque, je me demande comment je trouvais le temps de dormir. Le week-end, on nous envoyait fréquemment aider les travailleurs dans les mines de charbon et il se trouvait toujours quelque rassemblement révolutionnaire auquel nous nous devions de participer. Cela peut paraître un miracle mais je réussis à apprendre le japonais au milieu de tout cela. Je finis même par le parler couramment et par obtenir d'excellentes notes.

Durant ma deuxième année à l'école des langues étrangères – j'avais alors dix-huit ans –, je fus convoquée au bureau du directeur. Un homme m'y attendait. Il portait sur la poitrine un badge en forme de drapeau, qui indiquait son appartenance au comité central du Parti.

– Camarade Hyun Hee, me dit-il, je suis persuadé que tu as soigneusement étudié les mérites de notre Grand Leader Kim Jung Il. Voudrais-tu me parler du premier qui te vient à l'esprit ?

Confuse, j'eus une seconde d'hésitation puis je relatai brièvement l'incident du mont Paektu. En visite sur le champ de bataille où son père Kim Il Sung avait remporté une grande victoire, Kim Jung Il ordonna aux ouvriers chargés de la restauration du site de montrer davantage d'enthousiasme à la tâche et leur donna de précieuses instructions.

Lorsque j'eus terminé, l'homme me demanda :

– Où ton père travaille-t-il et quel est son rang?

Je lui répondis.

– Parfait, dit-il. Encore une chose : est-ce que tu réussis bien dans tes études?

Il connaissait déjà la réponse puisque j'étais membre du Centre de recherche historique pour Kim Il Sung, qui se composait uniquement des dix meilleures étudiantes de l'école.

– Naturellement, répondis-je, quelque peu indignée.

Sur quoi on me donna congé. Quelques jours plus tard, les filles de l'école furent convoquées au gymnase où on leur demanda de s'aligner pour se soumettre à l'inspection d'un groupe de visiteurs. Ils nous examinèrent en prenant des notes et, à chaque fois qu'ils arrivaient devant une jolie fille, ils lui demandaient son nom.

Comme nous quittions le gymnase, l'un des hommes me prit à part et me demanda de me présenter la semaine suivante à la section 1, au siège du Parti.

On ne m'avait pas demandé mon avis. Je me présentai donc au lieu dit à la date dite. Un groupe d'officiers m'attendaient pour me questionner. Je me sentais gauche, mal à l'aise, mais je saluai d'une courbette et l'interrogatoire commença :

– Quels sont les quatre principes de base du Parti ?

Ma réponse jaillit mécaniquement :

– Déification, foi, absolutisme et dévouement inconditionnel.

– Pourquoi étudiez-vous le japonais ?

– J'étudie le japonais pour aider notre pays à vaincre le Japon afin qu'un jour la Corée puisse être réunifiée.

– Que ferez-vous après l'école ?

– Je ferai ce que le Parti me demandera de faire.

– Très bien. Maintenant, récitez-nous le premier chapitre des *Mémoires de Kim Jung Sook, épouse de Kim Jung Il.*

Je connaissais le passage par cœur et le récitai pratiquement sans hésitation. Mon examinateur parut très étonné par ma mémoire.

– Comment sont vos notes ?

– Excellentes, monsieur.

L'homme me tendit un passage des *Mémoires de Kim Il Sung* en japonais et me demanda de le traduire, ce que je fis sans une erreur.

– Parfait, parfait...

Il marqua une pause puis enchaîna d'un ton grave :

– Kim Hyun Hee, seriez-vous capable de mourir pour le Parti ? Car, vous devez le comprendre, une mission confiée par le Parti peut vous apporter la plus grande gloire mais peut aussi vous amener à mettre votre vie dans la balance.

Cette déclaration était tellement inattendue qu'elle me coupa le souffle, mais il n'était pas question pour moi de le montrer. Je répondis avec fermeté :

– Bien sûr, monsieur. Je ferai tout ce que le Parti me demandera de faire. Même s'il s'agit de donner ma vie.

Il prit une note sur son calepin.

– Avez-vous un fiancé ?

– Non, monsieur.

– Bien. Vous allez passer un examen médical.

On me conduisit dans un cabinet où un médecin m'examina puis, de nouveau, on me fit attendre.

Quand on me rappela, le responsable de l'entretien, qui se nommait l'agent spécial Chung, se leva en me tendant la main.

– Félicitations, camarade Hyun Hee. Vous avez été choisie par le Parti.

Je sais que j'aurais dû exploser de joie mais j'étais stupéfaite et inquiète. Tout était arrivé si vite. Je serrai pourtant la main que me tendait Chung. J'essayai de sourire et de paraître reconnaissante de la bonne fortune que l'on m'offrait. Mais, à la vérité, je ne savais pas comment je devais prendre tout cela.

– Il vous est demandé de faire vos bagages sur-le-champ, précisa-t-il. Vous pourrez aller passer la nuit chez vos parents. Demain matin, vous partez.

Il me raccompagna à l'école où il me laissa à peine le temps de faire mes adieux à mes professeurs. Tous paraissaient fiers de ma promotion et ils me couvrirent de vœux. Une heure plus tard, j'étais chez moi, flanquée de l'agent spécial Chung, et je mettais ma mère au courant de l'incroyable nouvelle.

Bien qu'elle fît tout pour ne pas le montrer, je vis à quel point elle était bouleversée quand je lui parlai de mon affectation. Poliment, elle proposa à l'agent spécial Chung de dîner avec nous, mais il refusa. Il dit qu'il passerait me prendre le lendemain et s'en alla.

Quand ils apprirent la nouvelle, mes frères et sœur sautèrent de joie. Ma mère gardait le silence. Elle s'attela aux préparatifs du repas puis, au bout d'un long moment, elle demanda sans lever les yeux :

– Ça veut dire que tu t'en vas pour toujours ?

J'hésitai avant de répondre :

– Je ne sais pas, Maman.

Elle se remit à tailler les légumes en allumettes puis les jeta dans le panier à friture.

– J'espère que ton père le prendra bien, dit-elle finalement avant de se murer dans le silence.

Il se trouva que mon père était très occupé ce jour-là et qu'il rentra fort tard. Je passai la soirée à préparer mes affaires et c'est en remuant de vieilles affaires que je tombai sur un travail de broderie que ma mère avait confectionné pendant que j'étais au lycée et qu'elle m'avait donné lors de mon admission à l'université. Il avait une grande valeur sentimentale pour moi.

Je décidai de le donner à Hyun Ok. J'eus ainsi l'impression de lui léguer mes responsabilités d'aînée, comme si je m'en allais à jamais.

– Prends-en bien soin, dis-je. Mais, si je reviens, tu devras me le rendre!

Et, brusquement, nous fondîmes en larmes et tombâmes dans les bras l'une de l'autre. Nous restâmes ainsi, enlacées dans une étreinte féroce, jusqu'à ce que ma mère nous appelle pour le dîner.

Il était plus de minuit quand mon père rentra et apprit ce qui se passait. Il était stupéfait et me posa cent fois les mêmes questions, comme s'il ne comprenait pas mes réponses. Il resta un long moment silencieux puis dit avec résignation :

– Assieds-toi et écoute-moi, Hyun Hee. J'ai toujours souhaité que tu deviennes une femme comme les autres et une bonne mère de famille. Cependant, c'est aussi un grand honneur de consacrer sa vie à son pays. N'oublie jamais ceci : tu peux survivre, même si on te jette dans la fosse aux tigres, à condition de rester maîtresse de toi-même. Fais de ton mieux. Je suis très fier de toi.

Ma mère se mit à pleurer. Je me sentais coupable en regagnant ma chambre. J'y passai un moment avec mes frères et sœur, à regarder des photos de famille et à évoquer nos souvenirs communs. Bien que je fusse triste de partir, je savais que c'était un grand honneur pour moi d'avoir été choisie par le Parti. Je me répétais qu'à un moment ou à un autre tout enfant doit quitter sa famille et que je ne pouvais guère rêver d'avoir plus que ce qu'on me donnait.

Le lendemain, je me levai de bonne heure. Le petit déjeuner fut pris en silence. J'avais remarqué que les yeux de ma mère étaient gonflés.

L'agent spécial Chung se présenta chez nous à dix heures. Il échangea quelques civilités avec mon père puis déclara :

– Ne vous faites pas de souci pour Hyun Hee. Le Parti lui donnera tout ce qu'elle peut souhaiter. Nous lui trouverons même un mari. Faites-nous confiance.

– Merci, répondit gravement mon père. Elle a apporté la gloire à notre famille et je ne me ferai pas de souci. Je serai éternellement reconnaissant au Parti.

Comment pourrais-je oublier le jour où je quittai ma famille ? Mon père me regardait fixement de ses yeux tristes. Ma mère et ma sœur étaient en larmes. Seuls mes frères se montraient joyeux, mais je savais qu'ils se forçaient.

– Adieu ! dirent-ils l'un après l'autre, comme un écho.

Aujourd'hui encore, j'entends leurs voix. J'entends l'écho.

2

La fierté me gonfle la poitrine tandis que la voiture file bon train dans les faubourgs de Pyeong Yang. A chaque fois que nous passons devant des enfants, ils nous honorent d'une sorte de salut scout. A la sortie de la ville, il y a un poste de contrôle, mais les gardes nous font un signe et nous passons sans nous arrêter.

Alors que nous roulons sur la route qui mène à la ville de Pyeong Sung, la voiture ralentit soudain et bifurque vers une route de montagne non pavée. Un moment plus tard, nous atteignons un nouveau poste de contrôle. Le garde nous adresse un bref salut. Derrière lui s'étend une vaste ferme industrielle. Je vois des hangars, des bâtiments, des volières où l'on élève des cailles. Nous dépassons la ferme et la petite route traverse maintenant une campagne déserte.

– Es-tu déjà venue dans des endroits comme celui-ci ? me demande Chung. La nuit, il y a des tigres qui descendent des montagnes.

Il essaie de me faire peur et cela ne me plaît pas. Je lui décoche un regard furieux. Mais il ne s'en aperçoit pas et continue :

– A partir de maintenant, tu n'utiliseras plus ton vrai nom et tu ne le diras à personne. Tu t'appelles désormais Kim Ok Hwa. Sous aucun prétexte, tu ne dois révéler ton nom de naissance, à qui que ce soit. Ne l'oublie pas, surtout quand tu rencontreras des gens ou que tu te feras de nouveaux amis.

Peu après, la voiture s'arrête devant un ensemble de bâtiments. Une grande femme, dans la cinquantaine, vient à notre rencontre. Elle me souhaite la bienvenue puis me conduit à ma chambre. Il y a une salle de bains, avec baignoire et douche, et des vêtements propres ont été préparés à mon intention. Je me fais couler un bain, dans lequel je trempe un long moment en me demandant où j'ai bien pu atterrir. Je suis fatiguée et je vais directement me coucher mais, finalement, je n'arrive pas à fermer l'œil de la nuit. Je ne peux m'empêcher de prêter l'oreille au hurlement irréel du vent dans les arbres. Le fait d'être là, parachutée dans cet endroit complètement perdu, m'emplit de sentiments étranges. Maintenant que je suis seule, j'ai peur et l'idée que des tigres rôdent dehors n'est pas pour me rassurer. Le jour est déjà en train de se lever quand je trouve enfin le sommeil.

Quand je m'éveille, au matin, on me sert le petit déjeuner le plus agréable que j'ai pu prendre depuis mon séjour à Cuba : œufs au plat, toasts, lait, beurre et pommes de terre. Le pain est blanc, léger, délicieux, d'une qualité qu'on ne trouve pas à Pyeong Yang, et je me sens un peu honteuse de manger de si bonnes choses.

Après le petit déjeuner, on me présente ma compagne de chambrée, qui, me dit-on, sera également ma partenaire durant toute ma période d'instruction. C'est une jolie fille, aux grands yeux brillants, toujours prête à sourire. Elle a un an de moins que moi et se nomme Kim Sook Hee. Au fil des ans, elle deviendra ma meilleure amie, presque une sœur pour moi.

Chung entre dans la chambre et s'assied.

– Bonjour, dit-il en souriant. Maintenant que vous êtes là toutes les deux, abordons le règlement. Vous ne devez jamais quitter votre unité pendant la journée et, la nuit, seule une courte promenade vous sera autorisée. Vous devez informer la cuisinière avant chaque sortie et éviter tout étranger tel livreur, chauffeur, etc. Quand vous sortez, vous devez porter un masque, des lunettes noires et un parapluie pour cacher votre visage au cas où vous rencontreriez quelqu'un. Chaque matin à huit heures précises, vous devez avoir fini votre petit déjeuner. Avant de vous rendre en cours, vous devez consacrer une demi-heure à la lecture des *Textes choisis,* de Kim Il Sung et de *L'Histoire de la lutte révolutionnaire.* Est-ce clair ?

Nous lui faisons savoir que oui.

Plus tard dans la journée, nous recevons la visite d'un autre homme, qui nous est présenté comme le vice-ministre Kang. C'est un homme de taille moyenne, au visage rond et aux petits yeux venimeux. Il s'assied avec nous dans la bibliothèque et nous parle sans prendre de gants.

– Comme vous le savez, l'objectif du Parti est la réunification de la Corée dans un avenir très proche. Nous espérons que vous serez d'excellentes guerrières, fidèles à cet objectif. Puisque vous avez été sélectionnées parmi de nombreuses candidates, je suis persuadé que vous ne nous décevrez pas.

Il marque une pause pour bien laisser ses inquiétantes déclarations nous imprégner en profondeur, puis enchaîne :

– Dans quelques jours, vous serez transférées vers une école où sont formés la plupart de nos grands agents secrets.

Comme si nous nous étions donné le mot, nous répliquons à l'unisson :

– Nous irons jusqu'au bout.

– Savez-vous pourquoi nous employons des femmes comme agents secrets ? demande alors Kang. A cause de leur beauté. Si cela devient nécessaire, vous pourrez être amenées à utiliser vos charmes. Et, si vous devez séjourner illégalement dans un pays étranger pendant une longue période, il vous faudra épouser un homme que nous vous désignerons. Je pense que vous comprenez ce que je veux dire.

Nous ne répondons rien. Mais je sais que Kim Sook Hee est aussi terrorisée que moi. Ces propos me donnent des haut-le-cœur. Le soir même, alors que nous sommes au lit, je dis à Sook Hee :

– Tu crois qu'on va être obligées d'en passer par là ? Qu'il va falloir se donner à un étranger ?

Elle soupire.

– Je ne sais pas. Et toi, qu'est-ce que tu crois ?

– Je ne sais pas non plus.

– Si j'ai bien compris, on n'a pas notre mot à dire.

Nous l'avons bien compris toutes les deux. Ma bouche s'emplit d'un goût amer.

3

Dans le courant de la semaine, nous sommes transférées à l'école militaire de Keumsung. C'est là que notre instruction commencera pour de bon. Ce que j'ai connu au cours de ma préparation militaire me semblera, rétrospectivement, une partie de plaisir à côté de ce que nous allons y vivre.

Keumsung est une vallée perdue au pied du mont Ipbul. Exception faite de quelques villages isolés, on n'y trouve pas trace de civilisation à des kilomètres à la ronde. Le complexe militaire est énorme et héberge plusieurs milliers de recrues, mais les agents secrets sont formés à part, dans une autre vallée, secrète, à l'écart de l'école proprement dite.

On nous installe dans un petit bâtiment équipé d'une cuisine, d'une buanderie et d'une bibliothèque et on nous remet un emploi du temps que nous devrons respecter avec la plus grande rigueur :

6 heures-7 heures	Réveil, ménage, lessive
7 heures-7 h 30	Petit déjeuner
7 h 30-8 h 30	Étude des vertus et de la philosophie de Kim Il Sung
8 h 30-13 heures	Cours du matin
13 heures-16 heures	Déjeuner et sieste
16 heures-17 h 30	Cours de l'après-midi

17 h 30-19 heures	Exercice
19 heures-20 heures	Dîner
20 heures-21 heures	Arts martiaux
21 heures-22 heures	Marche de nuit
22 heures-23 heures	Étude
23 heures	Coucher

Comme on le voit, les journées étaient bien remplies. En fait, on nous poussait à l'extrême limite de la résistance de nos corps et de nos esprits. On nous apprenait à tirer, avec toute la gamme des armes à feu. On nous faisait passer des jours et des jours en manœuvres à l'extérieur. Nous devions dormir dans des trous ou dans des terriers. A l'occasion de l'anniversaire de Kim Il Sung, on nous fit faire une marche de cent soixante kilomètres en trois jours. Cela s'appelait la Marche de la Loyauté. Nous apprenions à piloter à grande vitesse, à développer des films dans des chambres obscures improvisées. Et, en même temps, nous étions tenus de lire des dizaines de tomes des œuvres de Kim Il Sung.

Nous recevions également une solide formation dans le domaine des arts martiaux, à l'issue de laquelle une femme devait réussir à maîtriser jusqu'à trois adversaires masculins en même temps. Je dois dire que ce genre de performance me permit d'acquérir une confiance en moi dont je ne me serais jamais sentie capable auparavant. On nous enseignait également le combat à l'arme blanche avec des couteaux de plastique longs de vingt-cinq centimètres.

Le maniement des armes à feu ne se limitait pas au tir. Nous devions être capables de démonter une arme, de la remonter et de la remettre en état si elle était défectueuse. Nos cibles étaient des mouches minuscules placées à cent mètres de nous – je réussissais à toucher la mienne quatre-vingt-dix fois sur cent.

Chaque semaine, on nous projetait des films d'espionnage pleins de propagande contre la décadence de la société occidentale et qui vantaient les exploits des agents célèbres du passé.

Le dimanche était notre seul jour de repos et nous étions généralement si fatigués que nous le passions au lit.

Mon professeur de japonais était une femme du nom de Eun Hae. A force de nous fréquenter, nous en vînmes à sympathiser. Par la bouche de la cuisinière, j'appris ce que Eun Hae avait raconté de sa triste histoire. Originaire de Tokyo, elle s'était mariée peu après la fin de ses études secondaires et avait divorcé, quelques années plus tard, après avoir donné naissance à un fils et à une fille. Un jour qu'elle était à la plage avec ses enfants, elle fut kidnappée par des agents nord-coréens et transportée jusqu'à ce camp. Peu après cet internement, elle tomba gravement malade et faillit mourir. Quand elle recouvra la santé, elle décida de refuser de parler et de faire la grève de la faim pour revoir ses enfants. Mais les Nord-Coréens étaient armés de patience. Ils laissèrent le temps faire son œuvre tout en donnant à entendre à Eun Hae que, dans un avenir encore indéterminé, ils pourraient finir par la relâcher si elle exécutait leurs ordres. Au bout du compte, Eun Hae comprit qu'elle n'avait d'autre choix que de s'adapter à sa nouvelle vie.

Bien que touchée par ce drame humain, j'estimais que la cause de la réunification de la Corée méritait bien le sacrifice d'une Japonaise. Surtout si l'on considérait que, pendant quarante ans, le Japon avait occupé et littéralement violé la Corée. Quand j'y songe aujourd'hui, j'ai honte d'avoir pu penser ainsi, mais cela traduit bien l'inimaginable barbarie du gouvernement nord-coréen et la redoutable efficacité avec laquelle il est capable de la faire partager à ses agents.

Souvent, Eun Hae buvait pour oublier sa déchéance. Quand elle était ivre, il lui arrivait de se montrer désagréable. Malgré cela, c'était une très bonne enseignante et j'éprouvais pour elle une affection croissante. Elle me parlait de plus en plus fréquemment de ses enfants et de Tokyo. Son plus cher désir était d'y être un jour ramenée. Je ne sais pas si elle est retournée au Japon ou si elle se trouve toujours en Corée du Nord. Nous devînmes confidentes, puis amies. Eun Hae attendait avec impatience le moment de me donner mon cours. Sa tâche consistait, ni plus ni moins, à faire de moi une véritable Japonaise, de telle sorte que, sur le terrain, il soit impossible de savoir que j'étais nord-coréenne.

Il y avait un village à quelques kilomètres du camp. Bien évidemment, il nous était interdit d'y aller. Mais, un dimanche, Eun Hae insista pour que nous poussions jusque-là car elle avait envie de voir de près le vrai peuple nord-coréen. Ce qu'elle vit, c'est une poignée de maisonnettes délabrées et des enfants crasseux qui couraient dans les rues, certains entièrement nus. Honteuse de cette découverte, je voulus la soustraire à ce spectacle mais elle regardait ces enfants avec des larmes dans les yeux. Son instinct maternel remontait en elle.

– C'est cela, ton nouveau monde idéal, Ok Hwa ? me demanda-t-elle sans cacher son mépris. Comme je te plains...

Parmi les autres amies que j'avais au camp, il y avait Wul Chi, notre cuisinière, une femme de quarante-cinq ans, qui, elle aussi, avait eu un destin tragique. Très jeune, elle était tombée amoureuse d'un ouvrier tourneur mais ses parents l'avaient obligée à épouser un mineur de charbon. Ils s'étaient installés dans le village forestier de Samjiuon, où elle vécut dans un état proche de la pauvreté tandis que son mari ne cessait de la tromper avec d'autres femmes.

Un jour, il fut écrasé par un wagonnet, dans la mine. Il mourut. A l'enterrement, Wul Chi revit son amour de jeunesse. Mais il était trop tard. Bien qu'il l'aimât toujours, il était alors marié et père de famille.

Wul Chi finit par se faire engager comme professeur de cuisine dans un lycée puis, plus tard, elle fut recrutée pour le camp. Elle était l'une des rares à aimer la solitude de Keumsung car, disait-elle en manière de plaisanterie, il y avait moins de monde pour l'ennuyer. Wul Chi exerçait également les fonctions de surveillante et c'est elle que nous devions avertir chaque fois que nous voulions faire une promenade ou nous éloigner quelque peu du camp. C'était une personne généreuse et elle nous autorisait souvent à faire ce que nous voulions.

Pendant les années qui suivirent, j'eus la permission à quelques reprises de rendre visite à ma famille. Mais ces visites étaient toujours teintées de tristesse. Mes parents ne voulaient plus me laisser repartir et moi, de mon côté, j'avais honte de cet attachement qu'ils me témoignaient. C'était là une réaction logique de la part d'une jeune Nord-Coréenne parfaitement endoctrinée. L'attachement envers les proches ne faisait pas bon ménage avec la notion de devoir patriotique. Et, à l'époque, je m'intéressais, avant toute chose, à mon statut d'aspirant agent secret. C'est à cette époque-là, aussi, que mon jeune frère Bum Soo tomba malade. Il était atteint d'un cancer de la peau qui, selon les médecins, finirait par l'emporter.

Ma mère exprimait ouvertement son mécontentement de me voir éloignée de la famille. Mais je savais que mon père déplorait tout autant cet état de fait. Pendant toute mon enfance, il avait fait montre à mon égard d'une attention émouvante, il m'avait surnommée sa Petite Princesse. A de nombreux égards, mon père était un homme énigmatique. J'avais conscience qu'en tant qu'officier du Parti il comptait parmi les Nord-Coréens privilégiés. Je savais aussi qu'il était fier de moi mais, en même temps, quelque chose me disait qu'il en voulait au gouvernement de m'avoir soustraite à son affection.

L'amour, malheureusement, n'avait pas de place dans le programme national de Kim Il Sung.

4

A la fin de la troisième année, on me fit passer l'examen final, dont le but était d'évaluer les acquis des élèves. Ce fut indiscutablement le moment le plus éprouvant de mon instruction. Les élèves qui rataient cet examen deux fois de suite étaient en effet exclus du Parti et finissaient leur vie en disgrâce.

L'examen s'étalait sur une semaine entière et se décomposait en trois séries : épreuves physiques, épreuves écrites et épreuves sur le terrain. Chacune de ces épreuves était notée selon un barème rigoureux sur un total de cent points. Pour être admis, les élèves devaient obtenir au moins quatre-vingt-dix points dans chaque domaine.

Plusieurs semaines avant le début de l'examen, je sentis l'angoisse monter en moi. Il en allait de même pour tous ceux qui avaient été inscrits. Toutes ces activités dans lesquelles nous nous étions éreintés pendant trois ans allaient faire l'objet d'un contrôle d'aptitude. On nous avait dit qu'en principe un tiers seulement des inscrits obtenaient l'examen. De cette manière, le Parti pouvait se réserver les meilleurs pour les futures opérations.

La première journée débuta dans le froid et la grisaille. On était en septembre et la gelée blanche qui s'était déposée sur le sol annonçait l'hiver.

Réveil à six heures du matin. J'ai déjà l'estomac noué. J'essaie de prendre un petit déjeuner mais je suis tellement nerveuse que mes mains tremblent et que j'ai de réels problèmes pour conduire la nourriture jusqu'à ma bouche. Pour tout arranger, ma gorge est serrée par l'angoisse et j'ai du mal à avaler.

Ma camarade Sook Hee est inscrite aux tests, elle aussi. Elle est aussi tendue que moi et nous prenons le petit déjeuner sans échanger une parole. Chacune de nous tente d'évacuer sa peur comme elle le peut. Je me souviens alors des leçons de méditation transcendentale que j'ai prises et tâche de ressasser intérieurement le mantra Om. Cela dure quelques instants puis mon esprit s'échappe et je me retrouve plus tremblante et nerveuse qu'avant de commencer.

Six heures et demie. Un coup de sifflet strident s'élève dehors. C'est le signal. Nous nous rassemblons dans la cour. Nous sommes une quinzaine, dont un tiers de femmes. Sur le côté se tiennent deux instructeurs, un homme et une femme. Ils portent des treillis militaires et des casquettes kaki. Lorsque nous sommes tous rassemblés, l'instructeur, un grand athlète musculeux du nom de Rae Hong, frappe dans ses mains pour demander notre attention.

Sa bouche lâche de petits nuages de vapeur dans l'air glacé du matin.

– Camarades! crie-t-il. Nous sommes maintenant prêts à attaquer la première phase de l'examen. Elle consistera en un cross de quinze kilomètres. La piste qui contourne le camp par les sentiers de montagne à travers la vallée de l'est a été balisée à l'aide de fanions orange. La camarade Myung (il a un geste vers l'autre instructeur, une femme) et moi-même partirons avec vous pour surveiller la régularité de l'épreuve. D'autres instructeurs attendent sur la ligne d'arrivée, de l'autre côté du camp, où ils enregistreront vos performances. Plus vous êtes rapides, mieux vous êtes notés. Si quelqu'un ne termine pas l'épreuve, il ne marque aucun point et est, de ce fait, disqualifié pour la totalité de l'examen. Est-ce clair ?

En chœur, nous aboyons que c'est très clair.

– Préparez-vous! lance Rae Hong en se tournant vers la route.

Quand nous sommes tous prêts, il donne un nouveau coup de sifflet, démarre au pas de course et nous nous élançons rapidement derrière lui.

Très vite, je sens que l'allure est trop rapide pour moi. Au lieu d'essayer de rester au niveau de Rae Hong, je me laisse distancer avec, en tête, le seul souci de trouver le rythme qui me convient. Comme dans toutes les compétitions, certains concurrents foncent à une allure que, très probablement, ils ne pourront tenir bien longtemps. J'essaie de les oublier et de me concentrer sur ma propre performance. L'important est de continuer, de tenir bon. Je me jure que rien ne m'obligera à m'arrêter, sauf un évanouissement.

Le premier kilomètre est un calvaire. Bientôt, mon esprit se met à battre la campagne. Des idées folles me viennent. Laisser tout cela tomber. M'arrêter et m'asseoir pour me reposer. Je les écarte et m'efforce de penser à autre chose : à la discussion de la veille avec Sook Hee ; à des textes que j'ai lus récemment. Moyennant quoi j'arrive au bout du premier kilomètre et je commence à trouver mon second souffle.

L'itinéraire suit un sentier qui s'élève dans la montagne. Nous peinons. En contrebas, la vallée est belle en ce début d'automne. Déjà, des taches de couleurs apparaissent dans les premières lueurs de l'aube. Autour de nous, les montagnes se dressent, sereines, puissantes. Au loin, j'entends un concert de gazouillements. La température monte progressivement et, bientôt, je transpire abondamment.

Au fur et à mesure de la course, le groupe s'étire. Certains élèves sont distancés, ils s'essoufflent loin derrière, tandis que d'autres gambadent en tête. Sook Hee et moi essayons de rester ensemble. De temps à autre, entre deux expirations, nous nous lançons des paroles d'encouragement.

Nous en sommes aux deux tiers du parcours quand le sentier commence à redescendre et j'ai alors beaucoup moins de mal à garder le rythme. Cependant, au bout de dix kilomètres, les jambes commencent à me faire mal. Je dois penser à autre chose. Ma seule obsession est de maintenir la cadence de ma respiration. Une expiration toutes les quatre foulées. Je sais que si je brise ce rythme, je n'ai pratiquement aucune chance d'arriver au bout.

En approchant du but, nous rejoignons un homme puis une femme qui, partis trop vite, se sont écroulés sur le bord du sentier et sanglotent, incapables de repartir. Je compatis mais je ne peux rien faire pour eux et je passe mon chemin. Je leur souhaite de réussir la prochaine fois.

Les deux derniers kilomètres, mes poumons semblent prendre feu et je dois inspirer toutes les trois foulées. Puis, bientôt, toutes les deux foulées. A côté de moi, Sook Hee vacille mais se reprend, le visage crispé dans une expression de volonté féroce, les yeux fixés dans la direction de la ligne d'arrivée. Elle ne respire plus, elle halète. Je lui crie :

– Allez, Sook Hee ! Il ne reste plus grand-chose ! Courage, on y est presque !

Mais cette ligne d'arrivée que nous cherchons du regard, ni l'une ni l'autre ne l'a encore vue : à la torture physique s'ajoute la torture mentale de ne pas savoir où le calvaire s'achève. Et puis, au bout d'une éternité, juste au moment où je pense que je ne vais plus pouvoir mettre un pied devant l'autre, j'aperçois un groupe de concurrents qui ont terminé l'épreuve et qui se sont rassemblés autour de l'instructeur Rae Hong. D'autres instructeurs attendent, chronomètre à la main. Dans un dernier élan, je me jette vers la ligne d'arrivée et à peine l'ai-je franchie que je m'écroule. Sook Hee en fait autant, à côté de moi.

– Deux heures quatre minutes et vingt-sept secondes pour les camarades Ok Hwa et Sook Hee ! annonce l'un des juges en notant nos temps sur une feuille. Très bien. Cela vous fait quatre-vingt-treize points et demi.

– Bon Dieu... soupire Sook Hee. Si tu n'avais pas été là, Ok Hwa, je n'y serais jamais arrivée. Je suis morte.

– Moi aussi.

J'ai l'impression que je ne parviendrai jamais à retrouver une respiration normale. Je me laisse rouler sur le dos et je regarde le ciel, qui est en train de virer au bleu profond. Le sang cogne à mes tempes et je me sens groggy. Je vais perdre connaissance mais Rae Hong s'avance vers moi à grands pas et me force à me lever.

– Tu dois marcher un peu, me dit-il. Rester allongée est la pire des choses à faire. Mauvais pour le cœur. Allez, secoue-toi, tu vas bientôt te sentir mieux.

Je hoche la tête et je me mets à marcher dans la cour. Ils sont six à être arrivés avant nous, cinq hommes et une femme. Les autres arrivées s'échelonnent au cours de la demi-heure qui suit. Seuls trois concurrents ont été contraints d'abandonner en cours de route. Mais il est à peine neuf heures du matin et nous avons encore une journée bien chargée devant nous.

Rae Hong nous ordonne d'aller prendre une douche et nous changer avant de revenir pour dix heures à la salle d'athlétisme. Je le regarde s'éloigner avec stupéfaction : nous venons de faire un cross de quinze kilomètres et il n'a même pas le souffle court.

Sook Hee et moi regagnons nos quartiers et nous déshabillons. Je lui laisse la douche et je vais me détendre dans un bain chaud. En sortant, je me sens à la fois rafraîchie et ramollie. J'enfile un autre survêtement d'uniforme et je bois un grand verre de jus d'orange avant d'aller affronter l'épreuve suivante dans la salle d'athlétisme.

C'est une construction longue et étroite qui comprend deux gymnases, une salle d'haltérophilie, une piscine et une grande salle carrée dotée de miroirs et d'équipements pour les arts martiaux. C'est dans la salle d'haltérophilie que nous attendent les instructeurs. Il n'est pas tout à fait dix heures et nous faisons quelques minutes d'assouplissement en commun avant la reprise des épreuves.

A dix heures précises, Rae Hong lance :

– Très bien ! On reprend ! Nous allons commencer ici. Je vais demander à chacun d'entre vous de s'allonger sur la planche de musculation et de soulever le maximum possible de poids. Ensuite, je vous demanderai de faire le maximum de tractions à la barre fixe. Camarade Ok Hwa, on va commencer par toi.

Nerveusement, je me dirige vers le banc où deux assistants musclés attendent. J'essaie de me rappeler le poids avec lequel je m'entraîne habituellement. Ce doit être cinquante kilos.

– Je vais essayer soixante-quinze kilos, dis-je en m'installant sur le banc.

Les assistants chargent la barre à disques et la placent sur le chevalet. Je me glisse dessous. Soixante-quinze kilos, c'est un poids pour une femme de ma corpulence ! Au jour de l'examen, je crois que mon record est de soixante-dix kilos. Et je dois compter avec la fatigue de la course à pied. Mais, si j'échoue, on me donnera un second essai. Donc, autant attaquer fort.

Je prends une série d'inspirations brèves et profondes pour bien m'oxygéner le sang, j'attaque la barre de fer et, rassemblant toutes mes forces, je la soulève du chevalet.

Je lâche un cri, je pousse sur mes bras. Les poids s'élèvent lourdement dans l'air. La barre se déséquilibre mais, au prix d'un effort surhumain, je la contrôle. Puis j'abaisse l'haltère jusqu'à ce que la barre touche ma poitrine réglementairement. Alors, mobilisant toute ma force, j'expulse l'air que j'ai dans les poumons et je pousse vers le haut. A peu près à mi-hauteur, l'haltère s'arrête dans son ascension. Je rugis, je grimace, je pousse encore plus fort. Et miraculeusement mes bras se tendent. J'ai réussi! Les assistants reprennent la barre à disques et la reposent sur son chevalet.

Les autres ne peuvent s'empêcher de m'acclamer. Un peu étourdie, je me redresse et je m'assieds sur le banc.

– Excellent! fait la puissante voix de Rae Hong. Cela te fait une note de quatre-vingt-seize points, Ok Hwa! Veux-tu faire un nouvel essai?

Je réponds que c'est suffisant.

– Très bien, dit Rae Hong. Suivant!

Quand son tour arrive, Sook Hee réussit à soulever soixante-cinq kilos, une remarquable performance qui lui vaut la note de quatre-vingt-douze points. Le meilleur score sera réalisé par un garçon râblé et tout en muscles, du nom de Kim Bong qui, dans un rugissement d'extase, arrivera à soulever plus de deux cents kilos. L'exploit lui vaudra cent dix points, soit dix points de bonus.

Nous passons ensuite aux tractions. Je m'exerce tous les jours à la barre fixe depuis trois ans et, en principe, j'arrive à une quinzaine de tractions. Aujourd'hui, je réussis à en faire dix-sept, ce qui me fait gagner quatre-vingt-quatorze points. Sook Hee en fait seize. Et, encore une fois, Kim Bong crève tous les plafonds avec un total de quarante-six tractions.

Quand tout le monde est passé, Rae Hong ordonne :

– Au gymnase, maintenant.

L'épreuve suivante est la vitesse. Le gymnase mesure environ cinquante mètres de long. Il s'agit de courir d'un mur jusqu'au mur opposé, de faire demi-tour et de regagner le point de départ. Nous avons droit à trois essais et seul le meilleur compte.

Je me sens relativement sereine pour cette épreuve : je suis plutôt rapide pour ma taille et trois ans d'entraînement intensif me valent de n'avoir pas un gramme de graisse superflue. Mon meilleur essai est de dix-neuf secondes et quatre dixièmes ce qui n'est pas mauvais car il faut tenir compte du fait que nous devons ralentir, toucher le mur et repartir en sens inverse. Sook Hee me bat de trois dixièmes, avec un temps de dix-neuf secondes et un dixième. Cela lui rapporte quatre-vingt-quinze points. J'en obtiens quatre-vingt-quatorze et huit dixièmes.

L'épreuve se termine à midi et, quand on nous autorise à rompre les rangs pour le déjeuner, la plupart d'entre nous sont déjà très fatigués. Ce jour-là, nous avons droit à une double ration de tout et pourtant j'ai encore faim quand le repas se termine. L'épreuve suivante commence à treize heures. Nous avons vingt minutes devant nous. Avec Sook Hee, nous regagnons notre chambre et nous nous laissons tomber comme des masses sur nos lits.

– Je n'aurais jamais imaginé qu'on nous en demanderait autant, dit-elle en se massant les jambes.

– Ce n'est pas fini. En tout cas, on peut dire qu'on a fait du chemin depuis nos dix-huit ans et le début de notre formation. A l'époque, c'est tout juste si j'étais capable de courir un kilomètre.

Elle rit.

– C'est déjà bien. Moi, je ne pouvais même pas faire un kilomètre en marchant.

A une heure de l'après-midi, nous sommes de retour en salle d'athlétisme. Cette fois, le rassemblement a lieu dans le *dojo,* la salle des arts martiaux. On nous a demandé de revêtir nos *ghis*, les kimonos blancs utilisés dans les sports de combat.

La technique qu'on nous a enseignée est une sorte de *close-combat* hybride dérivé de trois disciplines, toutes d'origine coréenne : le tae kwon do, le tung soo do et l'hapkido. Notre système de ceintures est le suivant : blanc pour les débutants, puis jaune, vert, bleu, rouge, marron et ensuite la ceinture noire, divisée en dix degrés. Très peu d'experts vivants ont été officiellement reconnus dignes du plus haut degré de ceinture noire mais notre instructeur, Kai Cheon, a obtenu le cinquième degré dans chacune des trois disciplines coréennes. En trois ans d'entraînement intensif nous avons tous atteint au moins le premier degré. Ensuite, il faut généralement des années pour s'élever aux degrés suivants.

Kai a deux assistants qui sont tous les deux ceinture noire troisième degré. Ils se nomment Yung Lui et Kang Khil. Après la séance d'échauffement, Kai va s'asseoir au fond de la salle. Muni d'une feuille fixée sur une planche à pince, Kang Khil s'installe près de lui. Yung Lui reste debout. Rae Hong et Myung, qui sont eux-mêmes ceinture noire deuxième degré, s'asseyent sur le tapis.

– Nous allons commencer par le combat à main nue, annonce Rae Hong. Chacun de vous va affronter Yung Lui pendant cinq minutes. En raison des nécessités de précision requises par le présent test, vous combattrez en *full contact* : pas de jambières, pas de plastron. La seule protection autorisée est la coquille pour les hommes. Pratiquement tous les coups sont permis. Vous pouvez frapper pour balayer les jambes, frapper à la tête, utiliser les projections, les prises au sol et les clefs. Mais la maîtrise de soi-même sera prise en considération tout autant que la technique. Une prise ou un coup opérés avec efficacité mais suffisamment contrôlés pour faire le moins de mal possible recevront en conséquence la meilleure notation. Toute fracture infligée délibérément à l'adversaire entraînera la disqualification immédiate du coupable. Compris ? Parfait. Commençons.

Je me félicite de ne pas être la première à entrer en lice, cette fois. Je n'ai jamais combattu Yung Lui et ne suis pas mécontente de pouvoir observer un peu son style. C'est un homme grand et robuste, doté d'une étonnante vitesse de mains et de pieds. Il est capable d'exécuter les coups de pied les plus invraisemblables. Un jour, je l'ai vu briser un carreau de ciment placé verticalement à deux mètres cinquante du sol. Il s'est élevé d'un bond, a pivoté comme une toupie et, d'un parfait coup de pied retourné, a fait exploser le carreau.

Si certains combattants sont plutôt des contre-attaquants, Yung Lui est de ceux qui prennent l'initiative et montent à l'offensive. Il feinte à merveille. La rafale de coups qu'il porte au premier candidat avec une aisance et une dextérité incroyables me donne à penser que je ne pourrai rien faire contre lui. Au bout de cinq minutes de test, le candidat, un homme très jeune, est en sang et à demi assommé, mais il a quand même droit à quatre-vingt-dix points pour ne pas s'être écroulé devant le maître.

Yung Lui expédie trois autres adversaires puis c'est mon tour. Je me lève, me dirige à petites foulées jusqu'au centre du tapis, je m'incline devant Yung Lui puis nous nous inclinons tous les deux face aux instructeurs. Kai nous salue et, d'un geste, lance les hostilités.

Yung Lui attaque aussitôt. Le fait que je sois une femme n'implique aucune différence, dans le contexte où nous nous trouvons. J'ai vu autant de femmes que d'hommes quitter la salle de combat avec des côtes fracturées ou le nez cassé. Yung Lui me décoche une série de coups de pied, que j'esquive avec le plus grand mal. Je ne cherche même pas à contre-attaquer tout de suite. J'ai déjà assez de mal à rester debout.

Finalement, il recule et m'attend. Ayant le grade le moins élevé, je dois maintenant l'attaquer très vite si je ne veux pas être pénalisée pour hésitation. Pied gauche en avant, je lui lance plusieurs coups de poing au visage. Il lève le bras pour parer, mais, simultanément, j'expédie mon pied gauche derrière ses chevilles et je balaie. Ses jambes se dérobent sous lui et le voilà au sol. Immédiatement, il replie l'autre jambe pour me décocher un coup de talon à l'estomac. Je suis repoussée en arrière. Il se relève d'un bond et enchaîne d'un coup puissant dans mes côtes, aussitôt suivi d'un autre, au menton. Terrifiée, furieuse et désespérée, je décide d'ignorer la douleur et je risque le tout pour le tout.

J'attrape la main qui vient de me frapper, je tire Yung Lui à moi et je le reçois d'un coup de genou au ventre. Il est ébranlé. J'en profite pour passer derrière lui, l'empoigner par les épaules et le précipiter à terre. Naturellement, il riposte en lançant le pied mais, cette fois, je m'y attends. J'attrape sa jambe, la bloque à mi-course et je lui sers un bon coup de pied dans l'aine.

– *Break!* crie Kai. Arrêt de la première manche. Victoire à Ok Hwa.

Yung Lui se relève. Il n'est pas content du tout et, dans la manche qui suit, ses attaques sont rapides et puissantes. J'encaisse plusieurs coups fulgurants à l'abdomen et, si je n'arrive pas à bloquer le prochain, c'en sera terminé. Mais je change de tactique. Me laissant tomber en position accroupie, j'arrive à me glisser sous sa garde et à lui décocher un coup de coude au sternum; puis je me relève en lui attrapant la jambe et je l'expédie une nouvelle fois au tapis. Il riposte en m'agrippant de son autre jambe pour m'enfermer dans un ciseau. C'est moi qui chute, cette fois. Resserrant le nœud de ses jambes qui emprisonnent les miennes, il est déjà en position assise et me porte une manchette au visage. Mais j'intercepte son poignet et je bloque le coup d'une clef au bras. Le réflexe ne se fait pas attendre. Aussitôt, l'étreinte du ciseau se relâche.

– *Break!* crie Rae Hong.

Nous nous relevons, saluons Kai d'une courbette, puis nous saluons mutuellement. Une pause suit, le temps pour les juges de calculer leurs notes et de faire la moyenne de leurs appréciations. Je retourne m'asseoir et j'attends.

– Pour la camarade Ok Hwa... quatre-vingt-dix-huit points!

Quelques applaudissements fusent. Je n'en reviens pas. J'ai réussi à faire face à un combattant aguerri comme Yung Lui. Bien sûr, je sais qu'en conditions réelles de combat, je ne ferais pas un pli devant lui mais ici, c'est moi qui ai eu le dessus. J'en baisse les yeux. Je n'ose pas le regarder.

Comme si la mauvaise qualité de sa prestation contre moi l'avait électrisé, Yung Lui s'emploie ensuite à massacrer tous les autres candidats. Il les bloque dans de douloureuses immobilisations, les expédie impitoyablement au sol, les projette dans les airs, les exécute à coups de pied d'un style irréprochable. Quand tous les élèves sont passés, Yung Lui s'assied et Kang Khil se lève.

– Aptitude au combat, deuxième épreuve! annonce Kai. Chaque candidat devra affronter le camarade Kang Khil, qui sera armé d'un couteau de plastique d'une longueur de vingt-cinq centimètres. Vous avez droit à trois tentatives pour soit le désarmer et utiliser l'arme contre lui, soit le neutraliser par tout autre moyen. Question? Non? Au premier!

Je suis la troisième à affronter Kang Khil. Après les courbettes d'usage, nous commençons à tourner l'un autour de l'autre en nous guettant, tendus à l'extrême. La lame du couteau de plastique est conçue pour rentrer dans le manche, ce qui permet de mesurer de combien un vrai couteau aurait pénétré dans le corps du vaincu. Les yeux noirs de Kang Khil sont verrouillés sur les miens. Il essaie de m'impressionner. Sachant combien le regard peut être une arme redoutable contre les spécialistes des arts martiaux, je m'oblige à me concentrer sur le couteau. Et soudain, il attaque, vif comme une panthère. Le couteau s'élance vers mon ventre. Complètement prise au dépourvu, je n'ai même pas le réflexe de parer. Le coup arrive à destination. La lame entière rentre dans le manche.

– Première manche pour Kang Khil! crie Kai. Réveille-toi, Ok Hwa! Un peu de concentration!

Piquée au vif, je me remets en posture de combat et la ronde recommence. Cette fois, j'observe les yeux de Kang Khil. Je suis sûre qu'ils vont trahir ses intentions. Léger, narquois, il fait sauter le couteau d'une main dans l'autre. Il prend tout son temps. Sous le coup d'une brusque impulsion, je pivote sur la pointe du pied et lui décoche un coup de talon retourné. Surprise : le coup porte. Kang Khil pousse un cri et recule de plusieurs pas en arrière en portant la main à sa joue. Sans lui laisser le temps de se remettre, j'enchaîne de deux coups de poing au sternum. Je suis sûre que j'aurais pu en finir là si par exemple je lui avais enfoncé mon genou dans le bas-ventre ou si je lui avais porté une manchette bien dosée au cou. Ce genre d'action aurait entraîné un arrêt de combat sur décision des juges. Mais, au lieu de cela, je saisis sa main armée et je bloque mon autre bras derrière son coude. La prise lui fait lâcher le couteau, dont je m'empare immédiatement. Mais maintenant Kang Khil a repris ses sens et, alors que je suis encore courbée pour attraper l'arme, il me lance en pleine poitrine un coup de pied droit d'une puissance inouïe. Frappée de plein fouet, je recule de trois mètres et tombe lamentablement sur les fesses. En moins de temps qu'il n'en faut pour le dire, Kang Khil est sur moi. Mais, au moins, j'ai gardé le couteau à la main. Je me redresse difficilement et je frappe. Il bloque net son attaque, esquive le coup et reprend une posture de garde. De nouveau, nous nous mettons à tourner en rond en nous observant. Mais, maintenant, c'est moi qui ai l'avantage.

Kang Khil avance sur moi, me forçant à reculer. Je vois son pied avant, toujours prêt à partir pour décocher un coup.

C'est un adversaire redoutable, taillé dans le roc, et je doute sérieusement de parvenir à tromper sa garde. Je décide donc de ruser. Je lui lance le couteau. Pendant une fraction de seconde, il regarde en l'air. Je profite de cette brève distraction pour lui enfoncer mon pied dans l'aine et, en même temps, lui envoyer un solide crochet au menton. Pendant un instant, une expression de stupeur se dessine sur son visage puis il titube et c'est à lui de se retrouver sur les fesses!

– *Break!* crie Kai. Victoire pour Ok Hwa!

J'aide un Kang Khil ahuri à se remettre sur ses deux

pieds. Après le salut, je vais m'asseoir pour attendre le résultat.

– Quatre-vingt-quatorze! crie Rae Hong.

L'après-midi tire à sa fin et les épreuves sont finies pour la journée. Sook Hee et moi regagnons notre chambre. A dix-neuf heures, nous dormons toutes les deux à poings fermés. Je me suis surprise moi-même aujourd'hui. Agréablement. Après tout, je suis peut-être du bois dont on fait les agents secrets...

Les épreuves du lendemain sont beaucoup moins épuisantes puisqu'il s'agit surtout de manier les armes.

Pour le premier volet des tests, on nous donne des fusils chargés de cartouches à haute puissance et on nous fait tirer sur des mouches placées à cent mètres. Sur cinquante coups, je touche la cible quarante-sept fois. Sook Hee et de nombreux autres élèves réussissent le sans-faute, c'est-à-dire cinquante sur cinquante. Dans l'ensemble, tout le monde se tire honorablement de cette épreuve.

Ensuite, nous passons au tir au pistolet. Cette fois, les cibles sont placées à seulement vingt-cinq mètres. Je fais mouche quarante-six fois et seule Sook Hee obtient un meilleur résultat, avec, de nouveau, cinquante points.

Pendant le repas, je lui dis :

– J'ai l'impression que tu as trouvé ton créneau.

– Je suis contente de bien faire au moins une chose. Après la volée que Yung Lui m'a flanquée hier, je n'avais plus trop confiance en moi. Et, nom d'un petit bonhomme, tu ne peux pas savoir ce que j'ai mal dans les jambes!

Je souris.

– Moi aussi, tu sais.

A la vérité, c'est tout juste si j'ai pu me sortir de mon lit ce matin. J'avais les muscles durs comme du bois, sans parler des diverses meurtrissures et ecchymoses que m'avaient values les épreuves d'arts martiaux.

Le reste de la journée est à l'avenant, avec des épreuves comme le tir à l'arc, le lancer de couteau et de grenade, etc. Je m'en tire relativement bien sauf à l'arc, où je n'obtiens que quatre-vingt-deux points. Mais, sur l'ensemble des épreuves, ma moyenne dépasse largement les quatre-vingt-dix points et je ne suis pas inquiète.

Pour l'épreuve de conduite automobile, on nous demande d'effectuer, le plus rapidement possible, un gymkhana comprenant de nombreuses épingles à cheveux sur un circuit plein d'obstacles et de pièges tels des pieux ou des plaques de verglas. Chaque candidat a droit à deux essais, chronométrés avec la plus grande précision. Conduire a toujours été un plaisir fort pour moi car les voitures sont rares en Corée du Nord. Mes trois années d'entraînement à la conduite en conditions extrêmes m'ont bien profité : j'obtiens un résultat de quatre-vingt-seize points au volant de la Mercedes fournie pour l'occasion.

La conduite marque la fin des tests d'aptitude physique. Je m'en tire avec une moyenne générale de quatre-vingt-quatorze points soixante-trois. Deux candidats seulement ont fait mieux que moi et nous ne sommes plus que onze à pouvoir participer à l'épreuve écrite.

Pour plusieurs raisons, je trouve l'épreuve écrite plus difficile que les épreuves physiques. Elle se déroule en deux épreuves de quatre heures par jour pendant deux jours. Les sujets sont très divers.

La première journée est entièrement consacrée à la philosophie de Kim Il Sung. Il ne s'agit pas de questionnaires à choix multiple mais de deux cents questions purement factuelles, auxquelles il faut répondre en un mot ou en une courte phrase. Ensuite, nous rédigeons trois essais portant sur l'idéologie socialiste de la Corée du Nord, avec des thèmes comme : « En moins de dix pages, exposez quelques-unes des nombreuses caractéristiques qui rendent le gouvernement nord-coréen supérieur aux régimes capitalistes. » Ce genre d'interrogation est particulièrement apte à déterminer dans quelle mesure nous avons digéré nos cours de propagande.

Pendant la seconde journée, on nous teste dans de nombreux domaines, mathématiques, langues étrangères, etc. Une section entière est consacrée à notre connaissance des armements, avec des questions comme : Quelle est l'arme au poing favorite du KGB ? Combien de cartouches contient-elle ? Ou bien : Citez tous les types d'avions utilisés par l'armée nord-coréenne avec leurs caractéristiques.

Je subis ces épreuves dans un état de grande tension nerveuse et nombreuses sont les questions auxquelles je suis incapable de répondre. De plus, il est impossible de savoir quelles sont les connaissances nécessaires pour obtenir le minimum de points requis. A la fin de la seconde journée – et donc de la quatrième épreuve – de l'examen écrit, je suis vidée physiquement et mentalement. Bien sûr, nous sommes exemptés de toute autre forme de service durant la durée de l'examen final et je me retrouve à dormir dix heures par nuit. Sook Hee est dans un état à peu près identique au mien.

Comme nous ne sommes plus que onze, les corrigés sont rapidement faits. Trois élèves sont encore éliminés et, sur les huit qui restent, je suis en deuxième position avec une moyenne de quatre-vingt-treize. Sook Hee a quatre-vingt-douze points dix-huit. Toutes deux, nous croisons les doigts. Deux de gagnées, plus qu'une à subir.

Mais la dernière épreuve de l'examen final est certainement la plus difficile. Le test proposé à chacun des élèves est spécifique et conçu en fonction des tâches que l'intéressé sera appelé à remplir plus tard dans les services secrets. Tous les tests sont distribués individuellement et dans des lieux séparés. Cette épreuve est appelée épreuve de terrain car elle vise à simuler avec le plus grand réalisme possible un scénario que nous pourrions rencontrer dans la réalité de nos futures fonctions d'agent secret.

Mon épreuve de terrain personnelle doit avoir lieu le vendredi soir. Le matin, Rae Hong m'explique ce que j'aurai à faire :

– Ta mission débutera juste avant le coucher du soleil. A une dizaine de kilomètres au nord du camp, juste de l'autre côté de la montagne Keumsung, le Parti a fait construire une villa qui est censée représenter une ambassade étrangère et que, par conséquent, nous appelons l'Ambassade. Tu vas recevoir une carte des lieux ainsi qu'un plan de la ville. Le bâtiment est entouré d'un mur et des gardes patrouillent à l'intérieur de la propriété. En regardant le plan, tu remarqueras qu'il y a une pièce contenant un coffre-fort. Dans ce coffre se trouvent des documents rédigés en japonais. Ta mission sera de t'infiltrer dans l'Ambassade, de mémoriser les documents et de revenir sans te faire capturer pour être ici à six heures demain matin. Tout sera mis en scène avec soin. Les chambres de l'Ambassade seront occupées par des agents qui incarneront le personnel diplomatique. Les gardes ne sauront pas à quel moment tu dois arriver. Les agents qui jouent le rôle des gardes et du personnel noteront ta performance. Tout sera aussi proche que possible de la réalité. Il faudra que tu fasses attention aux alarmes : fils tendus, appareils de surveillance cachés, micros, etc. Pour cette épreuve, tu seras équipée du matériel suivant : deux pistolets, un fusil automatique AK-47, trois couteaux, une bombe de mousse carbonique, une corde avec grappin, une lampe torche, un stéthoscope, un coupe-verre, une boussole et un rossignol. Les couteaux seront en plastique et les armes à feu tireront des pastilles de peinture qui font mal à l'impact mais ne provoquent pas de blessures graves. Les gardes auront des armes similaires. Si tu es touchée, tu seras marquée et, si tu es touchée dans des zones vitales, ta note sera réduite en conséquence. Les armes seront équipées de silencieux et tu auras huit chargeurs au total pour les pistolets et deux pour le fusil. Comme il s'agit aussi d'un test pour nos gardes, tu auras le droit – si bien sûr tu y es obligée et s'ils ne veulent pas se rendre – de les assommer. Nous voulons que tout cela soit aussi proche que possible des conditions réelles du terrain. Quand tu seras en possession des documents, il te faudra les lire, les apprendre par cœur et les remettre en place. Quand tu reviendras ici, on t'interrogera sur le contenu de ces documents. Voilà. Des questions ?

Des questions, en fait, j'en ai des tas à lui poser mais tout ce que j'arrive à faire, c'est le regarder avec une expression de stupeur sur le visage. Je n'arrive pas à croire qu'on va me confier cette mission. La minutie avec laquelle mes instructeurs ont préparé tout cela me laisse pantoise. Enfin, je réussis à retrouver ma voix :

– Je suppose que d'autres élèves ont subi ce test.

– Bien sûr, répond Rae Hong, ou tout au moins une épreuve très proche. Les agents de terrain doivent être prêts à faire face à toute éventualité et c'est seulement à travers des tests comme celui-ci que nous pouvons déterminer qui est réellement capable de s'engager dans le service de renseignements. C'est pour cela que nous consacrons de l'argent à l'entretien de ce bâtiment qui ne sert qu'à cet usage.

– Et... comment dire ? – j'essaie de formuler ma question de la façon la plus neutre possible – Qu'est-ce que je dois réussir pour passer l'épreuve ? Tout ?

– Ça, je ne peux pas te le dire. Le mieux pour toi est de te fixer comme objectif l'accomplissement intégral de la mission. Sur le terrain, c'est tout ou rien, Ok Hwa, pas de demi-mesure. Soit tu réussis ta mission, soit tu échoues.

Je hoche la tête pour montrer que je comprends. Je ne veux pas avoir l'air troublé devant lui mais, intérieurement, mon estomac se noue à la perspective de cette « mission ». Je me demande où je vais aller chercher l'assurance nécessaire pour la mener à bien. Mais ai-je le choix ? Si je refuse, je serai chassée du camp et exclue du Parti. Il ne me reste qu'à serrer les dents et à y aller. Je suis obligée de faire de mon mieux.

Rae Hong se lève.

– Bien. Si tu n'as pas d'autres questions, je te laisse tranquille pour l'après-midi. Dans quelques heures, on va t'apporter tout ton équipement et je reviendrai à dix-huit heures pour enregistrer officiellement ton départ. Entre-temps, je te conseille de prendre du repos. Et... ah ! oui, ne parles de ça à personne. Compris ?

De nouveau, je hoche la tête. Rae Hong sort de la pièce. Je retourne à ma chambre et je me jette sur le lit. Mais il est clair que je ne dois pas compter dormir. Je suis dans un tel état de nerfs que je tremble et que mes dents s'entrechoquent. Je m'enveloppe dans les couvertures et reste là, misérablement roulée en boule, pendant plusieurs heures, à regarder avec terreur les minutes s'écouler. Si j'ai eu confiance en moi pour les épreuves précédentes, ce n'est plus du tout le cas pour celle-ci. Tout mon avenir au sein du Parti dépend de ma performance de cette nuit et j'ai terriblement peur de la rater.

Sook Hee ne se montre pas de l'après-midi, ce qui est sans doute une bonne chose. Je pense que si elle était arrivée, je n'aurais pas pu garder ma peur pour moi et que j'aurais fini par tout lui raconter. Sans doute est-elle en train de passer sa propre épreuve. Pourvu qu'elle s'en sorte honorablement, c'est tout ce que je peux lui souhaiter.

L'après-midi s'écoule et je réussis quand même à faire un petit somme réparateur. Je m'éveille à dix-sept heures trente et je passe dans le séjour, où je trouve une grande valise. Je l'ouvre. Elle contient le matériel promis : armes, vêtements, accessoires. Je soupire, regagne la chambre avec les vêtements et je me mets en tenue.

Mon habillement se compose d'une combinaison

intégrale noire, de souliers de commando noirs et d'une cagoule noire. Avec tout cela, je ressemble à un Ninja de jadis. J'ai un holster d'épaule pour l'un des pistolets et une gaine de hanche pour l'autre. J'ai aussi un ceinturon multifonctionnel, dans lequel je peux glisser mes couteaux de combat, ma lampe torche et plusieurs chargeurs garnis.

J'ai enfin un petit sac pour transporter la corde, le stéthoscope et le reste des munitions, sans oublier la bombe de mousse destinée à aveugler momentanément l'objectif des caméras de surveillance.

Je suis prête et équipée de pied en cap à dix-huit heures quand Rae Hong passe à mes quartiers pour assister à mon départ. Il m'examine d'un œil approbateur et dit qu'il regrette de ne pas avoir d'appareil photo.

Mais je ne suis pas d'humeur à plaisanter. La tenue est pratique et confortable, pourtant je me sens franchement ridicule avec ma cagoule et mon AK-47 à l'épaule.

– Très bien, camarade Ok Hwa, déclare Rae Hong en consultant sa montre. Tu as douze heures pour exécuter ta mission. Bonne chance!

Derrière la cagoule noire qui ne laisse voir que mes yeux, je grommelle :

– Merci.

Et je sors. La soirée est belle, sans lune, et les ombres commencent à s'allonger sur le sol. Je me mets en marche, à bonne allure, en direction du complexe militaire, sur le sentier qui franchit la montagne de Keumsung. Je connais le chemin par cœur et je sais qu'il va me falloir traverser une pinède, mais j'ai tout de même emporté ma carte et mon plan de la maison. Mon objectif, le coffre-fort, se trouve dans la bibliothèque de la villa.

Il fait plus noir dans la pinède et je n'ai que ma boussole pour me guider. J'écoute les bruits familiers de la forêt au crépuscule : les merles qui sifflent leur dernier couplet, le bruissement des petits animaux qui filent se cacher. Mais ce que je guette, c'est le pas plus lourd du tigre. Car il n'est pas impossible que mon chemin croise celui d'une de ces sympathiques bestioles.

Bientôt, je me retrouve dans l'obscurité totale. Je marche le plus silencieusement possible, à peu près persuadée que des hommes envoyés par Rae Hong guettent ma progression. Je n'utilise ma lampe torche à faisceau découvert que quand je ne peux pas faire autrement. Le reste du temps, je plaque ma main sur la vitre pour dissimuler la lumière. Le silence de la nuit s'installe sur la forêt.

Je continue à marcher ainsi pendant un temps qui me semble une éternité. Exception faite du vent qui, de temps à autre, agite la cime des arbres, il n'y a pas un bruit. Ce silence irréel me trouble. Je sais bien que la marche de nuit dans cette forêt constitue la partie psychologique de l'épreuve, cela n'empêche que, par moments, j'ai envie de prendre mes jambes à mon cou. Mais pour aller où ? Il n'y a aucun abri près d'ici et la seule possibilité est de faire demi-tour. Je n'en suis pas encore là.

Et puis, soudain, j'aperçois de la lumière dans le lointain, à travers les arbres. J'éteins ma torche et je la range dans mon ceinturon. Je range aussi ma boussole et, prudemment, j'avance en me cachant de tronc en tronc. Au bout d'une dizaine de mètres, je me retrouve à l'orée de la forêt et je découvre la grille principale de l'Ambassade.

Des lampes ont été posées sur le mur, de chaque côté de la grille, et un garde se tient sous chacune d'elles. Je vois aussi un petit poste de garde éclairé de l'intérieur. Les murs, recouverts de stuc blanc, font environ quatre mètres cinquante de hauteur. Derrière ces murs, si je me souviens bien du plan qui m'a été fourni, se trouvent des plates-bandes puis une longue pelouse qui monte en pente douce jusqu'à la maison. De loin, j'en aperçois vaguement un angle à travers la grille.

Je passe un moment à observer les gardes. Outre les deux qui sont en faction à l'extérieur, il me semble qu'il y en a un dans le poste. Et ce poste est, sans aucun doute, relié à l'Ambassade par une ligne téléphonique. Une patrouille passe. Trois hommes. Ils bavardent négligemment entre eux et font un signe aux sentinelles.

Tout en restant sous le couvert des arbres, je me déplace vers la droite de la grille. Quand j'ai atteint l'angle, je longe le mur en courant pour me rapprocher du bâtiment principal. Une autre patrouille passe et je recule vivement dans l'ombre jusqu'à ce qu'elle ait disparu. Je fixe alors mon grappin à l'extrémité de ma corde, je sors du bois et je lance le tout par-dessus le mur. Le grappin s'accroche. Je me hisse jusqu'au sommet du mur. Là, je fais une courte halte, le temps de récupérer ma corde, et je saute de l'autre côté.

Je suis sur la pelouse, à une centaine de mètres du bâtiment et à environ deux cents mètres de la grille. Des lanternes, placées à intervalles réguliers, éclairent l'allée gravillonnée qui mène de la grille au perron. De la lumière filtre du bâtiment lui-même. Je m'aplatis au sol. Je vois une autre patrouille qui passe près de la maison. Elle s'éloigne de l'endroit où je suis cachée. Restant dans l'ombre du mur, je me redresse et je fonce jusqu'à ce que je sois au niveau de la maison.

C'est un bâtiment de style néoclassique avec une colonnade grecque et une grande terrasse. Environ quatre mètres cinquante de terrain découvert me séparent de ce bâtiment. Derrière une fenêtre, je vois une pièce abondamment éclairée : la bibliothèque. Je juge utile de consulter mon plan. Je le sors de ma poche et je le déplie. Au-dessus de la bibliothèque s'étend une terrasse, entourée d'un muret. Elle communique avec des chambres d'invités. D'où je suis, toutes les fenêtres des chambres me semblent noires. C'est peut-être la meilleure voie d'accès.

De nouveau, je regarde dans la bibliothèque. Un

domestique entre dans la pièce et sert le thé à une ou plusieurs personnes, que je ne vois pas. Je m'interroge. Dois-je attendre que la bibliothèque soit vide pour entrer dans la maison ou bien entrer et me cacher à l'intérieur ? Je décide d'y aller tout de suite. Il fait froid ici. Et si j'entre plus tard, je risque de trouver les chambres occupées. D'ailleurs, ce serait de la folie d'entrer directement dans la bibliothèque depuis l'extérieur, même après que la pièce aura été désertée, car elle doit être surveillée par une caméra vidéo.

Comment atteindre la terrasse ? Je prends un peu de recul en faisant attention de ne pas poser le pied sur un fil d'alarme ou quelque piège du même genre. Je repère une gouttière à l'arrière du bâtiment, au niveau de l'angle du mur. Un regard circulaire : personne. D'un sprint, je franchis la portion de pelouse qui me sépare de la gouttière, je me plaque contre le mur et, de nouveau, je fais un tour d'horizon. Toujours rien en vue, mais il semble qu'une patrouille approche du côté opposé de la maison. J'entends des bruits de pas et de conversations étouffées. Je m'agrippe à la descente de gouttière et, mètre après mètre, je l'escalade jusqu'au sommet. A la seconde même où la patrouille arrive à l'angle du mur, je me laisse rouler par-dessus la balustrade. Je m'accroupis dans l'ombre en attendant que les gardes passent. C'était moins une !

Il n'y a toujours pas de lumière dans les chambres. Dos voûté, jambes fléchies, je me dirige vers les fenêtres en me faisant aussi légère que possible pour qu'on n'entende pas le bruit de mes pas en dessous, dans la bibliothèque. Arrivée à la première fenêtre, j'essaie d'ouvrir. Rien à faire. Je passe devant la porte et je tente ma chance avec la deuxième fenêtre. Pas plus de résultat.

J'essaie la porte. Non seulement elle est verrouillée, elle aussi, mais j'aperçois sur ses vitres des traces révélant la présence de bandes antieffraction. La porte est aussi à éviter.

Je retourne à la première fenêtre, qui donne sur l'arrière du bâtiment. Je prends mon coupe-verre dans mon sac à dos et, soigneusement, je découpe un cercle dans la vitre, juste au-dessus de l'endroit où devrait se trouver la poignée. J'enlève la pièce de verre à l'aide de la ventouse, je passe la main à l'intérieur et je trouve une prise. Je tourne. La fenêtre s'ouvre sans bruit.

Je me glisse à l'intérieur, referme la fenêtre et replace le cercle de verre à l'endroit où je l'ai découpé. Il a l'air de vouloir tenir en place. Je fais une inspection rapide des lieux.

Je ne vois pas grand-chose mais cela me suffit pour m'assurer que la chambre est vide. Contre un mur, il y a un confortable lit à baldaquin et une cheminée au manteau décoré. Des tentures de velours, fixées au plafond, pendent le long des murs. Difficile de savoir si la pièce est habitée ou non. Il y a trois portes qui donnent respectivement accès à un cagibi, à une salle de bains et au palier. La dernière porte est entrouverte, je jette un coup d'œil dehors. Le vaste palier est abondamment éclairé et court sur une vingtaine de mètres d'un bout à l'autre de la maison. L'escalier débouche au milieu. Je pousse un tout petit peu la porte en essayant de me rappeler le plan de l'étage. Il y a deux chambres, une de chaque côté du palier et deux autres plus loin, à cinq ou six mètres de moi. Ensuite, c'est l'escalier puis cinq autres portes, deux de chaque côté et une au fond.

Je referme la porte et je consulte ma montre. Il est exactement dix heures du soir. Je pense que tout le monde devrait être couché d'ici à minuit. Il ne me reste qu'à attendre.

Je vais ouvrir la porte du cagibi et j'allume ma torche. La pièce est assez grande et sert de *dressing room.* Des robes du soir et des costumes à la mode occidentale sont suspendus à des cintres. La présence de ces vêtements semble indiquer que la chambre est occupée. Il va donc falloir que j'attende. Je m'enferme dans le *dressing* et vais me tapir dans le fond, derrière une tenture de luxueuse étoffe. Je ne vois pas de meilleur endroit pour me cacher car sortir maintenant sur le palier serait beaucoup trop risqué.

Une heure passe ainsi. Je ne peux pas m'empêcher, par moments, de penser à l'absurdité de cette situation. Me voilà, à vingt et un ans, au bout de trois ans d'instruction, en train de forcer les portes d'une fausse ambassade pour passer un test d'aptitude à l'espionnage! Tout cela me semble tellement loin de la vie que j'aurais dû avoir. Je songe à ma mère et à sa cuisine familiale, à mon père se détendant dans son fauteuil après sa journée de travail, à mes frères et sœur en train de chahuter. Que font-ils en ce moment? Qui sait, peut-être sont-ils en train de penser à moi, eux aussi.

L'ouverture de la porte interrompt mes réflexions. On allume la lumière dans la chambre. J'entends des bruits de pas et des éclats de conversation entre un homme et une femme. Ils parlent en japonais. Mais je n'arrive pas à distinguer ce qu'ils disent. Je sens que je me contracte, mon cœur se met à cogner à tout rompre dans ma poitrine et j'essaie de reculer davantage vers le fond de la pièce. Mon AK-47 bute contre le mur. Soudain, la voix de la femme me paraît plus forte et la lumière s'allume dans le cagibi. Malgré les vêtements et le rideau, je cligne des yeux. La femme dit que ce n'est pas folichon de vivre six mois au Caire. Les cintres glissent sur leur tringle et les vêtements viennent se presser contre moi. Froissement de tissus. La femme est en train d'enlever sa robe et de l'accrocher. Ensuite, il me semble qu'elle prend quelque chose sur un autre portemanteau puis la lumière s'éteint et je me retrouve dans le noir. De nouveau le bruit de sa voix s'atténue. Je me demande si l'homme va faire la même chose qu'elle mais les minutes passent et personne ne vient me déranger. Je perçois très confusément l'extinction de la lampe de la chambre et, bientôt, c'est le silence.

Mon pouls continue à palpiter à toute allure. Je dois

attendre que le couple soit profondément endormi avant de sortir de là. Je leur donne une demi-heure. Je ferme les paupières et je m'adosse au mur. J'ai le sentiment de ne pas prendre suffisamment de précautions mais, étant donné le délai qui m'est imparti, je ne peux guère faire autrement.

Quand un laps de temps à peu près raisonnable s'est écoulé, j'écarte les vêtements et je me relève. La porte du cagibi n'est pas bien refermée. J'écoute un instant. Pas de bruit inquiétant. J'ouvre la porte en grand. Mes yeux sont désormais parfaitement accoutumés à l'obscurité et je vois le lit, à un peu plus de quatre mètres de moi. Les corps des dormeurs ne sont que des formes indistinctes. L'homme ronfle bruyamment. Je me glisse hors du *dressing* et me dirige vers la porte du palier.

Soudain, j'entends une exclamation. Je me retourne d'un bloc et je vois la silhouette de la femme assise dans le lit. La lumière s'allume. Je cligne des yeux, désagréablement surprise. Je dégaine l'un de mes pistolets et je fonce vers la femme en lui ordonnant de ne pas faire de bruit.

C'est une Asiatique d'âge mûr. Elle porte une chemise de nuit saumon qui me paraît très luxueuse et une permanente à l'occidentale. Elle a la bouche ouverte et les mains plaquées sur le visage. Quand je suis à moins d'un mètre d'elle, elle se ressaisit, sourit et baisse les mains.

– C'est bon, me dit-elle en coréen. A ce stade, nous sommes soit morts soit assommés. Considère-nous comme éliminés.

Je m'arrête, hésitant sur la conduite à tenir.

– N'aie crainte, Ok Hwa, reprend-elle d'une voix apaisante. Nous savions que tu allais venir et je te félicite de ne pas m'avoir tiré dessus. Belle preuve de sang-froid.

Je souris derrière ma cagoule.

– J'espère au moins que vous allez éteindre cette lumière et ne rien dire.

– Naturellement. C'est la règle du jeu. Allez, bonne chance!

Apparemment, l'homme ne s'est rendu compte de rien. Il continue à ronfler comme un soufflet de forge. J'abaisse mon arme et je repars vers la porte palière. La lumière de la chambre s'éteint.

Je me faufile en silence sur le palier. L'éclairage principal a été coupé et il ne reste que des veilleuses. Je me glisse jusqu'à l'escalier qui descend vers le rez-de-chaussée en décrivant une large courbe. Les marches sont en marbre mais j'ai des semelles souples qui ne font pratiquement pas de bruit. Pistolet au poing, tous les sens en alerte, je progresse jusqu'en bas et je me retrouve dans un grand hall. Un garde est assis à un bureau, près de la porte d'entrée.

Il me repère tout de suite mais, sans lui laisser le temps de faire un geste, je tire. Les pastilles de peinture éclatent sur le devant de sa chemise et sur sa joue gauche. Il me fait un grand sourire et s'écroule sur le côté.

Je prends mes repères. Deux couloirs ouvrent sur le hall, l'un à droite, l'autre à gauche. Tous deux sont flanqués de nombreuses portes. La bibliothèque se trouve au bout du couloir de gauche. Je regarde. Je ne vois pas de lumière filtrer sous la porte. Je peux en conclure que la pièce est vide. C'est alors que je repère une caméra de surveillance, fichée au plafond. Elle pivote vers moi. Je plonge vivement hors du champ et, d'un roulé-boulé, j'atteins le mur sur lequel je vois, à quelques centimètres au-dessus de moi, une cellule photoélectrique. Mon cœur se remet à battre la chamade. Je ne suis pas assez méthodique et ma prochaine erreur pourrait bien être la dernière. Dès que la caméra a fini de balayer le champ et se trouve orientée de l'autre côté, je me relève et je fonce dans le couloir en direction de la bibliothèque. La porte est bouclée. Fébrilement, je cherche mon rossignol. Il me faut une bonne minute pour réussir à crocheter la serrure, puis je me glisse dans la pièce et je referme la porte derrière moi.

J'allume ma torche. D'après mes indications, le coffre se trouve dans le mur, derrière un tableau, tout près de la porte. Je fais courir le faisceau lumineux sur le mur, jusqu'à une aquarelle représentant un paysage qui me semble correspondre à ce que je cherche. Je décroche le tableau. Le coffre est là.

Je pose mon sac à doc et je m'installe avec mon stéthoscope, que j'applique sur la porte du coffre. Je tourne le bouton en écoutant attentivement le bruit des gorges et je tire à chaque fois que j'entends un déclic. Une minute plus tard, le coffre-fort est ouvert.

Je ne trouve qu'une feuille de papier à l'intérieur, je la happe plus que je ne la prends et la parcours à toute allure. Le message est rédigé en japonais : « Ok Hwa, tu as déjà fait la moitié du parcours! Quand tu retrouveras l'instructeur Rae Hong, ce matin, tu lui répéteras ces mots avec la plus grande exactitude possible. Bonne chance! »

Après tout, je vais peut-être réussir cette folle mission. Une bouffée d'enthousiasme me requinque tandis que je replace le papier dans le coffre, que je referme la porte et que je brouille la combinaison.

Je suis en train de remettre la peinture en place quand j'entends un bruit de moteur et des crissements sur le gravier. Je regarde par la fenêtre. Une jeep militaire est en train de foncer dans l'allée qui mène à l'Ambassade. C'est la douche écossaise. J'éteins aussitôt ma lampe torche et je me précipite à la fenêtre. Comment peuvent-ils avoir été alertés aussi vite?

Et puis, brusquement, l'évidence me saute aux yeux. J'ai échappé au balayage de la caméra de surveillance mais le corps inerte du garde que j'ai neutralisé n'y a pas échappé, lui.

La jeep freine dans un hurlement de pneus. Deux hommes sautent à terre. J'entends la porte d'entrée qui s'ouvre. Je dois déguerpir sur-le-champ.

J'essaie les fenêtres. Elles sont toutes fermées et apparemment collées par plusieurs couches de peinture. Quant à briser l'armature de bois, inutile même d'y songer. Bref, la seule issue pour repartir est le couloir qui m'a amenée ici.

J'entends déjà le martèlement précipité des pas dans le hall. Un instant plus tard, la porte s'ouvre sous une violente poussée. Je me laisse tomber en position accroupie et j'attends. La pièce est dans le noir et, venant de l'extérieur, ils ne peuvent pas encore me voir. Je lève mon pistolet.

Tout à coup, les lampes s'allument. J'ouvre le feu aussitôt. Deux hommes, qui se tiennent dans l'embrasure de la porte, sont touchés. Couverts de peinture rouge, ils s'effondrent au sol. Je me relève, je bondis et je les enjambe tout en engageant un chargeur neuf dans mon pistolet.

En arrivant dans le hall, je me rappelle l'existence de la cellule photoélectrique et je m'aplatis au passage pour échapper à son rayon. Je me rends compte, presque aussitôt, que j'ai pris cette précaution pour rien car, à l'évidence, les deux gardes qui ont fait irruption dans la bibliothèque avaient pris le soin de donner l'alerte générale. J'entends des cris et des bruits de course à l'extérieur. Je sors et je m'élance sur la terrasse en direction de la pelouse. La grille est très certainement l'endroit le mieux gardé; mon seul espoir est donc de m'enfuir comme je suis arrivée, en escaladant le mur à un autre endroit. Mais j'ai à peine couru quelques mètres qu'une patrouille arrive au coin de la maison. Trois hommes. Ceux-là ne se laissent pas surprendre comme leurs collègues. Ils plongent au sol et ouvrent le feu. Je bats en retraite à l'abri d'une colonne dorique à l'instant même où une rafale de pastilles de peinture éclate sur le mur, tout près de moi. D'une main, j'attrape l'AK-47 pendu dans mon dos et je tire une rafale vers la patrouille. Kalachnikov dans une main, pistolet dans l'autre, je fonce en avant tout en tirant sporadiquement dans leur direction. Soudain, j'entends un cri de surprise et de douleur. J'ai dû en toucher un. Arrivée au bout de la terrasse, je bondis par-dessus le muret et j'atterris sur la pelouse sans avoir perdu d'élan. Deux hommes me prennent en chasse. Ils me mitraillent et j'entends les cartouches de peinture exploser au sol juste sur mes talons. Je me retourne brièvement et, sans cesser de courir, je vide le chargeur de mon AK-47. Je les rate mais mon geste les oblige à rouler au sol, ce qui me fait regagner un peu de terrain. Enfin, j'atteins le mur. Je continue à courir en le longeant. Je compte sur l'ombre épaisse qu'il projette sur la pelouse pour échapper à la vue de mes poursuivants. Puis je m'arrête un instant pour recharger mon AK-47, reprendre ma corde dans mon sac et la lancer vers le faîte du mur. A toute allure, je réajuste mon sac et mon AK-47 sur mon dos puis, dès que le grappin s'accroche, je m'élance dans les airs. A ce moment, j'entends des cris qui me glacent le sang : l'aboiement excité d'une meute de chiens lancée à ma poursuite.

Ils viennent d'être lâchés et ils arrivent ventre à terre.

Terrifiée, j'escalade le mur mais je sens mes bras faiblir et mes mains glisser : l'effet de la peur. Un cri retentit. On m'a repérée. Les chiens sont presque au pied du mur quand j'arrive au sommet. Avec des gestes maladroits, j'étreins le haut du mur, je roule et je me laisse tomber de l'autre côté. L'atterrissage est brutal.

Je m'accorde un court instant pour récupérer. Dans l'enceinte de l'Ambassade, les chiens sont en train d'aboyer à l'endroit même où j'étais il y a encore quelques secondes. Dès que j'ai retrouvé un semblant de souffle, je repars vers la forêt, pistolet au poing. Mes yeux en alerte cherchent l'ombre des sentinelles. Il fallait s'y attendre : quand je me trouve à une dizaine de mètres de l'angle sud-est, une nouvelle patrouille entre en action. Je pousse un rugissement et je leur tire sept ou huit cartouches d'affilée. Ils essaient de reculer mais je fonce en tirant jusqu'à ce que mon chargeur soit vide. Un à un, les gardes tombent et restent au sol en un tas, couverts de peinture.

– Bien joué! me lance l'un d'eux au moment où j'arrive à leur niveau.

Je cours comme une dératée vers la forêt. De ma main libre j'attrape ma lampe torche et je l'allume. J'ai l'impression que mon cœur va exploser sous l'effort. Je sais que je dois m'arrêter rapidement pour me reposer un peu mais, d'abord, je dois mettre une certaine distance entre l'enceinte de cette Ambassade et moi. Il serait préférable d'éteindre la torche mais je n'ai guère le choix. Si je n'ai pas de lumière, je vais m'aplatir contre un tronc avant qu'il ne soit longtemps.

Au bout d'une centaine de mètres, je m'arrête. Je m'adosse à un arbre et j'éteins la lampe. De ma vie je n'ai été aussi essoufflée et mon cœur bat tellement fort que j'ai l'impression d'être habitée par un marteau-piqueur. A demi étourdie, je recharge mon pistolet. Dans combien de temps vais-je être en état de repartir ?

Je n'ai pas le loisir de me poser la question bien longtemps. J'entends, dans le lointain, les aboiements qui semblent se rapprocher. J'ai dans l'idée qu'ils ont lancé les chiens sur ma piste.

Je me redresse péniblement et me remets en marche. Hors de l'enceinte, ils vont garder les chiens en laisse. Donc ils ne pourront pas aller plus vite que les hommes. Je rallume ma lampe torche et je cours en zigzag entre les arbres. Il va leur falloir quelques minutes pour trouver ma piste et s'élancer. Cela devrait me suffire pour arriver à les semer. Mais encore faut-il que je ne commette aucune erreur.

Quatre cents mètres plus loin, je trouve un ruisseau. Il ne fait guère plus d'un mètre de large mais cela suffira. Je poursuis ma course dans le ruisseau. Mes pieds se contractent au contact brutal de l'eau froide. Je remonte le cours d'eau sur une trentaine de mètres puis j'en sors. Maintenant je cherche un arbre dans lequel il serait possible de grimper. Pas de problème, cela ne manque pas dans une forêt de pins.

Cinq minutes plus tard, je suis perchée au sommet d'un énorme mélèze. J'entends encore les aboiements, dans le lointain, et je peux même voir les lueurs vacillantes des projecteurs de mes poursuivants. Mais, si vraiment ils avaient retrouvé ma piste, ils l'ont de toute façon perdue une fois arrivés au ruisseau. J'attends, le souffle court. J'entends quelques ordres et les hommes repartent vers l'Ambassade. Ils abandonnent!

Je laisse échapper un grand soupir et quelques larmes roulent sur mon visage. Je suis épuisée, physiquement et psychologiquement. Je jette un coup d'œil à ma montre : deux heures vingt. Il me reste encore des kilomètres à couvrir et seulement quatre heures pour le faire. Je redescends de mon arbre et je me munis de ma torche et de ma boussole. Il est grand temps de reprendre la route du camp.

Mécaniquement, je mets un pied devant l'autre, par la seule force de l'habitude. J'ai beaucoup transpiré et maintenant j'ai froid. L'air est glacial. Je ne pense pas, mon esprit est comme en hibernation, et j'ai perdu le sens de l'urgence. Tout ce que j'arrive à faire, c'est fonctionner à mon rythme en espérant arriver au camp en temps et en heure.

Il est cinq heures du matin quand je retrouve finalement le sentier de Keumsung. Mes jambes, surtout au niveau des chevilles et des genoux, sont la proie de douleurs lancinantes. Je sens que je commence à avoir la fièvre. Je me traîne le long du sentier jusqu'à la cour du centre d'instruction. Je manque d'éclater en sanglots quand j'y fais mon entrée. Le soulagement me met dans un état émotionnel que j'ai du mal à dominer. Mon corps, lui, n'a qu'un désir : se laisser tomber sur le lit et dormir pendant un jour ou deux. J'ouvre la porte de mes quartiers et j'entre d'un pas d'automate.

Rae Hong et Myung m'y attendent, assoupis sur le canapé. Ils s'agitent puis s'éveillent en m'entendant et leurs yeux s'arrondissent en me posant une question muette.

Le lendemain, quand tous les rapports auront été analysés, ma note pour l'épreuve de terrain sera fixée à quatre-vingt-dix-huit points, l'une des plus élevées jamais enregistrées. La seule chose qui m'empêche d'atteindre le maximum est le fait que j'ai été obligée de « tuer » autant de gardes et que j'ai provoqué une véritable émeute dans l'Ambassade.

Mais, pour l'instant, je ne puis que répéter comme un robot les mots qui se sont, je ne sais comment, gravés dans mon cerveau : « Ok Hwa, tu as déjà fait la moitié du parcours ! Quand tu retrouveras l'instructeur Rae Hong, ce matin, tu lui répéteras ces mots avec la plus grande exactitude possible. Bonne chance ! »

La dernière chose que je vois avant de perdre connaissance et de m'écrouler au sol, c'est le sourire de Rae Hong.

5

Entre le moment où je fus recrutée pour le centre d'instruction et celui où l'on m'ordonna de placer la bombe à bord du vol 858, il s'écoula plusieurs années au cours desquelles mes aptitudes furent testées à l'occasion de missions en conditions réelles.

En juillet 1984, j'avais déjà le grade d'expert en combat armé et à main nue, quand l'agent spécial Chung vint me rendre visite. Il arriva tôt le matin à bord de sa Mercedes noire. C'était un dimanche et j'avais donc ma journée pour moi. Je me trouvais dans la bibliothèque et je me détendais en lisant le tome XXVI des *Œuvres choisies* de Kim Il Sung lorsque Chung fut introduit par Wul Chi. Je fus tellement surprise de cette apparition que je bondis de ma chaise comme un ressort.

Chung me salue aimablement en me tendant la main :

– Camarade Ok Hwa, je suis très content de te revoir. Je me suis laissé dire que tu étais un excellent élément.

Je lui serre la main.

– Il paraît.

– Je voudrais que tu aies fait tes bagages dans un quart d'heure, poursuit Chung. Prends juste quelques vêtements, rien d'autre. Tu me rejoins dehors dès que tu es prête.

– Entendu.

Je feins un air détendu mais je suis incapable de dissimuler mon appréhension.

Quelque temps plus tard, la Mercedes nous emporte sur les lacets de la route de montagne. Chung me pose quelques questions polies, s'informe de ma santé, etc. Mais il ne me semble pas disposé à me révéler où nous allons et ce que nous allons y faire. Je commence à me demander si je n'aurais pas été renvoyée du camp pour être transférée dans un centre de réclusion ou autre. En Corée du Nord, quand un membre éminent du Parti vient vous rendre visite sans s'annoncer, ce genre de crainte est tout à fait fondé. Mais je finis par me dire que non, il ne s'agit peut-être pas d'une arrestation. Chung n'est pas causant mais il me semble trop bien disposé à mon égard.

Le voyage nous amène au siège de la centrale nord-coréenne de renseignement et, plus précisément, au bureau du chef de division Kwang. Deux hommes se trouvent dans le bureau : Kwang lui-même, qui est un homme jeune affecté d'une calvitie précoce et qui, bien que nous soyons à l'intérieur, porte des lunettes de soleil; et un autre homme, plus âgé, les cheveux blancs un peu longs, le visage fripé comme un vieux parchemin. Les deux hommes se lèvent, ce qui demande un effort visible au plus âgé.

Kwang me le présente comme étant Kim Seung Il.

– L'un des agents de renseignement les plus remarquables de l'histoire de l'espionnage, précise-t-il. Vous pourrez le considérer comme votre grand-père, Ok Hwa. Car, désormais, vous allez passer beaucoup de temps ensemble.

Kwang nous invite à nous asseoir, puis expose les motifs de notre rencontre :

– Monsieur Kim, mademoiselle Kim, vous allez voyager ensemble à l'étranger pendant environ un mois. Pour vous, Ok Hwa, l'objectif de cette opération est d'acquérir une expérience du terrain. Vous allez connaître de nombreuses villes, en Europe et en Asie. Je veux que vous vous familiarisiez avec les voyages à l'étranger sous une fausse identité. Il est temps que vous découvriez d'autres cultures. Bien entendu, il ne s'agit pas d'une distraction. Je veux que vous preniez des notes très précises pendant ce voyage. Pour vous, cette opération sera l'occasion idéale de montrer que nous pourrons dans l'avenir vous confier des missions ultrasecrètes. Vous voyagerez sous identité japonaise, un père et sa fille. Vous parlez le japonais aussi bien l'un que l'autre et votre couverture de touristes vous permettra de vous promener sans problème dans toute l'Europe. Vous allez connaître Moscou, Budapest, Vienne, Copenhague, Francfort, Zurich, Genève, Paris, Macao, Canton et Pékin. Dans les pays communistes, vous voyagerez avec des passeports diplomatiques nord-coréens mais, dans ceux du bloc de l'Ouest, vous aurez de faux passeports japonais aux noms de Shinichi et Mayumi Hachiya. Shinichi sera vice-président de l'agence de transport Ohoi et Mayumi une jeune diplômée en économie sociale et familiale du collège universitaire féminin de Yaoyama. Voilà pour l'essentiel. Tous les points de détail vous seront précisés dans les dossiers que nous allons vous remettre. Ok Hwa, sachez que vous serez seule pour la dernière partie du voyage. Quand vous quitterez l'Europe à destination de la Chine, Seung Il restera sur place pendant quelques jours puis il repartira seul pour Séoul, où il aura une mission à accomplir de son côté. Ce crochet par la Chine servira de diversion pour le cas où quelqu'un se serait intéressé à vous mais aussi d'expérience nous permettant de déterminer si vous êtes capable de voyager seule.

Je sens une excitation croissante monter en moi à mesure que Kwang parle. Enfin, après ces interminables années d'instruction, je suis envoyée sur le terrain ! A Keumsung, j'ai rencontré des agents spéciaux qui attendaient leur première mission depuis dix ans, et même quinze! Moi, je n'ai attendu que quatre ans. Il va sans dire que cet enthousiasme est mitigé par une certaine nervosité et par l'appréhension face à cette grande responsabilité qu'ils s'apprêtent à me confier. Mon seul et unique voyage à l'étranger a été Cuba. Et la grande majorité des Nord-Coréens naissent, vivent et meurent sans avoir connu autre chose que leur pays. Toutes les implications pratiques de ce voyage (aéroports, hôtels, change de monnaies) me fascinent et m'inquiètent. Vais-je être à la hauteur? Sans oublier que nous allons nous infiltrer illégalement dans les pays occidentaux.

Dans les faits, il fallut encore quelques semaines avant que tous les détails de l'opération soient au point. Kwang me fournit des magazines de mode japonais et me fit projeter des films pour que je m'applique à ce que mon habillement, mon maquillage et mon comportement aient l'air parfaitement authentiques. On me demanda également de lire toute une collection de guides de voyages internationaux. Je me sentais plus savante et plus sûre de moi après avoir absorbé toutes ces informations. Je commençais même à m'imaginer sur le point de devenir un espion d'élite comme ces héros du KGB ou de la centrale nord-coréenne dans les films qu'on nous montrait à Keumsung. J'étais pleine de fierté. La plupart des femmes de mon âge avaient pour toute perspective de devenir de petites ménagères, et moi, j'allais courir le monde! J'ignorais à quel point la vie allait me faire réviser mes positions dans les années à venir.

Aujourd'hui, le souvenir de la partie européenne du voyage n'est plus qu'une masse d'impressions floues. Quelles furent mes réactions à la découverte des pays capitalistes? Je fus surtout frappée par le fait que les grandes villes étaient propres, avaient des commerces bien tenus et du personnel compétent. Mais, ce qui m'impressionna le plus, je crois, c'est l'abondance et la variété des produits alimentaires. Cette profusion était inimaginable.

Pourtant, je conservais, enracinée en moi, l'idée que les villes d'Europe étaient des nids de corruption, de décadence et de turpitude. A Copenhague et à Paris, je fus particulièrement dégoûtée par la prolifération des commerces pornographiques et le nombre des prostituées. En Suisse, ce fut l'ostentation des gens qui me paraissaient riches jusqu'à l'absurde : manteaux de vison, Rolls, diamants. Il est vrai que, pendant vingt-deux ans, on m'avait inculqué la conviction que l'Ouest était l'incarnation du mal. Et je découvrais donc ce monde inconnu à travers des yeux déjà bien conditionnés.

Notre fausse identité, aussi, m'empêchait d'apprécier pleinement ce que je voyais. Voyager à l'étranger était déjà, en soi, une expérience déroutante, voire inquiétante et j'étais, en outre, obligée de jouer un rôle, un personnage. Partout où nous allions, je visitais avec Seung Il les lieux les plus touristiques. On nous en avait donné l'ordre afin de préserver notre couverture. Mais je ne pouvais pas m'empêcher d'être nouée par l'anxiété dès que j'apercevais l'ombre d'un policier. J'étais particulièrement terrorisée par le grand nombre de touristes japonais que nous rencontrions un peu partout. Parfois, ils essayaient d'engager la conversation. J'étais dans un état de tension permanente.

Malgré tout, je fus sensible à la beauté de l'Europe. La Suisse, en particulier, me fit une grosse impression. A l'instant où je vis les Alpes, j'en tombai amoureuse. Quant à notre hôtel, au bord du lac de Genève, il semblait sorti d'une carte postale. Je me souviens d'avoir vu un groupe de touristes indiens près de cet hôtel. Ils touchaient la neige avec étonnement, comme s'ils n'en avaient jamais vu.

On nous avait donné dix mille dollars pour nos frais et il était entendu que nous rapporterions des cadeaux pour nos supérieurs et, bien sûr, pour notre président. C'était une pratique courante. Les agents spéciaux exprimaient ainsi leur gratitude pour l'honneur qu'on leur faisait en les envoyant à l'étranger. Il ne s'agissait pas de cadeaux précieux. Pour des Occidentaux, ils auraient même fait figure de bricoles. On rapportait des stylos à bille, des briquets, de petits articles difficiles à trouver en Corée du Nord. Dans la pratique, nous n'étions pas autorisés à dépenser de l'argent pour notre usage personnel, le budget était intégralement consacré aux besoins de la mission, mais monsieur Kim s'arrangea cependant pour s'offrir une très belle montre en plaqué or. Les montres sont des objets rares et recherchés en Corée du Nord. Le fait d'en posséder une vous désigne socialement. Kim me raconta ultérieurement que, pour sa famille, cette montre fut considérée comme l'un des plus beaux achats qu'il eût jamais faits.

Moi-même, à Genève, je mourais d'envie de m'acheter une statuette représentant une sirène, mais le sujet avait le buste dénudé et j'y renonçai car il eût été impossible de la rapporter à Pyeong Yang. A la place, j'achetai une chaîne avec une croix en or. Pour moi, ce symbole ne signifiait rien. Seung Il ne fit pas de commentaire mais il me regarda d'un œil noir le jour où je la mis à mon cou. Curieusement, Kwang me complimenta à mon retour au sujet de cette chaîne car, dit-il, elle constituait un élément subtil de déguisement. Bien sûr, je ne lui révélai jamais que je l'avais achetée uniquement pour me faire plaisir.

Je dois avouer qu'en Suisse mon professionnalisme, pour autant que j'en ai possédé un peu, eut à souffrir de mon intérêt tout à fait personnel pour la visite. Le paysage avait quelque chose de féerique et je ne voulais plus m'en aller.

A Paris, nous devions repartir chacun de notre côté mais je passai tout de même quelques jours avec Kim et nous visitâmes la ville sous notre couverture de touristes japonais. Beaucoup de choses m'impressionnèrent à Paris, notamment l'élégance des femmes. Je fus surprise de voir que des femmes d'âge mûr s'habillaient de façon aussi hardie que des filles de vingt ans. J'admirai aussi la splendeur des vieux monuments.

Je rapportai toutefois quelques mauvais souvenirs. Celui du vol de mon sac à main, enlevé par un motocycliste alors que je traversais une rue, ou celui du chauffeur de taxi qui nous extorqua une course de près de six cents francs en profitant de notre ignorance.

Seung Il se conduisit en parfait gentleman pendant tout ce voyage. Jamais il ne me fit la moindre avance, ni même la plus petite remarque équivoque, bien que nous partagions la même chambre d'hôtel. Avant le départ, c'était un point qui m'inquiétait un peu, mais j'avais décidé, au premier geste déplacé, de le faire profiter de ma connaissance des arts martiaux. Seung Il n'était pas un novice mais il était âgé et je ne doutais pas d'avoir le dessus dans un affrontement physique. Mes appréhensions étaient vaines. Seung Il se comporta comme un vrai père. Ce fut très sécurisant pour moi, à l'occasion de cette première opération, de bénéficier de la compagnie d'un homme aussi distingué et aussi expérimenté. Il m'était d'un grand secours quand, par exemple, je doutais de la vraisemblance de notre couverture. Il était venu de nombreuses fois en Europe et possédait cette assurance que seule peut apporter l'habitude.

Bien qu'on nous ait ordonné d'éviter toute confidence à caractère personnel, il était impossible de ne pas se dire de temps en temps quelques petites choses sur nos vies respectives. J'appris ainsi que Seung Il était marié et qu'il avait plusieurs grands enfants. J'appris aussi qu'il était depuis fort longtemps au service de la centrale nord-coréenne de renseignement. Depuis si longtemps, en fait, qu'il se refusait à compter les années. Ses missions passées l'avaient amené à voyager dans le monde entier, y compris aux États-Unis. Je sentais que sous ses dehors à la fois fragiles et bourrus se cachait un homme d'une grande gentillesse. Ce qui ne l'avait pas empêché de tuer pas mal de gens au cours de ses missions pour la défense du communisme. Kim était plus près de soixante-dix ans que de soixante et il souffrait d'une affection gastrique chronique. Après quelque temps de vie en commun, nous avions tissé l'un envers l'autre des liens qui dépassaient de beaucoup le terrain purement professionnel. Nous ressentions une sorte d'affection réciproque qui ne s'arrêtait pas à la personne de l'autre mais allait jusqu'à sa famille.

Quand l'heure de la séparation fut arrivée, Kim m'accompagna à Roissy-Charles-de-Gaulle, où je devais prendre un avion à destination de Macao. J'étais plus qu'inquiète à la perspective de me retrouver seule mais je m'efforçais de n'en rien montrer. Je savais que Kim allait faire un rapport sur mon comportement à son retour en Corée et je ne voulais pas y être dépeinte comme une mouilleuse de mouchoirs.

– Sois prudente, Ok Hwa, me dit-il lorsque nous arrivâmes à la zone de sécurité. A Macao, tu retrouveras l'agent Chung qui t'aidera pour ton voyage à Canton. Dis-lui que je le verrai le 26 septembre.

C'est là que nous nous quittions. Je l'embrassai.

– Bonne chance, Seung Il. Est-ce que nous nous reverrons ?

Il rit.

– En principe, je devrais prendre ma retraite. Mais j'espère quand même te revoir.

Nous l'ignorions alors, mais nous allions être de nouveau réunis dans l'avenir et pour une mission beaucoup plus lourde de conséquences.

Plus tard, j'appris qu'après ces adieux Seung Il avait failli laisser sa peau en Corée du Sud. Son contact à Séoul était grillé et filé par les services sud-coréens. Quelques minutes seulement avant l'heure prévue pour leur rendez-vous, l'homme avait réussi à s'engouffrer dans un salon de beauté et à se tirer une balle dans le corps pour ne pas être pris. Bien sûr, Seung Il s'était immédiatement enfui de Séoul mais il était passé de justesse avant que les autorités ne bloquent les principaux accès de la capitale de la Corée du Sud. Apparemment, les Sud-Coréens avaient été avertis de son arrivée. L'affaire fit beaucoup de bruit à Pyeong Yang et l'on parla de la présence d'une taupe dans les services de renseignement extérieur.

Mais, en arrivant à Macao, à l'époque, j'ignorais tout de la mésaventure de Seung Il. L'agent Chung m'attendait à l'aéroport, comme convenu, et il passa quelques jours avec moi pour me faire découvrir l'île. Il me conseilla de bien observer mon environnement car, dit-il, il était possible que je sois affectée à Macao par la suite si tout se passait bien. Macao est une Mecque capitaliste, comme Hong-kong, pleine de casinos et d'hôtels de luxe. Mais nous étions en Asie et je m'y sentais moins étrangère qu'en Europe.

La grande émotion de ma vie, je l'eus un peu plus tard, quand Chung me mit seule dans le train à destination de Canton. J'allais maintenant, et pour la première fois, être entièrement livrée à moi-même pendant une semaine.

Par chance, la Chine ne fut pas aussi déroutante que je l'avais redouté. Au fond, j'étais dans un pays voisin de la Corée du Nord, et communiste, qui plus est. J'étais curieuse de voir comment y vivaient les gens du peuple. Mieux qu'en Corée du Nord, indiscutablement. Cette constatation me déprima un peu mais, en même temps, me donna de l'espoir. De ce voyage, je tirai une conclusion : la Corée du Nord semblait bien être le pays le plus pauvre du monde. En Chine, les boutiques étaient approvisionnées, les restaurants abordables et bien tenus.

Je passai deux jours à Canton avant de monter vers Pékin, la ville de la foule et de la bicyclette. J'avais l'impression d'être entourée de millions de vélos. Là encore j'observai les choses de près et, si le niveau de vie n'était en rien comparable à celui des pays d'Europe, il est clair qu'il était très supérieur à celui de Pyeong Yang. Les denrées alimentaires, encore une fois, y étaient beaucoup plus abondantes. Et on pouvait trouver quelques petits articles de luxe au marché noir. J'avais honte de mon pays.

Avant de quitter Pékin, je fis quelques achats pour mes supérieurs à la *free shop* de la gare centrale. J'achetai cinq coffrets de flacons d'herbes médicinales, deux bouteilles de cognac et une boîte de crayons. J'en arrivais à penser que le pays où j'avais vu le jour était un bien étrange pays.

Le plus parlant dans tout cela est sans doute l'évaluation qui me fut réclamée par mes supérieurs et que je rédigeai en des termes qui aujourd'hui me paraissent d'une inimaginable absurdité :

> « Ma visite dans les pays capitalistes d'Europe ne fait que conforter ce qui m'a été enseigné sur ces pays. La vérité est que seule une petite partie de la population vit bien et que le peuple mène une vie effroyable. Ces pays sont des enfers.
>
> Les rues illuminées de néons étincelants cachent des ruelles sordides où les gens vivent comme des animaux.
>
> J'ai vu des restaurants de luxe exclusivement fréquentés par les porcs capitalistes qui se nourrissent du sang et de la sueur des travailleurs. Le spectacle de leurs chiens mieux vêtus que les gens du peuple est le reflet triste et répugnant de leur société décadente.
>
> Je suis très fière de la Corée du Nord car ses citoyens, eux, vivent, travaillent et étudient en commun, et n'ont pas à s'inquiéter pour la satisfaction de leurs besoins. Ma résolution de consacrer ma vie à notre Utopie socialiste et à sa défense

contre nos ennemis est aujourd'hui plus grande que jamais.

C'est un honneur et un privilège de servir notre Grand Leader à travers la tâche qui m'a été confiée. Je mesure aujourd'hui à quel point j'ai été favorisée de naître en Corée du Nord. »

Il me fut également demandé de rédiger une évaluation de ma performance personnelle ainsi que de celle de Kim Seung Il. On demandait aux agents de s'observer les uns les autres durant les missions et, dans cette évaluation, il eût été impensable que je ne fasse pas de nombreuses critiques, aussi bien sur moi-même que sur Seung Il.

Inutile de dire que j'eus du mal à trouver les mots pour le faire.

6

Après tout séjour à l'étranger, les agents spéciaux doivent suivre un cours idéologique de trois mois pour raffermir leur engagement à l'égard de la cause socialiste. Chose étrange – à tout le moins pour moi –, je ne pouvais ni dénigrer ni oublier intégralement ces sociétés de profusion et d'insouciance que j'avais laissées derrière moi en Europe. Le souvenir des boutiques regorgeant de victuailles et des gens élégamment vêtus me revenait sans cesse.

Sook Hee se montra un brin jalouse de ma mission mais, en même temps, elle fut heureuse de me revoir. Bientôt, nous étions de nouveau de vieilles amies. Moi aussi, j'étais contente de revoir Sook Hee. En principe, je n'aurais dû parler de ma mission à personne mais il était au-dessus de mes forces de ne pas lui dire au moins où j'étais allée.

Un nouveau règlement imposait désormais aux agents de parler au moins trois langues étrangères et je me mis à apprendre le chinois. Quelques mois passèrent, puis Sook Hee et moi apprîmes que nous allions être envoyées à Canton pour y perfectionner notre connaissance de la langue et qu'ensuite nous aurions à faire un stage de six mois à Macao. Nous étions ravies d'être envoyées à l'étranger et, surtout, de savoir que nous allions rester ensemble.

A Canton, nous fûmes hébergées chez l'agent Park Chang Rae, qui nous aida à nous fondre dans la masse des Chinois et à bien saisir les subtilités du dialecte cantonais. Il faisait une chaleur d'enfer (autour de trente-huit degrés) et les rues grouillaient de monde. Chaque samedi, Chang Rae nous faisait réviser le travail de la semaine et vérifiait nos progrès.

Ce fut une année heureuse. Notre hôte était gentil et respectueux et nous avions de nombreuses possibilités de rencontrer des gens intéressants. C'était la première fois que nous étions livrées à nous-mêmes, exception faite pour moi de mon premier voyage en Chine. Bien sûr, cette intimité acheva de nous rapprocher, Sook Hee et moi, et nous nous fîmes des confidences que nos supérieurs auraient certainement réprouvées, notamment au sujet de notre passé.

Sook Hee voulait se marier un jour. Pour ma part, je n'étais pas réellement fixée. Je n'avais pas beaucoup songé au mariage car le Parti devait passer avant la vie personnelle. Nous réagissions différemment mais il faut dire que ma carrière avançait plus vite que la sienne. Sook Hee avait un bon niveau mais elle n'était pas brillante. Je crois que son physique très engageant avait été l'un des facteurs essentiels de son incorporation dans la centrale. Elle était beaucoup plus « popote » que moi, rêvait d'avoir un foyer et des enfants. Il lui arrivait parfois de critiquer la Corée du Nord avec un manque de discrétion qui frisait l'imprudence.

Un soir d'été humide, alors que nous transpirions, couchées sur nos lits, elle se laissa aller :

– Même en Chine, les gens vivent tellement mieux que chez nous, Ok Hwa. Comment était-ce en Europe ? Raconte-moi !

– Tu sais très bien que je n'en ai pas le droit.

– Allez... Personne n'en saura rien.

J'hésitai un moment, partagée entre mon envie de raconter et les directives que j'avais reçues.

– Eh bien, la vie n'est pas parfaite à l'Ouest, loin de là. On y voit des choses dont on ne pourrait même pas imaginer l'existence en Corée du Nord : prostitution, vol, meurtre, mendicité dans les rues. Et pourtant, je rêve de revoir ces pays. Mais à quoi bon bavarder ? De toute façon, nous sommes coincées ici.

– Si on m'envoie en Europe, je déserte, déclara-t-elle.

J'étais choquée.

– Sook Hee!

– C'est sérieux. J'ai entendu raconter comment c'est là-bas, Ok Hwa. La nourriture est dix fois plus abondante que chez nous. Tout le monde a une voiture. On peut choisir le métier qu'on veut.

J'étais gênée, un peu en colère contre elle, et je ne savais plus quoi lui dire. Ce qu'elle disait était vrai mais à quoi bon l'encourager ?

– Je veux me marier avec un Européen, poursuivit-elle. Blond de préférence. Je veux être propriétaire de ma maison. Oh, je ne veux pas être riche. Non, je veux simplement être libre.

Ce manque de retenue m'ennuyait beaucoup pour Sook Hee.

– Écoute, la réalité est que nous vivons dans un pays qui est encore en voie de développement. Un jour, la Corée du Nord possédera ces produits de luxe, mais ils ne seront pas réservés aux riches. Chacun aura sa part. Et puis, tu devrais faire plus attention à ce que tu dis, Sook Hee. Si un responsable du Parti t'entend un jour tenir ce genre de propos, tu risques de graves ennuis.

Notre séjour à Canton nous permit d'acquérir une bonne expérience de la Chine mais il était loin de nous préparer à ce qui nous attendait à Macao.

Là, nous vécûmes réellement seules toutes les deux. Dans un pays capitaliste. Nous avions un appartement et un compte en banque. Nous faisions nos courses nous-mêmes, réglions nos factures. Nous fréquentions aussi les boîtes de nuit pour nous imprégner de la culture locale. Pour nous, ce fut une vie éblouissante.

Je n'avais eu qu'une vision très superficielle de Macao lors de mon premier séjour sur place. Mais il me fallut très peu de temps pour être dans le bain. Nos instructions nous obligeaient à rester entre nous et nous ne nous faisions pas d'amis. Mais nous n'étions pas là en touristes. Notre mission consistait à nous perfectionner en cantonais et à peaufiner notre art de nous fondre dans la société chinoise. Nous savions que nous étions fort probablement surveillées par des agents nord-coréens, aussi étions-nous toujours sur nos gardes.

Cela demandait une grande discipline. Une discipline qui, parfois, nous faisait défaut. Dans les *night clubs,* Sook Hee passait le gros de son temps sur la piste de danse avec les hommes d'affaires du pays. Je dus aller la récupérer plus d'une fois. Quant à moi, je recevais proposition sur proposition mais, étant extrêmement timide, je ne savais jamais comment réagir.

Un soir, je fus invitée à danser par un riche financier de Hong-kong qui, de toute évidence, avait envie de me connaître mieux. Il avait une bonne trentaine d'années, portait un costume de luxe et me demanda en riant d'où je venais, ce que je faisais dans la vie, etc. J'étais mal à l'aise. Que pouvais-je lui répondre ? Soudain, incapable de me contrôler, j'attrapai le bras de Sook Hee qui était en train de danser non loin de là avec un Occidental et je l'entraînai à l'extérieur.

Furieuse, la voilà qui se dégage et se met à crier.

– Qu'est-ce qui te prend ?

– Sook Hee, je n'en peux plus ! Comment pouvons-nous nous faire passer pour des gens du pays alors que nous ne pouvons rien faire avec eux ?

– Tiens, tiens... fait Sook Hee, feignant la surprise. Voilà qui a de quoi étonner dans ta bouche de petite fille sage...

– Les choses sont tellement différentes ici. Je ne sais pas quoi dire aux hommes.

– Ce qu'il faut leur dire ? C'est simple : « Épouse-moi, chéri, et emmène-moi loin de tout ceci. » Si tu ne m'avais pas arrachée aux bras de cet Autrichien, c'est ce que je lui aurais dit avant la fin de la soirée.

Je la regarde, d'autant plus outrée que j'aurais une petite tendance à partager son point de vue.

– Tu es sérieuse ?

Sook Hee pêche une cigarette dans son sac. Il y a quelques semaines qu'elle s'est mise à fumer et ne peut plus s'en passer. Elle allume la cigarette avec affectation, en tire une longue bouffée et me répond :

– Je n'ai jamais été aussi sérieuse.

Bien sûr, ces rencontres ne conduisaient jamais nulle part. Pourtant, je me sentais de plus en plus attirée par cette culture capitaliste. Aussi pensai-je qu'il était fort bien pour nous que nous soyons rapidement rappelées à Pyeong Yang.

Peu après le retour, on m'autorisa à rendre visite à ma famille.

Je vais en profiter pour leur apporter les cadeaux que j'ai achetés à leur intention. Bum Soo va sauter de joie quand il découvrira le poste à transistors que je lui destine. Mais, quand j'arrive à l'appartement, je suis aussitôt frappée par l'atmosphère sinistre.

Bum Soo est mort.

Quand ma mère m'apprend la nouvelle, je lâche la radio, qui tombe sur le sol, et je fonds en larmes. Bum Soo ! Je me jette dans les bras de ma mère. Bum Soo, mon petit frère, toujours si gentil, si joyeux ! Son cancer de la peau l'a emporté à tout juste quinze ans. Mes parents s'y attendaient mais cela ne change rien à leur souffrance. Au cours de cette visite, je sens que mon père m'évite. Je me demande pourquoi. Peut-être m'en veut-il pour une raison ou pour une autre. Je ne vais pas tarder à savoir qu'il n'en est rien.

Ma dernière visite date de presque deux ans et, entre-temps, ma sœur Hyun Ok s'est mariée. Son mari est guide au bureau du Tourisme. J'ai le sentiment que ma mère est déçue que je ne me sois pas mariée la première. Mais je ressens aussi, étrangement, la distance, de plus en plus grande, qui me sépare de ma famille. Bien évidemment, j'ai reçu l'ordre de garder le silence sur la formation que je suis et sur les missions qu'on me confie. C'est une lourde contrainte et il m'arrive parfois de ne pas savoir quoi leur dire. Nous voudrions nous raconter tellement de choses! Et, au lieu de cela, nous devenons de plus en plus étrangers les uns aux autres.

Ils sont si loin de moi que rien, pas un indice, ne me permet de prévoir leur réaction lorsque l'agent Chung vient me rechercher quelques jours plus tard. Au moment où ma mère ouvre la porte pour le faire entrer, mon père traverse la pièce, se jette sur lui, l'empoigne par le col et le plaque au mur.

– Quand allez-vous me rendre ma fille, merde? hurle-t-il en éclatant en sanglots. Quand?

– Papa! Lâche-le!

Il faut que je l'arrête à tout prix. Ce genre de comportement peut nous conduire tous autant que nous sommes devant un peloton d'exécution!

Mon père relâche Chung qui, mal à l'aise, dit qu'il va m'attendre dans sa voiture.

Je me tourne vers mon père.

– Papa...

– Tais-toi! s'écrie-t-il en me poussant vers la porte. Tu n'es plus ma fille. Tu es à eux! Alors, va! Va avec eux!

7

Pendant la semaine qui suit, je suis incapable de me concentrer sur mes activités. Je fais les choses mécaniquement et, durant les longues marches, je me surprends parfois à forcer le pas sans même m'en rendre compte. Je ne peux pas chasser ma famille de mes pensées.

La mort de Bum Soo m'a profondément affectée, certes, mais maintenant c'est surtout à mes parents que je pense. Je suis en colère contre mon père pour cette explosion face à l'agent Chung mais, tout au fond de moi, je sais qu'il a raison. La famille est désormais éclatée, pour toujours semble-t-il et, s'il n'a pas pu se contenir, c'est parce qu'il m'aime.

Le samedi suivant, je prends une décision. Le dimanche est notre seul jour de congé et nous pouvons en faire ce que bon nous semble. Le dimanche, il n'y a pas de corvées, pas de cours, pas d'appels. Si j'arrive à convaincre Wul Chi de ne pas me signaler, je vais pouvoir leur fausser compagnie pour la journée.

La journée du samedi s'achève et le crépuscule tombe sur le camp. Je vais aller voir Wul Chi dans ses cuisines. Quand je la trouve, elle me salue chaleureusement, comme toujours. De tous les employés du camp, Wul Chi est, sans discussion possible, la plus adorable.

– Wul Chi, je dois aller rendre visite à ma famille. Je compte partir tout à l'heure, dès qu'il fera complètement noir. Je serai de retour demain soir. Je te demande simplement de ne pas signaler mon absence aux repas.

Elle me regarde avec des yeux dilatés d'horreur.

– Je serais contente de te rendre ce service, Ok Hwa. Mais tu sais ce qu'il t'en coûtera si un surveillant se rend compte de ton absence ?

Je le sais, bien sûr. Sauf autorisation, nous n'avons pas à sortir du camp. Si quelqu'un remarque et signale mon absence dimanche, je serai immédiatement transférée dans un camp de travail dans le grand nord du pays, où je serai emprisonnée jusqu'à la fin de mes jours. Il se peut même que je sois fusillée pour trahison et que ma famille subisse un sort identique.

Je sais tout cela et, pourtant, il faut que je parte. Il peut se passer des années avant qu'on m'accorde une nouvelle permission. Et je ne supporte pas l'idée que ce douloureux malentendu entre nous attende si longtemps pour être réglé. Il m'a fallu un petit moment pour le réaliser pleinement mais je sais aujourd'hui que ma famille compte pour moi beaucoup plus que le Parti ou le gouvernement. Quand le Parti a jeté son dévolu sur moi, j'ai été submergée par la fierté. Cette fierté m'aveuglait. Mais en évoquant aujourd'hui l'époque de mon enfance à Cuba et à Pyeong Yang, je sais que rien au monde ne passe avant ma famille. Je suis toujours fière d'avoir été choisie pour suivre la formation d'agent secret et je serai toujours prête à tout pour favoriser la réunification de la Corée du Nord et de la Corée du Sud. Mais je ne vois pas pourquoi cela m'obligerait à négliger ceux que j'aime.

– Je dois y aller, dis-je à Wul Chi. Mon frère est mort et mon père va mal. Il faut que je puisse le voir.

La brave femme soupire. Je lis de la compassion sur son visage.

– Alors, vas-y, Ok Hwa, dit-elle en me prenant la

main. Si tu penses que tu dois le faire, fais-le. Mais sois prudente, je t'en prie! Je ne voudrais pas qu'il t'arrive malheur.

C'est tout ce qu'elle peut faire pour me protéger. Le reste sera, pour une grande part, laissé à la chance.

Je presse sa main dans la mienne. Puis, quittant Wul Chi, je regagne ma chambre pour informer Sook Hee de mon projet. Elle a une réaction semblable à celle de Wul Chi.

– Écoute, lui dis-je, le commandant ne vient pratiquement jamais ici le dimanche. Si par hasard il venait, dis simplement que j'étais partie le matin quand tu t'es réveillée et que tu ne sais pas où je suis.

Elle hoche la tête mais je sens qu'elle n'est pas tranquille. Elle doit certainement se dire qu'elle aussi risque des ennuis si les choses tournent mal pour moi. Je m'assieds sur son lit et je pose une main sur son genou.

– Ils ne te feront rien, Sook Hee, dis-je en espérant que mes paroles soient convaincantes. Dis simplement que tu ignores où je suis.

Elle détourne la tête un instant, soupire puis me regarde de nouveau et sourit.

– Ne t'en fais pas, murmure-t-elle. Ce sera motus et bouche cousue.

Je me penche vers elle et je la serre dans mes bras.

– Merci, Sook Hee.

Je vais préparer le nécessaire pour mon escapade. Comme je vais passer la nuit à voyager, je n'ai pas besoin de rechange. De toute façon, il ne serait pas raisonnable de m'encombrer d'un sac à dos. Je revêts la tenue la plus sombre que je possède, je prends un peu d'argent et mes papiers d'identité. Ensuite, je noue mes cheveux en arrière pour me dégager les yeux puis je me coiffe d'une casquette militaire dont j'abaisse la visière.

Je vais jeter un coup d'œil à la fenêtre. Il fait maintenant nuit noire. Je n'ai plus aucune raison de retarder mon départ.

Sook Hee se lève. Nous nous embrassons une fois encore.

– Bonne chance, dit-elle. Fais bien attention.

– Compte sur moi pour ça.

Je lui souris. Puis je file dans le couloir et m'échappe dans la nuit.

L'entrée du camp est gardée par un poste de sécurité que je vais contourner en coupant à travers bois et en rejoignant la route un peu plus loin. Mais il va tout de même falloir que j'évite les soldats qui patrouillent autour du camp. Ceux-là sont armés de fusils mitrailleurs et accompagnés de gros chiens noirs. Le cœur battant à tout rompre, je m'engage dans la pinède qui borde toute la vallée, marchant dans la direction qui me semble la bonne.

J'ai de la chance : une épaisse couverture d'aiguilles tapisse le sol de la forêt et les broussailles sont peu nombreuses. La nuit est douce et claire avec une demi-lune dont la lumière a du mal à s'infiltrer dans la pinède, de sorte qu'au niveau du sol c'est presque l'obscurité totale. Je dois progresser à tâtons en me repérant aux troncs des arbres. Mais j'ai l'habitude et je me dis avec un petit sourire forcé que, pour une fois, la formation que j'ai reçue va servir une bonne cause.

Au bout d'une centaine de mètres, je trouve la clôture qui court de ce côté-ci du camp. Je dois me trouver à un peu plus de quatre cents mètres à l'ouest de l'entrée. Cela me semble suffisant pour ne pas me faire repérer. Mais, maintenant, il va falloir escalader la clôture qui se dresse à près de quatre mètres cinquante de hauteur et dont le faîte est garni de fil de fer barbelé.

Mes yeux sont maintenant accoutumés à l'obscurité et je regarde les branches noires des pins qui se découpent sur le ciel étoilé. L'arbre le plus proche de moi offre quelques branches basses, sur lesquelles je trouve une prise pour escalader le tronc jusqu'à dépasser la hauteur de la clôture. Ensuite, je choisis une grosse branche, et je la suis en rampant pour être le plus près possible de la clôture. Je ne parviens pas à la surplomber, il s'en faut d'un bon mètre, mais je me trouve à environ un mètre au-dessus du barbelé. Un saut bien calculé peut me permettre de passer. Ensuite, il y aura presque cinq mètres de chute, ce qui est très impressionnant. Mais, malgré la peur, je suis décidée à y aller.

J'avale une grande bouffée d'air et je bondis.

Je frôle les barbelés de quelques centimètres puis, une fraction de seconde plus tard, j'entre brutalement en contact avec le sol. Oubliant la douleur du choc dans mes jambes, j'amortis mon élan par un roulé-boulé puis je regarde autour de moi. Je ne vois rien mais j'entends des bruits de pas et je m'aplatis au sol, osant à peine respirer.

De ce côté de la clôture, la pinède cède la place à un vaste terrain découvert où poussent de hautes herbes aux tiges épaisses et quelques rares bouquets d'arbustes. Je me terre, immobile, sous le couvert d'un de ces gros buissons.

Un moment s'écoule ainsi, dans l'angoisse de l'attente, puis j'aperçois une grande silhouette qui avance en balayant les hautes herbes du faisceau de sa torche électrique. Un homme, accompagné d'un gros chien noir. Il a dû m'entendre sauter car il pointe sa torche dans ma direction. Il avance vers moi, s'arrête à quelques mètres et fait décrire un arc de cercle à sa lampe. Je m'aplatis encore davantage. Le faisceau lumineux passe à trente centimètres à peine au-dessus de moi. Le cœur battant comme une grosse caisse, je prie pour que le chien ne flaire pas mon odeur.

L'homme reste là un long moment. Il cherche. S'il me repère, il va falloir que je l'affronte. Peut-être même que je le tue, s'il voit mon visage. L'éliminer sera ma seule chance de pouvoir regagner le camp et d'éviter le châtiment immédiat. Peut-être même le commandant pensera-t-il que la mort de cet homme est due à une agression extérieure.

Muscles tendus, retenant mon souffle, je relève légèrement la tête pour regarder le grand gaillard qui se tient là, à moins de quatre mètres. Son visage est faiblement éclairé par le halo blanc du faisceau lumineux. Je ne le reconnais pas. Je me prépare à bondir pour l'expédier dans l'inconscience avant qu'il n'ait eu le temps de me voir. Mais cela ne réglera pas la question du chien. Que faire du chien ? Je n'en ai pas la moindre idée.

Finalement, après avoir promené le rayon de sa torche un peu partout sauf sur moi, le soldat repart en direction du poste de garde. J'attends qu'ils soient suffisamment loin, lui et son animal, et je pousse un long soupir de soulagement.

Lorsque je suis sûre d'être hors de leur vue, je me relève, je sors de mon buisson et je commence à traverser la prairie de hautes herbes en suivant un angle de quarante-cinq degrés par rapport à la clôture, ce qui devrait m'orienter vers le nord-est et me permettre de trouver assez rapidement la route. Je suis sur mes gardes, veillant à rester silencieuse. Encore une fois, je me félicite d'avoir eu un entraînement aussi poussé. Je suis en train d'en tirer les avantages. A côté de ce que j'ai connu au cours des diverses manœuvres, cette escapade est presque un jeu d'enfant.

Un quart d'heure plus tard, j'arrive à la route. Cachée derrière un buisson, je scrute les deux côtés. La voie est libre. Sortant de ma cachette, je me mets à marcher sur la chaussée. Il me reste environ seize kilomètres pour parvenir à la route de Pyeong Yang.

Mon entraînement intensif me permet d'assurer une bonne cadence. La nuit devient plus fraîche et, autour de moi, le silence se fait profond. La masse sombre des montagnes se découpe sur le firmament, illuminée par la lune. J'espère de tout mon cœur que je ne vais pas tomber nez à nez avec un tigre. Il ne m'est jamais arrivé d'en rencontrer au cours des années que j'ai passées dans les divers camps d'instruction mais nous avons très souvent relevé de leurs traces sur les sentiers ou dans la campagne. Et la rumeur circule qu'un habitant du village voisin est sorti se promener un soir et a été dévoré.

Les heures passent; je marche sans m'arrêter. Brusquement, j'entends un moteur derrière moi. Aussitôt, je me cache sur le bas-côté. Des phares apparaissent et une Mercedes passe, soulevant un nuage de poussière dans son sillage. J'attends que ses feux arrière aient complètement disparu avant de regagner la chaussée.

L'aube ne va pas tarder quand j'atteins la route de Pyeong Yang. C'est ce moment très particulier, entre la nuit et le jour, où le ciel prend une teinte violacée et où l'air paraît soudain glacial. Une fois sur la grand-route, je poursuis ma progression en direction du sud. Encore deux heures de marche et me voilà dans les faubourgs d'une petite ville.

Il fait jour et la ville s'éveille. Maintenant que je suis en zone habitée, il faut que je prenne des précautions. Je sors mes lunettes de soleil de ma poche et je les mets.

Au centre de l'agglomération se trouve une petite gare routière. Là j'apprends qu'un car doit partir une heure plus tard à destination de Pyeong Yang. Un autre car assure le retour en fin d'après-midi. Il n'y a qu'un seul service dans la journée.

Je suis contente de pouvoir m'asseoir. Je fais même un somme en attendant l'arrivée du car. Quelques habitants de la ville s'installent à côté de moi pour attendre.

Enfin, le car arrive et nous voilà en route pour la capitale. Un paysage que je connais bien défile maintenant derrière les vitres. Champs cultivés, forêts de conifères, montagnes familières.

Il est dix heures du matin mais je n'ai que quatre heures devant moi quand le car me dépose à Pyeong

Yang, tout près du nouvel appartement de mes parents. A cette heure, il y a peu de monde dans les rues, le dimanche. Une bonne chose pour moi qui ne tiens pas à me faire remarquer.

J'arrive très vite au pied de l'immeuble. Je monte. Je frappe.

C'est ma mère qui vient ouvrir et, aussitôt, une expression de stupeur se dessine sur son visage. Elle se reprend très rapidement et me happe dans ses bras.

– Hyun Hee, murmure-t-elle en me serrant contre son cœur, mais qu'est-ce que tu fais ici ? Où est monsieur Chung ?

Sans même attendre de réponse, elle me relâche et se précipite dans l'appartement en appelant mon père et mon frère :

– Notre Hyun Hee est revenue !

Mon père sort de sa chambre. Il a les traits tirés et une expression lasse mais son visage s'éclaire dès qu'il me voit.

Comme si nous nous étions quittés quelques minutes plus tôt, je lui lance sans réfléchir les premières paroles qui me viennent :

– Mais qu'est-ce que j'ai fait de mal ?

Il semble pris au dépourvu par mon accès de colère. Incapable de soutenir mon regard, il se détourne, fait quelques pas et se laisse tomber sur une chaise.

– Tu n'as rien fait de mal, Hyun Hee, dit-il enfin. C'est simplement que j'ai du mal à accepter ta nouvelle situation et à oublier les sentiments que j'ai pour toi.

Son ton n'exprime aucun reproche, uniquement de la tristesse et je sens ma colère fondre comme neige au soleil.

– Pourquoi dis-tu cela, Papa ?

Il lève les yeux et, enfin, réussit à me regarder en face.

– Tu appartiens au Parti maintenant. Bien sûr, tu restes notre fille puisque tu es née de notre union.

Dans notre cœur aussi, tu seras toujours notre fille. Mais il faudrait être stupide et aveugle pour ne pas reconnaître que ta famille n'est plus ici. Ta famille, désormais, c'est le Parti.

Il a un petit sourire comme en font naître les vieilles plaisanteries familiales que l'on comprend à demi-mot, puis enchaîne :

– Naturellement, c'est un grand honneur pour ta maman et pour moi de savoir que tu as été choisie par le Parti. Malheureusement, cela ne nous rend pas les choses plus faciles. Nous t'aimons, Hyun Hee, et nous savons que, jusqu'à la fin de notre vie, nous ne te verrons plus que très rarement. Il y a encore quelque temps, nous osions espérer que tu te trouverais un bon mari, que tu t'installerais près de chez nous et que nous pourrions profiter de nos petits-enfants. Nous savons maintenant que nous devons y renoncer.

Je sens les larmes rouler sur mes joues. J'ai honte de m'être emportée contre lui. Et, une nouvelle fois, j'ai le sentiment qu'en obéissant au Parti j'ai trahi ma famille. Quand je repense à tout cela aujourd'hui, je ne peux qu'éprouver un immense ressentiment à l'égard du gouvernement nord-coréen. Pour cette administration, l'individu n'est rien par lui-même. Toutes les dimensions de notre humanité ont été sacrifiées à une espèce de notion abstraite de socialisme, de parti, de bien collectif. Pourquoi nous appelons-nous « camarade », comme les tout premiers marxistes-léninistes, si c'est pour étouffer dans l'œuf toute velléité de rapprochement ou d'intimité ?

Voilà le prix que je suis en train de payer. Je suis membre de l'élite maintenant, membre à part entière du Parti : le rêve de tout Nord-Coréen. J'ai l'impression d'être entrée dans les ordres. L'appel vient de haut mais le prix à payer est d'autant plus élevé.

Nous passons les quelques heures dont je dispose à feuilleter des albums de photos et à parler de l'avenir. Il est hors de question, tout au moins pour le moment, que je présente ma démission au Parti. Ce serait le moyen le plus sûr de jeter ma famille dans la disgrâce. Je sais aussi que je ne tiendrai pas éternellement si l'on doit m'obliger à passer ma vie entre les missions et le camp d'entraînement. Mais je me suis laissé dire que, parfois, après une mission particulièrement dangereuse, les agents sont autorisés à se retirer du service et à retourner vivre dans leur famille.

Comme toujours, ma mère prépare un somptueux repas pour fêter ma visite. L'atmosphère se détend dans la maison. Mon père semble avoir retrouvé la joie de vivre. Mais le visage de ma mère garde une expression austère et je sens que l'idée de me voir repartir lui est peut-être plus odieuse encore qu'à mon père.

Après des adieux pleins de larmes, je me retrouve dans la rue, marchant vers l'arrêt du car. Affectivement, je me sens vide mais, en même temps, j'éprouve un grand soulagement. L'abcès est crevé et je ne regrette pas d'être venue rendre cette visite à mes parents.

Sitôt assise dans le car, je m'endors. La fatigue de la nuit précédente, ajoutée aux violentes émotions de la journée, a eu raison de ma résistance. Arrivée à destination, je m'éveille juste à temps pour descendre. J'ai failli rester dans le car à dormir. J'ai mal aux jambes et aux pieds mais je n'ai pas d'autre choix que de tenir le coup et de tailler la route.

Tout en marchant je commence à me demander si mon absence n'a pas été signalée. Probablement pas, sinon ils seraient venus m'arrêter. A moins qu'ils n'attendent tout simplement mon retour pour me cueillir. La tête pleine de sombres pensées, je continue mon chemin en ignorant la douleur. Le beau ciel de ce matin est maintenant saccagé par des troupeaux de nuages gris.

A l'approche de la nuit, il se met à pleuvoir et, en quelques minutes, je suis imprégnée jusqu'aux os. Deux fois de suite, j'entends des véhicules arriver et je dois aller me cacher dans les buissons trempés qui bordent la route. Une grosse ampoule sous mon pied droit a crevé et je souffre le martyre à chaque pas. La pluie, qui tombait d'abord en bourrasques furieuses, prend bientôt un rythme calme et régulier qui semble vouloir s'éterniser.

Il est environ huit heures du soir quand j'aperçois les lumières du poste de garde dans le lointain. Je quitte la route pour couper à travers champ. La couche de nuage gris diffuse une pâle clarté luttant contre la nuit. De temps à autre, je suis contrainte de ramper dans les hautes herbes pour me dissimuler. Le sol est devenu un véritable marécage, mes vêtements sont couverts de boue. Je suis tellement fatiguée que c'est mécaniquement, presque par réflexe, que je continue à mettre un pied devant l'autre. Je n'ai plus qu'une idée en tête : retrouver ma chambre et me laisser glisser dans l'éternité d'un bain brûlant.

En atteignant la clôture, je fais une pause pour épier dans toutes les directions. Pas de patrouille en vue. Me redressant, j'entreprends l'escalade du grillage. Je n'avais pas prévu que dans ce sens il n'y aurait pas d'arbre pour m'aider. Il va falloir que j'affronte les barbelés. Mais, une fois arrivée au sommet, j'empoigne le poteau, qui est recourbé vers l'intérieur du camp et je grimpe jusqu'à ce que mes pieds soient posés sur le haut du grillage. Puis, je fais un saut périlleux arrière et je franchis les barbelés de cette façon. Mais j'ai un peu trop forcé sur le coup de reins et j'atterris sur les genoux et sur les mains, en plein milieu d'une mare. Miraculeusement, je ne suis pas blessée mais je vais avoir besoin d'un bon moment pour récupérer mon énergie et repartir.

Lorsque je m'en sens capable, je me glisse dans la pinède et j'avance vers les lumières que j'aperçois entre les troncs. Bientôt, je suis dans le camp. Personne en vue. Soulagée, je m'élance au pas de course vers mes quartiers et j'entre. Je suis tellement heureuse d'être arrivée que, si je ne me surveillais pas, je pousserais des hurlements de victoire.

Sook Hee, qui est en train de lire dans notre chambre, lève les yeux en m'entendant entrer. Immédiatement, elle explose de rire et m'applaudit.

Je commence à me débarrasser de mes vêtements souillés en grognant :

– Qu'est-ce qu'il y a de si drôle ?

Elle se met une main sur la bouche mais ne parvient pas à étouffer son fou rire.

– Si tu te voyais! réussit-elle à dire.

Agacée, je me retourne vers la glace qui est fixée sur la porte et là, j'éclate moi aussi de rire. Mes joues sont constellées de boue. Mes cheveux détrempés se sont échappés de ma casquette, j'ai des mèches collées sur le visage. Tout en achevant de me déshabiller et en m'enveloppant dans une serviette éponge, je demande à Sook Hee si personne ne s'est rendu compte de mon escapade.

Elle cesse de rire mais un grand sourire reste incrusté sur ses lèvres. Je sais déjà qu'il n'y a pas eu de problèmes, sinon elle n'aurait pas cet air hilare.

– Ne t'en fais pas, confirme Sook Hee. On n'a pas vu un chat de la journée. Alors ? Raconte-moi un peu comment ça s'est passé.

– Oh, Sook Hee, je ne peux pas t'expliquer. C'est... comment dire... difficile. Parfois, je me demande ce que je fabrique ici.

Je vais ensuite prendre le bon bain que je m'étais promis. Quel plaisir de sentir l'eau chaude sur ma peau. La fatigue et la chaleur m'endorment lentement. Et c'est dans une espèce de nuage qu'après m'être essuyée je m'apprête à aller me coucher. Mais la vue de Sook Hee me réveille aussitôt. Elle est en train d'arpenter la chambre. Elle a le visage de quelqu'un qui vient de voir la mort passer.

A peine suis-je entrée qu'elle se plante devant moi.

– Ok Hwa, on peut dire que tu as eu du nez. Je

n'ose pas imaginer ce qui se serait passé si tu étais arrivée un quart d'heure plus tard. L'agent Chung t'attend dans le séjour.

La panique me secoue comme sous l'effet d'une décharge électrique.

– Chung ? Qu'est-ce qu'il veut ? On s'est aperçu de mon absence ?

– Je ne crois pas, dit Sook Hee. On dirait plutôt que c'est pour une mission. Il y a un vieil homme avec Chung, un certain Kim Seung Il.

– Kim Seung Il ? Tu es sûre ?

Elle hoche la tête.

– Allez, dépêche-toi de t'habiller. Je leur ai dit que tu n'en avais pas pour longtemps.

Les pensées se télescopent dans ma tête tandis que j'enfile des vêtements propres. Je me coiffe rapidement et je bondis dans le séjour. L'agent Chung et Kim Seung Il sont assis à la table, à l'autre bout de la pièce. Dès que j'entre, ils cessent de parler et se lèvent pour m'accueillir.

– Tu te souviens de monsieur Kim, Ok Hwa ? demande Chung en souriant.

Je salue d'une courbette, à la coréenne.

– Bien sûr. Je suis contente de vous revoir, Seung Il. Asseyez-vous, voyons.

Ils reprennent place sur leurs chaises et je me joins à eux. Chung tire un paquet de cigarettes de sa poche, le tapote, en offre une à Seung Il. Ils se mettent à fumer.

– Bien, commence-t-il tout en soufflant la fumée. Je suppose que tu te demandes ce que nous venons faire ici un dimanche à pareille heure. Je ne suis pas autorisé à te répondre. Tout ce que je veux savoir, c'est si tu peux être prête à partir d'ici un quart d'heure.

– Prête à partir ? Bien sûr ! Mais où ? Et pour combien de temps ?

– Si tu permets, je vais d'abord répondre à cette

dernière question, dit Chung. Il te faut emporter tout ce que tu possèdes car il est peu probable que tu reviennes ici un jour.

Mon sang se glace dans mes veines. Je suis persuadée que Chung sait que j'ai pris une journée de quartier libre sans autorisation et qu'il est en train de me signifier poliment mon arrestation. Mais ma peur se dissipe quand je l'entends continuer :

– Et pour répondre à ta première question, sache simplement que nous nous rendons à Pyeong Yang au siège des services de renseignement. On va te confier une mission. Je ne peux pas t'en dire davantage.

8

Puissante et souple comme un gros félin, la Mercedes roule dans les rues vides de Pyeong Yang. Depuis le départ de Keumsung, la pluie n'a cessé de tambouriner doucement sur le toit. A cette heure, la capitale de la Corée du Nord est endormie et il n'y a personne sur les trottoirs.

Chung est à l'avant avec son chauffeur, un homme trapu aux petits yeux noirs, qui ne prononce jamais une parole et dont le visage est perpétuellement figé dans une expression renfrognée. Je suis à l'arrière avec le vieux Kim Seung Il qui regarde dehors et semble absorbé dans ses pensées.

Le silence règne toujours lorsque nous descendons dans le garage souterrain du bâtiment qui abrite les services de renseignement. Rien ne permet de distinguer l'immeuble de ceux qui l'entourent, si ce n'est le fait que pour accéder à l'entrée principale, il faut d'abord traverser une petite cour surveillée par des caméras et, ensuite, passer entre les deux plantons en armes qui gardent le hall.

Ce soir, toutefois, on me fait entrer par un escalier qui donne directement dans le garage. Chung nous conduit jusqu'à un ascenseur. Lorsque nous y sommes tous entrés, il presse le bouton du sixième et la cabine s'ébranle.

– Nous allons voir quelqu'un de très haut placé, me dit-il tout en surveillant le voyant électronique sur lequel défilent les numéros des étages. Monsieur Kim le connaît bien, déjà, mais pour toi c'est une première rencontre. Je suis persuadé que tu auras à cœur de lui faire bonne impression.

– Soyez-en sûr.

Le voyage dans la confortable voiture m'a permis d'apaiser mes craintes et de récupérer de ma fatigue et, maintenant, je suis rongée par la curiosité d'en savoir davantage sur cette mission.

Au sixième étage, nous sortons de l'ascenseur et Chung nous pilote dans un couloir impersonnel aux murs peints en blanc. Malgré l'heure tardive, les lieux grouillent de gens affairés. Le renseignement est une activité qui tourne vingt-quatre heures sur vingt-quatre.

Tout au bout du couloir, nous entrons dans une pièce au fond de laquelle un garde est assis derrière un bureau. L'homme se lève en nous voyant. Chung approche et lui montre une carte. Le garde hoche la tête, ouvre la porte et nous fait signe d'entrer.

Nous sommes maintenant dans une autre pièce, beaucoup plus vaste, meublée d'un bureau et d'une table basse. Il n'y a aucune fenêtre et la pièce baigne dans une étrange lumière fluorescente. J'ai l'impression d'arriver dans un laboratoire. Nous sommes accueillis par un homme d'âge mûr, grand et mince, qui se déplace avec une grâce féline. Je me dis aussitôt qu'il a dû passer de nombreuses années sur le terrain.

– Voici notre directeur, dit Chung. Ok Hwa, Seung Il, vous êtes à sa disposition.

Je m'incline devant le directeur. Il échange quelques mots avec Seung Il, qu'effectivement il a l'air de bien connaître, puis il nous invite à prendre place autour de la table basse. Chung nous laisse.

– La mission est top secret, explique-t-il en se dirigeant vers la porte, et je ne fais pas partie de ceux qui doivent nécessairement être mis dans la confidence. Alors, je vous souhaite bonne chance.

Nous nous asseyons. Avec une lenteur délibérée, le directeur tire un paquet de cigarettes de sa poche et en propose une à Seung Il, qui l'accepte. Il m'en offre une que je refuse. Je n'ai jamais été fumeuse. De plus, en ce moment, je suis tellement nerveuse que je n'ai qu'une envie : être mise au courant de ce qu'on attend de moi et en finir avec cette réunion.

Le directeur allume sa cigarette puis celle de Seung Il et se cale contre le dossier de son fauteuil.

– Camarades, dit-il, je crois que je vais commencer par la fin. Votre mission consistera à détruire un avion sud-coréen.

Il marque une pause pour bien nous laisser le temps de digérer l'information. Ma bouche devient sèche, d'un seul coup, et je le regarde, médusée.

– Le fait que l'ordre a été donné par notre Leader Bien-Aimé, Kim Jung Il en personne, ne vous laissera sans doute pas indifférents, reprend-il. Je veux dire qu'il a été écrit de sa propre main.

Il marque une nouvelle pause pour être sûr que nous mesurons bien le poids de cette information. Je ne suis plus assise que du bout des fesses au bord de ma chaise. Le fait que Kim Jung Il ait lui-même pris la plume pour rédiger cet ordre confère une importance considérable à notre mission.

– En fait, toute l'opération est une idée de Kim Jung Il, continue le directeur. C'est probablement la mission la plus importante qui ait jamais été confiée à nos services depuis leur création. Le destin du pays en dépend. Il s'agira donc pour vous de détruire un avion sud-coréen. Vous n'ignorez pas que d'importants troubles ont eu lieu récemment en Corée du Sud. Le climat politique est actuellement le plus instable que le pays ait connu depuis la guerre de Libération. Leur Constitution est en cours de révision et des élections doivent se dérouler vers la fin de l'année. En détruisant cet avion, nous comptons accroître cette impression de chaos et, finalement, empêcher que les Jeux olympiques puissent se dérouler à Séoul comme prévu. Les autres nations ne voudront pas risquer la vie de leurs athlètes. Si la sécurité aérienne n'est pas assurée, rien ne permet de penser que celle des Olympiades pourra l'être dans de bonnes conditions. Ils ne voudront pas exposer leurs champions aux attentats terroristes. Mais ce ne sera qu'un début. Si nous réussissons à empêcher la tenue des Jeux olympiques à Séoul et si nous pouvons intensifier les troubles politiques en Corée du Sud, il se pourrait bien que la réunification des deux Corées soit au bout du chemin. Et, comme vous le savez, c'est là le grand objectif de notre génération. Camarades, si vous menez à bien cette mission, vous ne serez rien d'autre que des héros de la nation!

J'ai beaucoup de mal à en croire mes oreilles. Je suis partagée entre la crainte et la terreur. Je suis sidérée qu'on me confie une mission pareille. Et je dois avouer que, pas un instant, je ne songe à l'aspect moral de cette action. On me demande de tuer peut-être des centaines de personnes et cela ne m'émeut ni de près ni de loin. Cet acte de sabotage est une simple opération technique, une étape vers notre grand et noble objectif : la réunification de la Corée. Mais, étant donné la manière dont j'ai été formée et conditionnée pour agir au nom de l'État coréen, il n'est pas étonnant que je réagisse ainsi. Le fait d'agir sans s'interroger sur le bien-fondé de ce qu'on nous demande diminue-t-il notre responsabilité ? C'est une question que je pose aujourd'hui et à laquelle je ne reçois pas de réponse.

– Inutile d'entrer dès maintenant dans les détails, continue le directeur. Mais je peux vous faire une description générale de notre plan. De Pyeong Yang, vous vous envolerez pour Moscou puis pour Budapest et ensuite Vienne. Vous y passerez quelques jours en jouant un rôle que vous connaissez bien, celui d'un père japonais et de sa fille en vacances. Vous vous rendrez ensuite à Belgrade, toujours en touristes. Ainsi, vos passeports couverts de tampons de différents pays n'en rendront votre couverture que plus crédible. De Belgrade, vous irez à Bagdad, le point de départ de votre cible. A l'aéroport, deux agents vous remettront les explosifs nécessaires pour détruire l'avion. Avant le décollage de Bagdad, vous placerez la charge dans les compartiments à bagages personnels situés au-dessus des sièges et vous réglerez le détonateur pour obtenir une explosion neuf heures plus tard. L'avion devra faire escale à Abu Dhabi puis à Bangkok avant de terminer son vol à Séoul. Vous débarquerez à Abu Dhabi, en laissant la bombe à bord, bien entendu, et vous prendrez un vol à destination de Rome *via* Amman. De Rome, vous rejoindrez Vienne, où vous resterez à l'ambassade de Corée pendant quelques jours avant de regagner Pyeong Yang.

Je prends une profonde inspiration et je me tourne vers Seung Il, pour m'apercevoir qu'il est justement en train de me regarder. J'ai l'impression de lire dans ses yeux le savoir et l'assurance qui ne peuvent venir que de l'expérience de nombreuses missions à l'étranger et la sagesse qui vient seulement avec l'âge. Cela me fait du bien de savoir que nous allons être ensemble dans cette opération. A cet instant, j'ai même l'impression qu'avec Seung Il comme compagnon, rien ne m'est impossible.

– Encore une chose, ajoute le directeur, en raison de son extrême importance et de son caractère ultra-secret, cette mission sera la dernière pour l'un comme pour l'autre. Après cela, il serait dangereux pour vous de continuer à exercer sur le terrain et, qui plus est, vous aurez rendu au pays le plus grand service qu'il soit possible de lui rendre. En tant que héros nationaux, vous pourrez prendre votre retraite dans les conditions les plus luxueuses que le Parti pourra vous offrir. Vous, Ok Hwa, vous pourrez retourner vivre dans votre famille.

Il marque un nouveau silence en me lançant un étrange regard que je n'arrive pas à interpréter, puis demande :

– C'est bien votre désir, n'est-ce pas ?

Je soutiens son regard. Excitée comme je crois ne l'avoir jamais été, j'ai envie de bondir de ma chaise mais, en même temps, je suis un peu troublée par la clairvoyance de cet homme. Cette mission ne représente pas seulement un immense espoir pour mon pays mais aussi un immense espoir pour moi personnellement. A cet instant, je me sens assez forte pour aller au bout de n'importe quoi. Le fait d'avoir été choisie pour cette mission par notre Leader Bien-Aimé m'emplit d'un sentiment de fierté indescriptible. Il n'y a pas de mots pour dire combien je me sens honorée. Et, bien que je ne saisisse pas bien dans la pratique comment le fait de détruire un avion pourrait aboutir à la réunification de la Corée – mais il est vrai que je n'ai jamais été très versée dans les subtilités de la politique –, je prends tout ce qu'il me dit pour argent comptant. Ainsi donc, en une seule et même opération, je vais servir les plus hauts intérêts de mon pays et ceux de ma famille.

– Ayez confiance en nous, monsieur le directeur, dis-je d'une voix ferme en soutenant son regard, nous ne faillirons pas.

9

A l'époque, les quelques jours qui suivirent cette convocation me semblèrent se traîner comme un cortège d'escargots. Aujourd'hui, lorsque j'y repense, ils sont noyés dans un halo de souvenirs confus, informes. J'étais anxieuse, agitée, incapable de me concentrer sur quoi que ce fût. Dans l'avion à destination de Moscou, comme je n'avais rien de mieux à faire, je passai mon temps à voir et à revoir les détails de notre plan de mission. Au moment de l'atterrissage, je connaissais par cœur chaque étape de notre long itinéraire :

• Objectif : destruction du vol 858 de la Korean Air décollant de Bagdad le 29 novembre à destination de Séoul *via* Abu Dhabi et Bangkok.

• Équipe action : chef de mission, agent spécial Kim Seung Il; assistante, agent Kim Ok Hwa.

• Équipe assistance : responsable, agent spécial Choi Jung Soo; assistant, agent Choi Hong-Nark.

• Déroulement des opérations :

– 12 novembre 1987 à 8 h 30 : départ de l'aéroport de Soonan, à Pyeong Yang, à destination de Moscou. A Moscou, prendre des billets pour le vol Aéroflot du 15 novembre à 21 heures à destination de Budapest. Séjour de deux nuits à l'ambassade de Corée du Nord.

– 15 novembre : départ de Moscou et arrivée à Budapest à 23 h 4. Séjour de quatre nuits à Budapest, à la station locale du service de renseignement extérieur nord-coréen, puis départ à destination de Vienne. Entrée en Autriche sans passeports avec l'aide d'agents nord-coréens en poste sur place. A Vienne, l'équipe action séjournera à l'hôtel Ampak et sera contactée sous le nom de code Nakayama. L'équipe utilisera ses passeports japonais et achètera deux séries de billets : Les premiers billets couvriront le trajet Vienne-Belgrade-Bagdad-Abu Dhabi-Bangkok-Séoul;

les seconds correspondront au trajet Vienne-Belgrade-Bagdad-Abu Dhabi-Bahreïn. Cette série de billets devra uniquement être utilisée pour brouiller les pistes, en cas d'incident.

Les billets de retour vers Rome *via* Amman seront achetés séparément à Abu Dhabi. Lorsque les deux séries de billets auront été achetées, l'équipe action contactera par téléphone l'agent spécial Choi à Bagdad. L'équipe action passera le reste de son séjour à Vienne sous sa couverture de touristes japonais.

– 24 novembre : départ de Vienne à 11 heures et arrivée à Belgrade à 14 heures. Séjour de quatre nuits à l'hôtel Metropolitain. L'équipe action continue à jouer les touristes.

– 28 novembre : départ de Belgrade à 14 h 30 et arrivée à Bagdad 20 h 30. L'équipe action attendra le vol Korean Air 858. Durant cette attente, l'équipe action rencontrera l'équipe assistance et en recevra les explosifs nécessaires à la destruction de l'avion. A l'issue de cette rencontre, le détonateur sera réglé de façon à provoquer l'explosion au bout de neuf heures d'horloge, ce laps de temps étant susceptible d'être modifié en raison de circonstances imprévues. Le responsable de la mise à l'heure du détonateur à retardement sera l'agent spécial Kim Seung Il mais si, pour une raison quelconque, ce dernier n'était pas en mesure de s'acquitter de sa tâche, la responsabilité en serait transférée à l'agent Kim Ok Hwa.

A 23 h 45, après avoir pris place à bord du vol 858 de la Korean Air, l'équipe action placera la bombe dans le compartiment à bagages situé au-dessus des sièges. L'équipe action débarquera ensuite à Abu Dhabi en laissant la bombe à bord de l'appareil. Dans le cas où la bombe serait découverte avant l'escale, l'équipe action devrait bien sûr déclarer que celle-ci ne lui appartient pas.

– 29 novembre : à 02 h 50, après son arrivée à Abu Dhabi, l'équipe action embarquera à bord du vol pour Rome *via* Amman. A Rome, séjour à l'hôtel sous l'identité de touristes japonais.

– 1er décembre : l'équipe action quittera Rome à destination de Vienne, où elle restera enfermée plusieurs jours dans les locaux de l'ambassade de Corée du Nord avant d'être réacheminée sur Pyeong Yang selon des modalités établies par le personnel en poste sur place.

Après avoir complètement intégré les détails de notre itinéraire, je me plonge dans les instructions concernant la bombe.

Instructions de mise à feu
de l'engin radio Panasonic modèle RF-082

- Pour obtenir la mise à feu au bout de neuf heures :
  1. Actionner les quatre contacts sous l'horloge numérique située sur le côté droit de la bombe-radio.
  2. Placer le curseur du réveil au centre du mot « Radio » et la détonation se produira au bout de neuf heures d'horloge.

- Pour obtenir la mise à feu à tout autre moment :
  1. Exécuter les opérations décrites à la phase 1 ci-dessus.
  2. Régler l'horloge à l'heure exacte en pressant les trois boutons situés sous le cadran.

3. Presser le bouton « Affichage » situé sur le côté droit du cadran.
4. Indiquer l'heure désirée pour l'explosion en pressant les trois boutons situés sur le côté droit de l'horloge.
5. Exécuter les opérations décrites à la phase 2 ci-dessus.

Un autre agent du service de renseignement extérieur nous accompagne sur ce vol et, à un moment, il nous appelle à l'avant de la cabine pour que nous parlions un peu plus en détail de notre mission. Il s'agit d'un vol privé et l'appareil est pratiquement vide. L'avion est équipé d'un salon, avec bar et vidéo, situé juste derrière le poste de pilotage.

L'agent qui nous escorte se nomme Cheon. C'est un bonhomme courtaud et grassouillet, dans la cinquantaine, avec des cheveux gris clairsemés et un tic plutôt comique qui lui donne l'air de toujours faire des demi-sourires. Nous passons quelques minutes à réviser l'itinéraire. Chose inutile en ce qui me concerne : je le connais par cœur. Mais, ensuite, Cheon nous fait part d'un aspect de la mission que nul encore n'avait abordé avec nous :

– Bien sûr, le gouvernement vous fait toute confiance. Cependant, la possibilité d'un échec, bien que peu probable, ne doit pas moins être envisagée.

Il sort alors deux paquets de Marlboro, en tend un à Seung Il et un à moi.

– Vous remarquerez, reprend-il, qu'une cigarette de chacun de ces paquets est très légèrement marquée à l'encre noire. Les filtres de ces cigarettes contiennent de petites ampoules de sel d'acide cyanhydrique sous forme liquide. Quand on les croque, ces ampoules libèrent le cyanure, qui se gazéifie et passe dans le sang. La mort est pratiquement instantanée.

Cheon nous regarde à tour de rôle. Son tic facial pourrait donner à croire qu'il s'agit d'une bonne farce. Mais il n'en est rien.

– Si l'un ou l'autre d'entre vous se fait prendre, précise-t-il, il devra absorber le poison avant tout interrogatoire. Le secret de cette mission doit être préservé à tout prix. Est-ce que vous me comprenez ?

Je remarque la cigarette marquée et je me sens envahie par un accès de nausée. Ce filtre contient la mort immédiate. Kim Seung Il hoche la tête en réponse à la question de Cheon, lequel reprend sereinement son exposé :

– Camarades, je vais vous donner dix mille dollars américains pour vos frais. Faites-en bon usage. Ok Hwa, vous serez la trésorière de l'équipe. Conservez cet argent dans un endroit sûr et changez-le en devises étrangères si nécessaire.

Cheon plonge la main dans une mallette qui est déjà ouverte sur la table et en sort une grosse liasse de billets de cent dollars qu'il me tend et que je m'empresse de faire disparaître dans mon sac à main.

Ensuite, Cheon se tourne vers Seung Il et le regarde avec un sourire qui n'est pas un tic.

– En dernier lieu, dit-il, je demanderai à Ok Hwa de vérifier que Seung Il prend bien ses médicaments. Je sais que leur goût vous fait horreur, Seung Il, et je ne vous ferai pas confiance, même si vous me jurez que vous les prendrez. Or nous vous voulons en bonne santé pour cette mission.

Kim a un vague haussement d'épaules. Il ne semble pas du tout amusé par les facéties de l'agent Cheon. Il se tourne vers moi et me demande :

– Est-ce que tu pourrais nous laisser seuls une minute ?

– Bien sûr.

Je me lève et je regagne mon siège. Au moment où je m'assieds, je commence à entendre des éclats de voix en provenance du salon. Du peu qui parvient à mes oreilles, je comprends que Seung Il n'est pas satisfait de notre itinéraire. Je l'entends crier :

– Qu'est-ce que c'est que ces conneries ? L'Iran et

l'Irak sont en guerre, que je sache, et vous nous envoyez en pleine zone d'hostilités. Il va être impossible de passer des explosifs à l'aéroport de Bagdad sans se faire pincer ! N'oubliez pas que s'il y a un incident, ce n'est pas seulement Ok Hwa et moi-même qui serons dans la panade. C'est le pays tout entier qui sera ridiculisé. Est-ce que vous comprenez ?

Le ton et la verdeur des mots en disent long sur sa colère. Mais Cheon riposte d'une voix claquante :

– Moi, je transmets les ordres que j'ai reçus. Si quelque chose vous pose problème, vous n'avez qu'à en parler au directeur.

– Imbéciles, lâche Seung Il. Je l'ai déjà dit au siège ! Mais on dirait que vous avez conçu cette mission comme si vous aviez de la merde à la place de cervelle !

Quelques instants plus tard, je le vois entrer à grands pas dans la cabine. Je sais qu'il a subi une intervention chirurgicale à l'estomac quelque temps avant notre départ. Et j'ai cru comprendre à certains propos qu'il avait un cancer. Son visage est blême, fatigué, et il semble avoir un peu de mal à tenir debout. Traversant l'allée, il pique droit sur les toilettes, dans le fond de l'avion, et j'entends la porte claquer derrière lui.

Cheon fait alors son apparition et vient s'asseoir à côté de moi.

– Surveillez sa santé tout au long de cette mission. C'est une tâche de toute première importance. Et si, par malheur, il lui arrivait quelque chose, ce serait à vous de reprendre le flambeau, Ok Hwa.

– Il me donne l'impression d'être prêt à s'écrouler au premier souffle de vent, dis-je dans un murmure presque inaudible dans le bruit des moteurs.

– Les effets secondaires de son traitement, explique Cheon. Le camarade Seung Il peut encore tenir pendant des années, dit-on. Mais le stress de cette mission l'affaiblit. Cela n'est pas bon pour l'amélioration de sa condition physique. Occupez-vous bien de lui, Ok Hwa. Je sais qu'il en aura besoin.

Je hoche la tête et je promets de faire tout mon possible. Mais il y a beaucoup moins d'assurance dans ma tête que dans ma voix.

Cheon m'examine un moment, le temps d'un chapelet de tics, puis il se lève et retourne au salon. Kim revient quelques minutes plus tard, se laisse tomber dans un siège de l'autre côté de l'allée.

– Bande d'abrutis, murmure-t-il en inclinant son dossier et en fermant les yeux.

J'essaie de dormir à mon tour mais j'en suis incapable. Je ne cesse de penser à Pyeong Yang, au moment où nous avons prêté le serment de loyauté qui marquait le début officiel de notre mission :

> La nation entière est imprégnée de l'esprit élevé du socialisme. La révolution socialiste en Corée du Sud est imminente est nos ennemis se débattent dans les derniers soubresauts du désespoir. Au moment de prendre le départ pour accomplir notre mission, nous faisons le serment suivant :
>
> Tout au long de l'exécution de notre mission, nous n'oublierons jamais la confiance que le Parti nous a témoignée ni la considération dont il a toujours fait preuve à notre égard. Nous nous engageons à suivre les règles révolutionnaires et à coopérer pleinement l'un avec l'autre en vue du bon accomplissement de notre mission.
>
> Nous jurons de préserver l'intégrité de notre Leader Bien-Aimé au prix de notre vie.

On nous a demandé de lire ces lignes à haute voix puis de signer un document dans lequel elles étaient consignées.

Tournant la tête, je regarde Kim Seung Il. Apparemment, il a sombré dans le sommeil. Il respire par la bouche en ronflant bruyamment. Je sens un brusque élan d'affection pour lui et une envie folle me prend de tendre la main pour lui toucher la joue.

Kim Seung Il est père de sept enfants. La plus jeune de ses filles a dépassé la trentaine et est mariée. Depuis 1984, il était à la retraite mais, cette année, les services extérieurs ont décidé de le rappeler. Il y a des années qu'il souffre de calculs biliaires mais, lorsque nous avons fait ce périple, en 1984, il m'avait semblé en relative bonne santé. Ces derniers jours, je l'ai souvent entendu évoquer avec nostalgie les premiers temps de sa mise à la retraite et le bonheur qu'il avait à aller pêcher dans un lac proche de chez lui. Je sais qu'il aimerait, au moins autant que moi, en finir vite avec cette mission.

Mes pensées vagabondent et je songe à mon départ précipité du camp. C'est à peine si j'ai eu le temps de faire mes bagages et les adieux ont été négligés. J'ai tout juste pu souhaiter bonne chance à Sook Hee, espérant la revoir peut-être un jour. J'allais saluer Wul Chi lorsqu'elle est arrivée dans notre séjour. Elle a embrassé le vieux Seung Il d'une accolade chaleureuse.

– Tâche de revenir en un seul morceau, lui a-t-elle dit, les yeux brillants de larmes.

Puis, se tournant vers moi, elle a dit :

– Tâche d'avoir une bonne vie, Ok Hwa. Et reviens-nous en bonne forme, toi aussi. Tu sais que tu vas me manquer !

– Mais, Wul Chi, je pars pour toujours !

Alors, Wul Chi a demandé aux hommes d'attendre un peu et m'a entraînée vers la cuisine. Quand nous avons été seules, elle m'a embrassée et m'a dit :

– Je crois que les choses seraient plus faciles pour toi, si tu n'étais pas si jolie, Ok Hwa. Mais tu as trop de choses pour toi : la beauté et la cervelle. Ils auront du mal à te lâcher. Tout ce que je te souhaite, c'est qu'un jour ils te laissent te marier et vivre en paix.

Elle a relâché son étreinte à ce moment, m'a longuement regardée dans les yeux :

– Va, je pense qu'on ne se reverra plus. Bonne chance.

Je n'ai pas pu résister et mes yeux se sont aussi remplis de larmes. Tout ce que j'ai réussi à faire, c'est lui adresser un hochement de tête et filer. Je savais que, si je restais une seconde de plus, je m'effondrerais.

Revenant au présent, je pousse un long soupir. J'ai connu tant de personnes merveilleuses en quelques années. J'ai le sentiment que cela va me donner encore plus d'énergie et d'enthousiasme dans l'exécution de cette mission, comme si je devais être à la hauteur de leurs attentes. On dirait un peu que toute ma vie, depuis ma naissance jusqu'à ce moment-là, trouve sa justification dans cette mission.

Au milieu de la nuit, nous nous posons au cœur de l'Union soviétique pour faire le plein. Le sol est couvert de neige et les quelques rares lumières que nous apercevons semblent seulement ajouter à la désolation de l'endroit. Nous repartons ensuite pour Moscou, où nous ne restons qu'une journée, avant de décoller à destination de Budapest.

Budapest, comme Moscou, sent déjà les prémices de l'hiver. Nous y débarquons tard dans la nuit pour découvrir que personne, à notre ambassade, n'a été averti de notre arrivée. Apparemment, notre mission est tellement secrète que très peu de gens ont entendu parler de nous. Kim leur téléphone et, en utilisant un code spécial, entre en contact avec le chef de station du renseignement extérieur. Une demi-heure plus tard, un chauffeur arrive de l'ambassade. Il est censé nous conduire à la cache où nous allons passer les deux nuits suivantes mais, au bout d'un moment, l'homme nous avoue qu'il est nouveau dans cet emploi et ne connaît pas encore bien Budapest. La neige se met à tomber doucement et nous errons pendant des heures dans la ville avant de trouver enfin notre résidence secrète. Il est trois heures du matin quand nous y arrivons – inutile de dire que Seung Il et moi n'avons pas besoin de berceuse pour nous endormir.

Les journées que nous passons à Budapest sont affreusement mornes. Kim Seung Il est très fatigué et trop faible pour sortir et, comme nous ne sommes pas encore dans notre peau de touristes, nous n'avons rien d'intéressant à faire. Je me promène un peu dans le quartier, ne serait-ce que pour faire connaissance avec cette ville où je viens pour la première fois, mais le temps est exécrable et je ne peux pas résister à un sentiment de dépression. Même la télévision n'arrive pas à me remonter le moral : je ne comprends rien de ce qui s'y dit.

L'agent spécial Chun, qui a la responsabilité de notre cache, est un homme entre deux âges. Il a une femme très belle, qui nous prépare de très agréables repas à l'occidentale. Je passe le plus de temps possible à bavarder avec elle mais, là encore, impossible d'aller bien loin. Étant donné notre obligation de discrétion mutuelle, nous devons nous en tenir aux sujets superficiels.

Le problème majeur que nous devons régler est celui de notre entrée en fraude en Autriche. Il est pourtant indispensable de procéder ainsi pour brouiller nos traces mais, jusqu'à présent, personne ne nous a expliqué comment mener à bien cet aspect de l'opération. Nos supérieurs à Pyeong Yang ne nous ayant pas fourni de plan d'action acceptable, il incombe à l'agent spécial Chun de nous fournir une solution.

La veille du jour prévu pour notre départ, Chun quitte la maison de bonne heure en déclarant qu'il doit partir en reconnaissance. Seung Il, qui se sent mieux, propose que nous allions faire un peu de tourisme. Liau, la femme de Chun, nous accompagne. Chaque fois que nous passons devant un café, Seung Il insiste pour que nous y entrions. Quand, agacée par tous ces arrêts, je lui demande ce qu'il lui prend d'avaler ces quantités de café, il me répond qu'il a soif.

– Vous auriez dû emporter une bouteille d'eau. Avec vos problèmes d'estomac, je pense que vous ne devriez jamais prendre une seule goutte de café.

– Ça suffit! lance-t-il avec hargne. J'ai déjà beaucoup vécu et j'ai décidé de boire tout ce que j'avais envie de boire avant de mourir.

Il se fatigue très vite et nous sommes obligés de regagner la maison. Là, nous trouvons Chun qui nous attend et nous annonce triomphalement qu'il a imaginé un moyen de nous faire entrer en Autriche.

– Mais nous verrons cela demain, dit-il. Ce soir, nous allons nous offrir un dîner occidental à l'hôtel Hilton.

Le trajet jusqu'au Hilton nous permet de voir un peu plus de Budapest. Bien que la Hongrie soit communiste depuis des années, la perestroïka a vite débouché sur une conversion à une économie de type plus capitaliste. Les produits alimentaires, les vêtements et les articles de luxe sont incroyablement plus nombreux qu'en Corée du Nord. Mais le moment le plus fascinant pour moi est celui où Chun nous emmène voir un marché aux puces. Je suis littéralement grisée par l'abondance des articles proposés à la vente et je ne peux m'empêcher de les prendre en main pour le seul et unique plaisir de les toucher. Kim comprend mon état d'esprit et m'achète une robe. Je suis ravie mais aussitôt je rêve d'en envoyer une à ma mère et à Hyun Ok. Cette fois, c'est Liau qui lit dans mes pensées et me propose d'acheter une autre robe et d'envoyer les deux à Pyeong Yang. Je l'embrasse en souhaitant que la Corée du Nord atteigne un jour un niveau de vie comparable à celui de la Hongrie.

Ce soir-là, le dîner est une pure merveille. Je suis sûre que même les plus haut placés des dignitaires nord-coréens n'en ont jamais connu de semblable. Voilà que je retrouve le moral et que je recommence à prendre de l'assurance comme lors de notre premier voyage en Europe.

Le lendemain, le temps est pluvieux et froid. Chun nous explique qu'il va lui-même nous faire franchir la frontière à bord d'une voiture portant des plaques diplomatiques. De la sorte, il est pratiquement certain que nous passerons sans difficulté.

Bientôt, nous roulons dans une campagne cultivée qui s'étend jusqu'à la frontière. Au poste de contrôle hongrois, on nous fait stopper. Chun tend nos trois passeports au douanier en ayant soin de poser le sien sur le dessus. D'un signe, l'homme nous autorise à passer. Un moment plus tard, nous franchissons la douane autrichienne. Nous sommes enfin en Autriche.

Toute la tension qui m'habitait jusque-là s'envole du même coup. Chun nous tend les passeports japonais que nous allons utiliser dorénavant. A mesure que nous roulons, je suis de plus en plus impressionnée par les maisons de style occidental qui me paraissent tellement plus grandes et plus solides que celles que l'on voit en Corée du Nord. Le paysage est superbe et je me souviens du choc que j'ai eu en découvrant les Alpes lors de mon premier voyage en Europe.

Arrivés à Vienne, nous nous arrêtons à un bureau de tourisme. Kim entre pour confirmer notre arrivée à l'hôtel Ampak. Au bout d'une demi-heure, il n'est toujours pas revenu. Chun et moi commençons à nous inquiéter. Aurait-il eu un malaise ? Se serait-il fait arrêter ? Mais, au moment où Chun s'apprête à entrer dans le bureau pour aller aux nouvelles, voilà Kim Seung Il qui ressort et qui, comme si de rien n'était, nous rejoint dans la voiture. Pas un mot d'explication sur l'incroyable longueur de son absence. Au contraire, c'est sur un ton à peine courtois qu'il demande à Chun de nous conduire à l'hôtel.

Lorsque nous arrivons, il a du mal à tenir sur ses jambes et, dès que nous entrons dans notre chambre, il se laisse tomber sur le lit et s'endort dans la seconde qui suit. Je défais mes bagages et passe un moment à feuilleter un magazine que j'ai apporté de Pyeong Yang. Kim dort une heure et, lorsqu'il s'éveille, il est temps d'aller prendre nos billets.

C'est le moment crucial de notre séjour à Vienne. Les billets d'avion ont été achetés par les services nord-coréens et nous devons rencontrer un agent. Nous sortons. Dehors, il crachine et nous devons ouvrir nos parapluies. Au bout de quelques instants de marche, nous trouvons une cabine téléphonique. Kim tire de sa poche la liste des numéros de téléphone pour l'Europe. C'est Chun qui, avant de nous quitter, nous a laissé cette liste avec des codes de sécurité qui nous permettent d'entrer directement en contact avec les services secrets. Kim appelle la ligne spéciale de l'ambassade de Corée du Nord à Vienne, délivre un message rapide et raccroche.

– Dans une demi-heure, annonce-t-il tandis que nous ressortons de la cabine. (Il pointe le doigt vers un parc, de l'autre côté de la rue.) Une petite rivière coule au milieu de ce parc. Nous allons attendre l'agent sur un banc près du pont qui l'enjambe.

Nous traversons la rue et pénétrons dans le parc. Les arbres ont perdu leurs feuilles depuis bien longtemps et les promeneurs sont rares. Nous trouvons rapidement le cours d'eau et le remontons jusqu'au pont. Un banc se trouve à proximité et nous nous asseyons pour attendre, dans le froid humide.

Vingt minutes plus tard, une femme élégamment vêtue et coiffée d'un chapeau à large bord fait son apparition de l'autre côté du pont. Elle franchit le cours d'eau et, comme elle s'approche, je vois qu'elle a le type asiatique et pourrait fort bien être coréenne. Elle passe devant nous sans s'arrêter mais prononce le nom de code Nakayama tout en continuant son chemin. Seung Il répète le mot de passe sans la regarder. Je la suis des yeux et je la vois jeter quelque chose dans une corbeille. Quelques instants plus tard, elle a disparu de notre vue.

Kim Seung Il attend encore quelques minutes puis me dit que nous pouvons y aller. Nous prenons la même allée que la femme et, quand nous sommes au niveau de la corbeille, Kim jette un rapide regard aux alentours. Personne. Vivement, il plonge la main dans la corbeille et en sort une grande enveloppe de papier brun. Tout en se remettant à marcher vers la sortie, il ouvre l'enveloppe et jette un coup d'œil sur son contenu.

– Parfait, dit-il. Finalement, on va peut-être arriver à s'en sortir.

Nous passons quelques jours à visiter Vienne. Partout où nous allons, nous prenons des photos, comme de vrais touristes. Mais ce n'est pas uniquement vis-à-vis de l'extérieur que nous devons garantir notre couverture; nos supérieurs de Pyeong Yang voudront voir nos photos car elles prouveront que nous avons respecté les consignes et fait du tourisme au lieu de passer notre temps à nous vautrer dans le luxe décadent des magasins capitalistes.

Un jour, à midi, nous déjeunons dans un restaurant chinois et je trouve un plaisir exquis à faire une pause dans notre régime alimentaire occidental. Non que je n'aime pas cette cuisine mais j'en ai mangé pendant une semaine et je suis heureuse de me mettre quelque chose de plus familier sous la dent.

Au beau milieu du repas, Kim porte brusquement la main à son estomac et manque tomber de sa chaise.

– Mayumi, murmure-t-il.

Quelles que soient les circonstances, nous ne sommes en effet pas autorisés à utiliser nos noms coréens. Je me lève et me précipite vers lui.

– Je ne vais pas pouvoir marcher, Mayumi.

– Il le faut, dis-je en l'aidant à se lever. Nous ne pouvons pas nous permettre d'appeler une ambulance.

Après avoir réglé l'addition, je l'aide à se traîner jusqu'à l'hôtel. Il se laisse pratiquement porter et sa respiration est saccadée. Pendant un moment, j'ai l'impression qu'il va rendre l'âme mais, au moment où nous atteignons l'hôtel, il a un peu récupéré.

Il réussit à traverser le hall seul. Il s'agit de ne pas attirer l'attention sur nous. Arrivé à la chambre, il s'écroule sur le lit. Je prends ses médicaments et le force à les avaler. Bientôt, il s'endort paisiblement. Moi, j'ai l'impression que je vais tourner de l'œil, mais je suis soulagée de voir qu'il a passé le mauvais cap.

Tout le reste de l'après-midi, je ne fais que somnoler devant la télévision autrichienne. Vers le soir, Seung Il s'éveille et nous pouvons sortir pour prendre un repas léger. De retour à la chambre, nous nous exerçons au maniement de la bombe sur un engin factice que nous avons avec nous.

Nous passons la journée du lendemain à faire des achats à Vienne. Comme de coutume, on s'attend, à notre retour, à nous voir rapporter des cadeaux pour les dignitaires du Parti. Nous avons deux cents dollars chacun d'argent de poche et ne tardons pas à constater qu'on ne peut pas acheter grand-chose à Vienne avec cette somme. Nous musardons de boutique en boutique avec le sentiment de ne pas être crédibles au milieu de ces riches Européennes en manteau de vison car, en principe, des touristes japonais devraient avoir un pouvoir d'achat au moins comparable au leur. La plupart des vêtements que j'essaie sont trop grands. Nous finissons par acheter des bricoles : des piles pour la montre de Seung Il, cinq paires de bas pour moi.

Le moment venu, je ne suis pas mécontente de quitter Vienne. Certes, c'est une très belle ville mais, à partir du moment où nous avons pris possession de nos billets d'avion, j'ai eu l'impression de ne plus rien avoir à faire. Nous nous sommes contentés de tuer le temps. Rester ainsi en Europe de l'Ouest avait quelque chose de fascinant pour nous qui venions d'un pays socialiste mais, en même temps, je ne me sentais pas à mon aise.

Belgrade s'annonce différente. Bien que séparée du bloc soviétique, la Yougoslavie n'en reste pas moins un pays socialiste et l'on raconte qu'elle est beaucoup plus prospère que la Corée du Nord. Encore une fois, tous les pays que je suis amenée à traverser sont plus prospères que le mien!

Cela me chagrine quelque peu d'entrer dans un pays socialiste avec un passeport japonais; je pense qu'ils risquent de nous surveiller d'un peu trop près. Avant notre départ de Pyeong Yang, un conseiller du service de renseignement extérieur nous a confirmé que Belgrade attirait effectivement les touristes japonais mais en petit nombre. Même nos supérieurs ont reconnu que cela pouvait être difficile pour nous. Mes craintes s'accroissent lorsque je constate que nous sommes les seuls passagers « japonais » de l'avion. A Vienne, nous nous efforcions d'éviter tout contact avec les Asiatiques. Maintenant, j'ai l'impression qu'on ne voit que nous au milieu de tous ces Européens. Je confie mon impression à Kim Seung Il et, pour la énième fois, il me répond que notre itinéraire est une absurdité depuis le départ jusqu'au point de destination.

Cependant, nous arrivons à Belgrade sans la moindre anicroche. Devant l'aérogare, des dizaines de chauffeurs de taxis se disputent pour nous charger. Ma première impression de Belgrade, tandis que nous roulons vers l'hôtel Intercontinental, est que la ville est plus sale, plus sombre et beaucoup plus sinistre que Vienne. Le temps est maussade, la ville anarchique, et ni les panoramas ni l'architecture ne présentent d'intérêt à mes yeux.

Au bout du compte, le séjour à Belgrade sera encore plus déprimant qu'à Vienne. Kim est malade presque tout le temps mais se force à marcher quelques heures par jour. Une fois, nous entrons dans un grand magasin et Kim se met à essayer des chapeaux. Au bout d'un temps infini, je me lasse et je vais faire un tour au rayon lingerie. Je suis stupéfiée par la qualité des articles, leur variété et l'impression qui s'en dégage, un charme romantique fortement teinté de sensualité. Une impression forte pour moi qui, à vingt-cinq ans, n'ai jamais connu d'homme et n'ai pas de mariage en vue.

Les choses du sexe constituent un étrange dilemme pour moi. Pas plus que les autres filles avec lesquelles j'ai été éduquée, je n'ignore l'alchimie sexuelle entre hommes et femmes. Cependant, depuis notre enfance, on nous a inculqué que les relations sexuelles étaient interdites en dehors du mariage. Même à l'université, les hommes et les femmes étaient séparés. Et, chez les couples mariés, le sexe doit avoir pour unique but la procréation. L'idéologie socialiste ne comporte pas de chapitre amoureux. La société nord-coréenne se caractérise par la désensualisation des rapports. Et je sais que quelque chose en moi véhicule cette absence de sensualité. Pourtant, nos supérieurs attendent de nous que nous soyons capables de séduire les hommes pour les manipuler au cas où cela serait nécessaire à l'accomplissement d'une mission. La chose ne manque pas d'humour, dans un sens.

Il n'empêche qu'en dépit de mon éducation je suis parfaitement consciente des possibilités érotiques qui existent entre les sexes et, parfois, j'éprouve des désirs troublants et un profond sentiment de solitude.

Je m'offre des sous-vêtements de dentelle introuvables en Corée du Nord et vais rejoindre Seung Il. Mais il n'est plus au rayon chapeaux. Je me lance à sa recherche. Introuvable. Je suis en train de parcourir anxieusement les rayons quand un vieux fou dépenaillé m'accoste et commence à me crier des choses qui sont, selon toute vraisemblance, des obscénités. Il essaie même de me frapper avec son parapluie. Je reste une seconde paralysée par la terreur. Je n'ose imaginer les conséquences d'un esclandre dans un lieu public. Puis les réflexes qui me viennent de ma formation prennent la relève sans aucune intervention de ma volonté. Je passe sous sa garde, j'empoigne la main qui brandit le parapluie et je lui enfonce mon genou dans le bas-ventre. Simultanément, je lui tords le bras et je le fais chuter sur le sol moquetté. Quand il est à terre, je me laisse choir à genoux près de lui et je m'apprête à lui porter une manchette au visage. Mais j'en reste là. Inutile de frapper. Il est neutralisé. Plié en deux, il se tient l'entrejambe à deux mains. Heureusement que nous sommes dissimulés par les rayons du magasin. Apparemment, personne ne nous a remarqués au milieu des sous-vêtements et des cintres chargés de déshabillés. J'attrape mes paquets et je file dans la rue en me demandant avec affolement ce qu'a bien pu devenir Kim Seung Il.

Tout en regagnant l'hôtel au pas de course, je me dis qu'il peut lui être arrivé n'importe quoi. Crise cardiaque, interpellation. Il peut aussi avoir décidé de déserter. Je suis à la fois furieuse et angoissée, et la perspective de devoir achever la mission seule n'est pas pour me réconforter.

Mais en arrivant dans notre chambre d'hôtel, je trouve mon Kim Seung Il assis devant la table, en train de déballer quelques emplettes. D'abord, je suis submergée par un formidable sentiment de soulagement et puis ma joie fait vite place à la colère. Je jette mon sac et mes paquets sur le lit puis je me tourne vers Seung Il en criant :

– Où diable étiez-vous passé ? Mais qu'est-ce qui vous a pris de me laisser toute seule là-bas ? Je vous ai cherché partout !

On dirait que ma colère l'amuse et, en guise de réponse, il me montre ce qu'il a posé sur la table.

– J'ai acheté ces saucisses et ce pain. Je propose que nous y goûtions pendant que c'est frais.

Je reste plantée là, bouillonnante de colère. Je suis furieuse qu'il ait été capable de me semer comme il l'a fait et encore plus furieuse qu'il ne tienne pas compte de ma colère. Il sourit et lève les mains dans un geste apaisant.

– Voyons, Mayumi, je t'ai cherchée, moi aussi, qu'est-ce que tu crois ? Quand j'ai eu fini d'essayer ces chapeaux, je n'ai pas réussi à te trouver. J'ai alors pensé que tu aurais le bon sens de revenir à l'hôtel et c'est ce que j'ai fait moi-même. Et, vois-tu, en cours de route, je suis tombé sur ces appétissantes saucisses qui, soit dit en passant, sont en train de refroidir.

Il me tend une tranche de pain, que j'attrape au vol et m'enfourne dans la bouche. Il continue à me regarder d'un air narquois puis, d'un seul coup, j'éclate de rire. Par plaisanterie, je lui expédie un coup de pied latéral au visage. Aussitôt, malgré son âge et ses problèmes de santé, il esquive d'un bond en arrière et prend une position de combat.

Tout en mâchonnant ma tranche de pain, je grogne, encore secouée par le rire :

– Vieil idiot! Je me suis fait un de ces soucis pour vous...

Nous passons le reste de notre séjour à Belgrade à préparer notre voyage à Bagdad. Nous ne cessons, à tour de rôle, de nous exercer au réglage de la mise à feu avec notre bombe factice : au moment de notre départ, j'étais capable de le faire les yeux fermés. Le jour même du départ, nous préparons nos bagages puis faisons une revue de détail de la chambre pour vérifier que nous ne laissons derrière nous aucun indice susceptible de permettre à d'éventuels enquêteurs de remonter notre piste.

– Et voilà, Mayumi, me dit Seung Il tandis que nous bouclons la porte et nous dirigeons vers l'ascenseur. L'heure de monter au front a sonné.

10

Le voici. Il attend sur la piste, à une centaine de mètres tout au plus. Le vol 858 de la Korean Air. Plantée derrière la grande baie vitrée de l'aérogare, je le regarde. L'équipe d'entretien s'affaire autour de l'appareil. Si ces hommes savaient...

Nous sommes le 28 novembre. La nuit ne va pas tarder à tomber. Même en cette saison, il règne une chaleur étouffante à Bagdad. Nous sommes arrivés de Belgrade à l'heure dite et, dans quelques heures, nous nous envolerons à destination d'Abu Dhabi. Enfin l'action débute après ces longs et fastidieux préliminaires.

Kim Seung Il est là, près de moi, et j'ai le sentiment que nous sommes sur la même longueur d'ondes, comme on dit. Je sens sa main qui cherche la mienne, qui la trouve, la prend et la presse. Il est extrêmement rare que Kim Seung Il se laisse aller à de tels gestes d'affection. Cela colle parfaitement avec notre rôle : élan d'amour d'un père à l'égard de sa fille. Malgré son ancienneté, malgré son expérience, je sens qu'il est aussi nerveux que moi. Pendant un instant, je ne peux m'empêcher de songer à cette image de père qu'il a incarnée. Il a été tellement parfait dans ce rôle que, parfois, nous nous sommes réellement crus père et fille. Inévitablement, ces pensées m'entraînent par l'esprit auprès de ma vraie famille. Comme je voudrais que tout ceci soit déjà fini pour aller les rejoindre!

– C'est pour bientôt, Ok Hwa, murmure Kim, osant pour la première fois utiliser mon pseudonyme coréen. Pour très bientôt.

Nous détachons notre regard de l'avion que nous devons faire sauter et c'est alors que je remarque deux Asiatiques élégamment vêtus qui se dirigent vers nous en louvoyant dans la foule. L'un d'eux porte une grosse serviette. Je comprends aussitôt que ce sont nos contacts et que la serviette contient la bombe. Je joue l'assurance et le calme mais, à l'intérieur, je suis nouée comme jamais.

Les correspondants locaux du service de renseignement nord-coréen portent tous les deux le nom de Choi et se ressemblent comme deux gouttes d'eau. Pourtant, ils sont censés n'avoir aucun lien de parenté. Ils ont exactement la même taille, portent le même type de costume noir très chic et des lunettes de soleil à la mode avec des montures métalliques fines. Ils sont aussi tous les deux coiffés en arrière. On jurerait des jumeaux.

Le plus gradé du tandem n'est rien moins que le chef de station et l'autre est agent spécial. Après les salutations et les bons mots d'usage, les deux Choi nous pilotent vers un bar où nous commandons des rafraîchissements. Avec un intérêt qui semble sincère, le chef de station Choi s'enquiert de la santé de Kim Seung Il. Elle ne s'est pas améliorée depuis le départ de Pyeong Yang.

– Cette mission sera la dernière pour moi, dit Kim.

Choi lui tapote familièrement l'épaule.

– Si c'est vrai, je n'en vois pas de meilleure pour couronner votre remarquable carrière.

Il trempe les lèvres dans son verre puis demande :

– Je suppose que vous savez tous les deux faire partir le compte à rebours.

– Naturellement, répond Kim.

– Parfait, dit Choi en vidant son verre d'un trait puis en consultant sa montre. Nous allons vous laisser. Ne prenons pas le risque de nous faire remarquer avec vous.

Il nous regarde à tour de rôle, puis ajoute :

– Bonne chance à tous les deux.

Nous échangeons une poignée de main et les deux Coréens s'en vont en nous laissant la sacoche. Kim la prend et je lui laisse avec plaisir le privilège de la porter.

– Rappelle-toi, me dit-il tandis que nous nous dirigeons vers les portes d'embarquement, les explosifs liquides contenus dans la bouteille vont accroître le pouvoir détonant de la bombe-radio. Il ne faut donc pas les séparer.

Il jette un coup d'œil circulaire dans l'aérogare pour s'assurer qu'aucune oreille indiscrète ne nous espionne, puis enchaîne :

– Rappelle-toi aussi que les piles de la radio sont d'un modèle spécial. On ne peut pas les remplacer par d'autres piles standard. Donc il ne faut surtout pas les égarer. Et fais aussi attention de ne pas confondre les explosifs liquides et mes médicaments, ajoute-t-il avec un petit sourire.

Nous nous séparons au contrôle. Dans cette région du monde, les responsables de la sécurité ne se contentent pas de fouiller vos passeports, ils vous font également subir la fouille à corps. J'ai l'air placide, et pourtant mon pouls s'affole à tel point que j'en ai presque le tournis.

Tout se passe bien jusqu'au moment où l'agent de sécurité, une femme revêche d'une trentaine d'années, trouve les piles et une bouteille de liquide qui semble être de l'eau dans la sacoche que nous avons déposée sur le tapis roulant. Aussitôt, elle s'en empare.

– Il est interdit d'embarquer avec des piles dans ses bagages.

Je sens que je panique aussitôt. Sans les piles, il est

impossible de provoquer l'explosion de la bombe et toute cette stratégie minutieusement élaborée, tous nos efforts seront réduits à néant. Je la supplie de me rendre mes piles. J'en ai quasiment les larmes aux yeux. Elle reste inflexible. Je vois même l'ombre d'un soupçon naître dans son regard. Pourquoi faire tant de cas de quelques piles sans grande valeur ? Elle les jette dans la poubelle et je me rends compte qu'elle commence à s'énerver.

J'essaie de me calmer et, au moment où j'aspire une grande bouffée d'air pour insister et réclamer la restitution de mes piles, je vois Kim revenir vers moi. Il en a déjà terminé avec les formalités de contrôle. Pour moi, c'est le sauveur qui arrive. Je lui relate rapidement l'incident, il fronce les sourcils, regarde dans la poubelle, se baisse et récupère les piles, qu'il met en place dans le poste. Il allume la radio pour vérifier qu'elle fonctionne bien.

– Vous voyez, dit-il à la femme revêche. Ce sont les piles de ce poste, voilà tout. On ne nous a jamais fait d'ennuis pour ces piles dans aucun autre aéroport et si vous nous obligez à les laisser ici, je puis vous promettre que, dès mon retour, j'irai me plaindre à l'ambassade d'Irak à Tokyo. Et, bien sûr, l'ambassade du Japon à Bagdad sera informée elle aussi.

A cet instant, je prends pleinement conscience de ce que représente dans le monde la puissance économique du Japon. La femme hésite et interroge du regard un autre agent qui a assisté à la scène. L'homme s'avance vers nous.

– C'est bon, dit-il. Vous pouvez les garder.

Il nous regarde un moment en plissant le front puis ajoute :

– Veuillez accepter mes excuses. Vous savez, nous ne faisons qu'appliquer le règlement.

Il n'y a pas de mots pour traduire l'immense soulagement que j'éprouve à cette seconde. Enfin, on nous laisse passer. Mais nous ne tardons pas à arriver à un autre contrôle où, de nouveau, nos bagages sont examinés. Cette fois, Kim cache la radio sous sa ceinture et nous franchissons l'obstacle sans encombre.

– J'avais dit à ces imbéciles de Pyeong Yang que nous aurions des problèmes ici, murmure-t-il tandis que nous nous éloignons vers la porte d'embarquement.

Une foule de Sud-Coréens se presse dans la salle d'attente. On pourrait se croire dans un aéroport de Corée du Sud. Nous réussissons à trouver deux sièges à l'écart et je m'assieds. Kim prend la sacoche et se dirige vers les toilettes. Il en revient une minute plus tard.

– Mayumi, les toilettes des hommes sont toutes occupées. Il faut que tu prennes la bombe et que tu ailles la régler dans les toilettes des femmes.

L'angoisse me submerge comme une vague de fond. Je le regarde, bouche bée. Bien sûr, j'ai été initiée à l'activation du système de détonateur, bien sûr je m'y suis longuement exercée mais, depuis le début, je pensais que tout allait marcher comme prévu et que Kim allait assumer cet aspect de la mission. Nos regards se croisent et je sais qu'il est en train de me jauger. Au prix d'un gros effort, j'arrive à soutenir son regard.

– Très bien. J'y vais. Attendez-moi ici.

Je vais aux toilettes des femmes et je m'enferme dans une cabine. J'ai répété mille fois les opérations sur une fausse bombe mais, maintenant, avec le véritable engin dans les mains, je ne peux pas m'empêcher d'avoir peur. Mes mains tremblent et j'ai beau rassembler toute ma volonté pour les en empêcher, rien n'y fait. Bon, je n'ai qu'une chose à faire : arrêter de penser et procéder au réglage. Je regarde ma montre. Il est vingt-deux heures quarante. Nous embarquons dans vingt minutes. Aussi méthodiquement que possible, je règle le détonateur pour que l'explosion ait lieu dans neuf heures, comme j'ai appris à le faire. Mais je ne peux m'empêcher de retenir mon souffle. J'ai l'impression que l'engin va me sauter à la figure.

Et voilà, c'est terminé. J'expulse un long soupir et je m'accorde quelques secondes de relaxation. A partir de maintenant, les dés sont jetés. Il n'y a plus de retour en arrière possible. Je suis émue mais, pourtant, je n'éprouve pas l'ombre d'un remords, pas un soupçon de culpabilité. Je ne pense qu'à deux choses : accomplir ma mission et ne pas trahir la confiance de mon gouvernement.

Et puis, en apercevant mon image dans la glace au moment où je sors, je découvre des traits tirés par la fatigue et les émotions des jours passés. Soudain, je me demande comment j'en suis arrivée là. Pendant quelques secondes, je vois mon visage d'enfant dans la glace et non celui de la femme que je suis. Quelle curieuse impression! Je me sens étrangère à moi-même. Comme si j'étais devenue adulte sans même m'en rendre compte et que j'avais oublié qui je suis. Soudain c'est le visage de ma mère qui se superpose au mien et je me demande ce qu'elle penserait de sa fille si elle me voyait ici. J'ai la nette impression qu'elle n'approuverait pas ce que je suis en train de faire, quels que soient les honneurs que cet acte va me rapporter.

Il me faut du temps et un gros effort pour m'arracher à cette glace et aller rejoindre Kim. Quand je suis près de lui, il arrondit les sourcils, me posant une question muette. Je réponds d'un hochement de tête, assorti d'un petit sourire, et je m'assieds près de lui pour attendre l'embarquement.

Kim prend un petit flacon dans sa poche, le secoue au-dessus de sa paume et en fait tomber quatre cachets. Il en avale deux et me donne les deux autres.

– Pour tes nerfs.

J'accepte sans me faire prier.

Une voix grésille dans un haut-parleur. L'embarquement commence. On nous fait monter dans un bus qui va nous conduire jusqu'à notre avion. La distance est très courte mais j'ai l'impression de parcourir des kilomètres. La nuit a enveloppé Bagdad et l'avion se dresse au-dessus de nous, éclairé, majestueux, dans le noir.

Quand je repenserai à tous ces gens, plus tard, face au tribunal qui prononcera ma condamnation, il me sera impossible de ne pas revoir ce moment où le bus nous emportait. Les passagers sont presque tous sud-coréens et bavardent avec animation. J'ai un accès de sympathie pour eux. Bien qu'ils soient *sud*-coréens, je les sens proches de moi. La frontière qui nous sépare me paraît totalement artificielle. Je me dis que ma mission a pour objectif le bien de nos deux pays. C'est ce qu'on m'a inculqué et je le crois.

Dans la salle d'audience, face aux visages mouillés de larmes des proches, j'essaierai de faire le lien avec ces visages souriants, insouciants, qui m'entourent en ce moment. Qui est le parent de qui ?

Le bus fait halte, nous descendons sur le tarmac et parcourons à pied la courte distance qui nous sépare de la passerelle d'embarquement. En haut de la passerelle, deux hôtesses nous souhaitent la bienvenue tandis qu'une troisième nous aide à trouver nos places.

Je regarde Kim ranger nos sacs dans le compartiment à bagages et je note l'épuisement qui lui tire les traits. Il m'apparaît particulièrement vieux et fragile en cet instant, mais je ne peux m'empêcher de trouver, en même temps, une certaine noblesse à ce vieil espion qui en a tant vu en plus de soixante-dix ans de vie.

Je m'installe près du hublot, Kim prend la place du milieu et une femme blanche vient s'asseoir à côté de lui en bordure d'allée. Curieusement, cela me soulage de voir que ce n'est pas une Sud-Coréenne. Et puis, je me dis que, si elle reste à bord, elle mourra comme tous les autres dans quelques heures. Je frémis malgré moi.

Au moment d'embarquer j'avais réussi à me calmer à peu près mais me voilà de nouveau en proie à l'angoisse. Dans la nuit qui l'entoure, la cabine de l'avion ressemble à un petit monde clos, confiné, et je me sens comme prise au piège. Ma claustrophobie empire encore quand je me mets à imaginer que, peut-être, la bombe va exploser plus tôt que prévu et que je vais mourir sans avoir compris ce qui m'arrive. Cette idée me plonge dans un état indescriptible.

L'avion décolle à l'heure prévue. Je m'efforce de dormir mais n'y parviens pas et j'écoute les conversations autour de moi. La plupart des Sud-Coréens sont des ouvriers qui travaillent sur des puits de pétrole; ils sont heureux de rentrer au pays. Certains se plaignent de leurs employeurs et de leurs conditions de travail. Cela ne fait que confirmer ce qu'on m'a dit : les grandes compagnies sud-coréennes exploitent les travailleurs.

Le rythme de mon cœur s'accélère chaque fois que l'hôtesse passe dans l'allée. J'ai repéré aussi un homme, assis un peu plus loin : on dirait bien un agent de sécurité. J'ai l'impression qu'il me regarde tout le temps.

J'essaie de m'apaiser en pensant que je vais être couverte des plus grands honneurs existant dans mon pays. Je pense aussi à une autre chose que l'on m'a dite avant le départ de Pyeong Yang : afin de garantir le secret absolu de cette mission, je ne serai plus jamais employée comme agent. L'espoir renaît en moi. Je vais bientôt pouvoir retourner vivre dans ma famille! Et c'est le plus cher de tous mes désirs.

Un à un, les passagers sombrent dans le sommeil et les lumières s'éteignent. L'obscurité prend possession de la cabine. Le seul signe de vie est le bourdonnement constant des moteurs. Je jette un coup d'œil vers Kim. Il semble absorbé dans une profonde méditation. Mais je vois une veine palpiter sur son cou à chaque battement de son cœur et sa respiration est hachée.

Il n'y a qu'une heure de vol entre Bagdad et Abu Dhabi mais cette heure me semble durer une éternité. Tous les problèmes et les difficultés que nous avons rencontrés avant d'embarquer à bord de ce vol me paraissent ridicules à côté de ce que j'endure en ce moment. Attendre. Il n'y a rien d'autre à faire qu'attendre. Lorsque, enfin, la voix du commandant de bord jaillit des haut-parleurs et annonce que nous approchons d'Abu Dhabi, je bondis sur mon siège. Nous nous regardons, Kim et moi, et je crois que nous avons tous les deux la même mimique hagarde sur le visage. Plus l'avion perd de l'altitude, plus je suis crispée. J'ai l'impression que la catastrophe va arriver là et que le compte à rebours est lancé.

Mais l'avion se pose normalement. Il freine. Il faut encore un bon moment avant que l'appareil soit attaché à la passerelle de débarquement. Nous nous levons et récupérons nos bagages dans le compartiment, au-dessus de nos têtes. Je ne peux me retenir de regarder la sacoche. Elle a l'air tellement inoffensive. Comment imaginer qu'elle contient une bombe capable de provoquer la destruction de cet appareil.

Il y a encore une longue attente avant que nous ne puissions quitter l'avion. Une queue se forme car de nombreux passagers qui continuent jusqu'à Séoul profitent de l'escale pour aller se dégourdir les jambes. Serrant les dents, je les exhorte en silence : « Avancez, bon Dieu ! Dépêchez-vous ! »

Encore une fois, j'ai l'impression que l'attente n'en finit pas et quand, enfin, j'arrive à la sortie, je me demande si une main puissante ne va pas me crocheter par l'épaule pour me ramener à l'intérieur ou si une hôtesse ne va pas me rejoindre en courant pour me rapporter la sacoche « oubliée » dans le compartiment à bagages. Mais rien de tel ne se passe et, quand nous franchissons la porte, l'hôtesse se contente de sourire en nous servant les politesses d'usage.

– Au revoir et merci d'avoir choisi Korean Air.

Mes jambes flageolent et c'est tout juste si j'arrive à marcher droit. Et pourtant un immense soulagement m'envahit, comme si je venais de subir un effroyable calvaire et que je me trouvais enfin tirée d'affaire. Je jette un coup d'œil vers Kim Seung Il. Il a le sourire.

Le soulagement sera de courte durée. Dans le hall, un employé à la sécurité ramasse les passeports et les billets des passagers qui prennent une correspondance et il distribue des cartes d'embarquement jaunes à ceux qui continuent leur voyage sur le même vol.

Là, il y a un accroc, et de taille. Je vois Kim changer de tête et se questionner sur la conduite à tenir. En principe, nous devons prendre maintenant le vol 603 des Jordanian Airlines à destination de Rome *via* Amman mais si nous remettons nos billets à ce policier, il y a toutes les chances pour qu'il nous trouve immédiatement suspects. Pourquoi un Japonais et sa fille en voyage d'agrément prendraient-ils un avion au départ de Bagdad pour venir à Abu Dhabi et reprendre immédiatement un vol pour Rome *via* Amman alors qu'il y a des profusions de vols directs pour Rome au départ de Bagdad ? Nous ne pouvons pas non plus lui raconter que nous avons l'intention de faire un séjour à Abu Dhabi car, dans ce cas, il nous faudrait un visa. Et c'est chose impossible car il n'existe pas de convention officielle sur ce point entre le Japon et les Émirats arabes unis.

Nous voilà pris de court. Dans aucun autre aéroport du monde on ne ramasse les billets des voyageurs qui ne font que passer. Notre affaire tourne mal.

Quand notre tour arrive, nous sommes obligés de remettre à l'employé nos billets de rechange, ceux sur lesquels figure un itinéraire Vienne-Bagdad-Bahreïn. L'homme les prend et disparaît avec en nous disant qu'il s'occupe des formalités d'embarquement pour Bahreïn.

Je me tourne vers Kim et je lui demande à voix basse :

– Qu'est-ce qu'on fait ?

– Nous devons quitter Abu Dhabi le plus vite possible. Nous allons prendre l'avion pour Bahreïn : nous n'avons pas le choix. De là, nous reprendrons un vol à destination de Rome.

Bientôt, le vol 858 de la Korean Air repart vers Bangkok. Il n'atteindra jamais sa destination. Je regarde l'avion s'élever puis ses feux diminuer et disparaître dans la nuit. Je suis secouée par un frisson. Je ne peux pas m'empêcher de penser aux Sud-Coréens et à leurs rires.

Les heures passent. C'est le milieu de la nuit et l'aéroport d'Abu Dhabi est calme. L'homme qui a emporté nos billets est en train de bavarder avec un collègue à l'autre bout de la salle d'attente. De temps à autre, il regarde dans notre direction. A un moment, Kim se lève et va lui demander ce qu'il a fait de nos billets. L'homme lui dit de ne pas s'inquiéter, qu'on nous les rendra avant le départ de notre avion qui est programmé pour neuf heures du matin.

Kim revient s'asseoir en se frottant le visage et en grommelant qu'il a toujours été opposé à cet itinéraire. Et puis, réalisant qu'il risque de me faire peur, il essaie de se rattraper :

– Définir les causes d'un accident d'avion prend toujours beaucoup de temps. Nous serons à Pyeong Yang avant qu'ils commencent à nous rechercher.

Mais on dirait qu'il ne croit pas ses propres paroles.

Quand le jour commence à poindre, je jette un coup d'œil à ma montre. La bombe est réglée pour exploser à six heures du matin et il est cinq heures cinquante-cinq. Je pense à l'avion qui doit être en train de survoler la mer des Andaman, non loin des côtes de Birmanie et qui, dans quelques instants...

Et puis la fatigue a le dessus. Je m'évade plus ou moins dans un sommeil agité et m'éveille un peu plus tard pour constater qu'il fait grand jour. En principe, nous ne devrions pas tarder à repartir. Oui, voici l'agent de sécurité qui revient nous voir; il nous restitue nos passeports et nos titres de transport. Je devrais me sentir rassurée mais cela ne commence à aller mieux que lorsque nous sommes à bord de l'avion et qu'il décolle pour faire route vers Bahreïn.

L'appareil se pose à Bahreïn une heure plus tard. Nous sommes le dimanche 29 novembre. Il est encore un peu tôt pour que nous nous estimions tirés d'affaire. Notre première démarche est d'aller réserver pour le premier vol à destination de Rome. Mais, nos billets ayant été mis à émis Abu Dhabi, nous devons aller les faire revalider au bureau de la compagnie qui, bien sûr, est fermé le dimanche. Ulcéré, Kim me dit que nous allons passer la nuit ici. La douane nous délivre des visas de transit de trois jours.

Nous réservons par téléphone à l'hôtel Intercontinental et prenons un taxi pour nous y rendre. Nous passons le plus clair de la journée à dormir. Nous n'avons pas grand-chose d'autre à faire.

Le lundi matin, nous essayons de réserver pour Rome mais on nous répond que tous les vols sont complets. Nous devons attendre le mardi pour partir.

Nous passons notre journée de lundi à faire du tourisme dans Manama, la capitale de l'Émirat de Bahreïn. De nouveau, nous sortons notre panoplie de touristes japonais. Mais nous sommes incapables de nous intéresser à ce que nous voyons. Nous faisons aussi un peu de shopping pour tuer le temps. Kim achète des fruits et des sandwiches que nous rapportons à l'hôtel pour notre dîner.

Nous sommes en plein repas quand le téléphone sonne. Je suis tellement surprise que j'en laisse tomber la banane que j'étais en train d'éplucher. Personne ne sait que nous sommes ici, pas même nos supérieurs. Qui peut vouloir nous parler ?

Je regarde Kim. Je sens que je suis blanche comme un linge. Il me regarde aussi un court instant puis décroche.

– Oui ?

Il écoute un moment puis raccroche sans avoir prononcé une parole. Il se lève, va à la fenêtre et regarde dehors, les mains croisées derrière le dos. Je lui demande ce qui se passe. Il ne répond pas. Ses mâchoires contractées me font comprendre que quelque chose ne tourne pas rond. Je m'affole. Moins d'une minute plus tard, le téléphone sonne à nouveau. Kim va décrocher, écoute et me fait signe de lui passer nos passeports. Je les lui tends. Il lit nos noms, les numéros des passeports et raccroche.

– C'était l'ambassade du Japon.

Il soupire, me regarde et ajoute :

– Ne t'inquiète pas. Ils vont avoir du mal à débrouiller l'écheveau.

Je soutiens son regard.

– Cela m'étonnerait.

Ils ont déjà su où nous trouver et j'ai dans l'idée qu'ils ne vont pas tarder à savoir qui nous sommes. Le visage de Kim est figé, sans expression. Il accueille ma remarque d'un vague haussement d'épaules. Je me lève et je commence à nettoyer la table quand le téléphone sonne pour la troisième fois.

– Mayumi, dit Kim Seung Il. Il y a dans le hall deux hommes de l'ambassade de Corée du Sud. Ils vont monter ici pour nous parler. Couche-toi, fais semblant de dormir et laisse-moi me débrouiller avec eux.

Cette fois, je panique réellement. Je me jette dans le lit sans même songer à me déchausser, je tourne la tête vers le mur et remonte les draps jusque sur ma nuque. Je voudrais m'enfoncer complètement dans ce lit pour disparaître. Mes sinistres prémonitions semblent se confirmer. Je suis sûre qu'il n'y a plus d'espoir pour nous.

Un petit moment passe puis on frappe à la porte. Kim va ouvrir. Les deux hommes se présentent.

– Ma fille vous prie de l'excuser, dit Kim après s'être lui aussi présenté. Elle a eu une journée épuisante et doit se reposer.

Je les entends s'installer autour de la table. Les Coréens ne parlent pas le japonais et une conversation difficile s'engage dans un anglais boiteux. Plusieurs fois, les deux hommes, agacés, lâchent des jurons en coréen. Mais Kim ne réagit pas et joue son rôle avec la maîtrise d'un grand professionnel.

Ils tournent longuement autour du pot avant d'exposer l'objet de leur visite. Mais, finalement, ils se décident : le vol 858 de la Korean Air qui transportait cent quinze passagers à destination de Séoul a disparu des contrôles avant d'atteindre l'escale de Bangkok.

– Nous pensons que l'appareil s'est abîmé en mer, dit l'un des Coréens.

A son ton, je comprends qu'ils n'écartent pas l'idée d'un attentat et que nous sommes fortement suspects à leurs yeux.

Nous avons donc réussi. Je n'éprouve pas le moindre sentiment de remords. Nous avons accompli notre mission. Notre succès honore Kim Il Sung et Kim Jung Il. Maintenant, je suis sûre que les Jeux olympiques de 1988 ne se dérouleront pas à Séoul et que j'ai joué un rôle de première importance dans le processus de réunification de la Corée.

Les Sud-Coréens repartent en promettant de revenir le lendemain. Quelques heures s'écoulent puis on frappe de nouveau à la porte. Cette fois, c'est un garçon d'étage qui nous remet une boîte de chocolats avant de disparaître. Pas besoin d'un dessin : on nous surveille.

Je n'arrive pas à fermer l'œil. Kim, qui est visiblement à bout de résistance, sombre dans un sommeil de mort et ronfle bruyamment toute la nuit. Jusqu'au matin, je passe mon temps à regarder alternativement le plafond de la chambre et la pendule. Je me sens engourdie mais incapable de dormir. Je sais que notre arrestation n'est plus qu'une question de temps.

Kim continue à dormir bien après le lever du jour et je finis par le secouer avec agacement. Il s'éveille et nous nous préparons à la hâte pour ne pas rater notre avion. Dès que nous avons terminé, je me précipite vers la porte.

– Attends, Mayumi.

Je me retourne. Kim a une mimique soucieuse sur le

visage et il fuit mon regard. Il plonge la main dans sa poche et me tend l'un des deux paquets de Marlboro qui nous ont été confiés dans l'avion de Moscou.

– Pour le cas où les choses tourneraient mal, dit-il.

Je remarque que sa main tremble en prenant le paquet.

Il ne veut pas me l'avouer mais nous savons tous les deux que nous sommes pris au piège. Je sais aussi que pas un instant nous n'avions pensé avoir à utiliser ce poison. Et qui peut dire si, le moment venu, nous en aurons le courage?

Tandis que nous nous dirigeons vers l'ascenseur, Kim remâche ses récriminations :

– Je leur avais dit, à ces idiots, que leur itinéraire était mauvais. Je le leur ai dit et répété! Ah, ils vont m'entendre quand nous serons rentrés!

Nous réglons immédiatement notre note, sans prendre de petit déjeuner et, faisant semblant de ne pas remarquer les regards soupçonneux du personnel, nous sortons dans la lumière aveuglante de la matinée. J'ai l'impression que tous les gens qui nous croisent voient ou sentent notre peur de bêtes traquées. Malgré toute l'application que nous y mettons, ni Kim ni moi ne pouvons agir sereinement.

Nous attrapons un taxi et fonçons à l'aéroport. Tout en regardant le paysage désertique défiler de chaque côté de la route, je serre le paquet de cigarettes dans ma main en priant le ciel que nous ne soyons pas contraints d'utiliser le cyanure. Cela me fait un drôle d'effet de tenir ce paquet comme ça en sachant que le filtre d'une de ces cigarettes contient une minuscule ampoule de poison qui peut me donner la mort. Je sens mon estomac se révulser à l'idée que peut-être...

Nous atteignons l'aéroport sans incident et Kim fait activer le mouvement pour obtenir nos cartes d'embarquement. Pendant ce temps, je scrute le hall des passagers pour essayer de repérer les signes d'une filature. Je ne vois rien. Dès que Kim en a fini avec les formalités, nous fonçons vers la porte d'embarquement et prenons notre place dans la file d'attente. Je commence à reprendre espoir et à me dire que nous allons peut-être nous en tirer quand une voix, dans notre dos, demande dans un japonais irréprochable :

– Puis-je voir vos passeports, je vous prie ?

Je me retourne. Un Oriental de grande taille tend la main. Sans prononcer une parole, nous lui remettons nos passeports. Il les prend et s'éclipse aussitôt.

On nous demande alors de nous mettre à l'écart de la file. Nous attendons en regardant les autres passagers embarquer. En sourdine, dans ma tête, j'entends la phrase de l'agent Cheon dans l'avion qui nous emmenait vers Moscou : « Si l'un ou l'autre se fait prendre, il devra absorber le poison avant tout interrogatoire. Le secret de cette mission doit être préservé à tout prix. Est-ce que vous comprenez ? »

Je comprends, oui. Et en vaillante fille de la patrie, je suis prête à donner ma vie pour sa réunification.

Pour la première fois depuis des jours, je me sens vraiment calme. J'ai accepté.

Puis j'entends annoncer que l'avion à destination de Rome est prêt à décoller. Je me tourne vers les fenêtres et je regarde l'appareil s'éloigner à petite vitesse vers la piste d'envol en emportant avec lui mes derniers espoirs. Et je craque de nouveau. Ma résolution d'il y a quelques instants s'écroule face à la sinistre réalité. Comment ai-je pu me croire assez forte pour me sacrifier ainsi sans état d'âme ?

L'homme au type oriental revient avec nos passeports.

– Restez ici, ordonne-t-il. Tous les deux.

Le ton est cassant, le visage sombre.

– Pour quelle raison ? demande Kim Seung Il.

– Je suis de l'ambassade japonaise à Bahreïn et il vient d'être établi que le passeport au nom de Mayumi Hachiya est un faux. Vous êtes retenus à la disposition de la police, qui sera là d'un instant à l'autre pour vous interroger. Je vous rappelle que tenter quelque chose dans cet aéroport serait pure folie.

Il s'éloigne un peu et surveille le hall comme pour s'assurer que nous ne sommes pas accompagnés.

Kim en profite pour me toucher l'épaule et me glisser à voix basse :

– Sois forte, Ok Hwa. Il va falloir croquer l'ampoule. Maintenant que nous sommes découverts, ce serait t'exposer à d'odieuses souffrances de ne pas mettre fin à tes jours. Moi, je meurs en paix, je n'ai pas de regrets. J'ai eu une longue vie. Mais toi...

Sa voix se brise, il baisse la tête et il lui faut un long moment avant de pouvoir me regarder.

– Quelle tristesse...

Je sais que le vieux Kim Seung Il pleure en silence et je suis stupéfaite de découvrir ainsi son côté humain. Car il est l'un des agents secrets les plus remarquables de Corée du Nord, un authentique combattant de la Révolution. Tout au long de cette mission, malgré l'âge, malgré la maladie, malgré nos revers de fortune, jamais il n'a cédé à la peur. Or, au moment d'en finir, le voilà qui s'écroule. Pas pour lui, bien sûr, mais pour moi.

Les larmes jaillissent de mes yeux, roulent sur mes joues. Je suis incapable de parler mais, d'un mouvement de tête, je signifie ma détermination.

Et puis, alors que je m'attends à tout sauf à ça, le visage de ma mère apparaît devant mes yeux.

Ma mère qui s'est montrée si prévenante avec moi, si heureuse de me voir en bonne forme les quelques rares fois où j'ai pu faire un saut à la maison au cours de ma longue formation, c'est-à-dire guère plus d'une fois tous les deux ou trois ans. Quand je repartais, elle avait besoin de mobiliser toute son énergie pour se dominer et faire bonne figure. Elle était tellement triste. A l'époque, je ne me souciais pas beaucoup de ses sentiments. Fière d'avoir été sélectionnée par le Parti, j'emboîtais le pas à l'instructeur qui venait me chercher pour me ramener au camp. Aujourd'hui, j'ai l'impression d'avoir trahi cette femme qui s'est tellement dévouée pour m'élever. J'ai honte de la vanité que j'ai pu afficher devant elle. Je vois brusquement toutes les erreurs que j'ai commises, mais trop tard. Aucun parti au monde ne mérite qu'on lui sacrifie sa famille.

Pardonne-moi, maman. Comprends-moi, je t'en prie!

Je dois mourir. Je dois payer mon échec. Et elle aussi devra le payer.

Je regarde Kim. Il fume cigarette sur cigarette à deux pas de moi.

– Père, donnez-moi le signal du moment où il faudra croquer l'ampoule.

Il est loin, très loin. Dans ses pensées. Il hoche la tête d'un geste mécanique. Il souffle la fumée de sa cigarette. Son visage est un masque. Il est certainement auprès de sa famille, lui aussi.

A cet instant, une poignée de policiers de Bahreïn font irruption dans la pièce et nous ordonnent de les suivre. On nous sépare et je suis dirigée vers un petit bureau impersonnel pour y être fouillée.

Les femmes qui exécutent la fouille ne laissent rien au hasard. Elles examinent chaque centimètre carré de mon corps et, à l'évidence, s'en voudraient de laisser passer un poil. Ensuite, elles passent au crible le contenu de ma mallette à maquillage. Mais, apparemment, les cigarettes ne les intéressent pas. Je les ai mises dans un sac noir à bandoulière.

Quand on me ramène dans le hall, Kim et un officier de police m'attendent. Il me regarde en arrondissant les sourcils, comme pour me demander si mes cigarettes sont toujours là et en bon état. Je lui réponds d'un sourire. Il me tend une cigarette japonaise pour leur faire croire que nous avons tous les deux l'habitude de fumer. Ainsi, quand le moment fatidique sera venu, mon geste ne les surprendra pas.

Et c'est l'enchaînement.

Comme je prends la cigarette et sors un briquet de mon sac, l'une des femmes policiers qui m'ont fouillée me demande le sac. Impossible de refuser. Je prélève le paquet de Marlboro et je lui passe ce fameux sac noir. Elle le prend puis me fait signe de donner aussi le paquet de cigarettes. J'enlève la cigarette marquée et je lui tends le paquet. Cette fois, le geste est sans doute très suspect mais je ne peux pas me permettre de faire autrement. Tout repose sur cette ampoule de cyanure. Il faut que je la garde.

La femme aboie quelque chose que je ne comprends pas. Elle tend la main. Je regarde Kim Seung Il. Il secoue la tête. Je marque un temps d'hésitation et la femme en profite pour m'arracher la cigarette. Sans même réfléchir, je la récupère d'un geste vif. Cette fois, il n'y a pas un instant à perdre, je porte le filtre à ma bouche et je croque sans lui laisser le temps de réagir. Je la vois bondir en poussant un cri strident mais c'est le cadet de mes soucis. Je sens une force puissante m'attirer dans une obscurité douce, apaisante.

La fidèle fille de Kim Il Sung, dressée pendant des années pour devenir un chien obéissant, est en train de mourir.

C'est terminé. Fini les souffrances. Le noir m'enveloppe comme une couverture soyeuse. Tout est fini.

11

Je suis immobile, allongée au milieu d'une pièce toute blanche.

Je n'arrive pas à penser clairement. Mes sens sont embrumés, mes perceptions diffuses. Je flotte comme entre deux eaux dans un état intermédiaire entre la veille et le sommeil. Toutes les impressions que j'éprouve sont floues et aucune ne ressemble à ce que j'ai connu jusqu'à présent. De très loin remonte un souvenir : j'ai absorbé du poison. Tout s'explique. Ça a marché. Cette pièce blanche doit être une sorte de sas entre le monde terrestre et l'au-delà. Et puis, petit à petit, le contour des choses se dessine plus nettement. Près de moi, des gens parlent, en arabe et en anglais. Leurs voix s'infiltrent jusqu'à ma conscience. Je dois mobiliser une énergie formidable simplement pour garder les yeux ouverts. Et puis la réalité, petit à petit, prend forme.

La pièce ne possède pas de fenêtre. Impossible de savoir si c'est le jour ou la nuit. Ma main gauche est menottée au lit. J'ai une perfusion dans le bras droit, un tuyau d'oxygène dans le nez et une sonde qui me descend le long de la gorge, sans doute pour un lavage d'estomac. J'ai l'impression d'être en coton. Peut-être les suites d'une anesthésie. Peut-être tout simplement la fatigue.

Je reste immobile pendant un temps indéterminé, incapable de fixer mes pensées sur quelque chose. Et puis, je finis par tourner la tête et je vois deux infirmières assises à côté de mon lit. Elles portent des tenues arabes traditionnelles. De chaque côté de la porte, deux hommes basanés en tenue de combat me surveillent. Ils sont armés de pistolets mitrailleurs qu'ils tiennent à quarante-cinq degrés par rapport à la ligne du corps. Je suis bien placée pour savoir que c'est la position dite « prêt à faire feu ».

Je ne rêve pas. Non, je suis vivante. Le cyanure n'a pas opéré.

Le choc me ramène à un degré de conscience supérieur et ma première réaction est de me pincer la cuisse.

Je pousse un gémissement de désespoir. Comment ai-je pu survivre ? Je n'ai peut-être pas absorbé suffisamment de poison. J'ai dû frôler la mort, cela me semble évident. Mais la frôler, seulement.

Je ne suis pas heureuse d'être vivante, au contraire. Je sais que mon calvaire ne fait que commencer.

Mon état de faiblesse et la peur des interrogatoires provoquent en moi une sorte de délire. Je remarque la paire de ciseaux qui dépasse de la poche d'une des infirmières. J'essaie de l'attraper pour me donner la mort mais malgré tous mes efforts je n'y parviens pas. Je ne peux pas bouger, la chaîne des menottes est trop courte.

Une éternité s'écoule. On finit par m'enlever les tuyaux qui me sortent du nez et de la bouche. J'essaie aussitôt un truc qu'on m'a raconté quand j'étais enfant. Je me mords la langue en essayant de la couper pour me tuer. Pour tout résultat, je réussis à me faire abominablement mal. Bien sûr, quand on est en pleine possession de ses moyens, ces histoires de bonnes femmes paraissent absurdes. Mais je suis dans un état de semi-inconscience et tellement désespérée.

Après cet essai raté, je tente de m'étouffer. Je retiens

ma respiration jusqu'à ce que mes joues semblent prêtes à exploser. Je tiens, je tiens, aussi longtemps que je peux. Un peu plus, encore. Mais l'instinct de survie a le dessus. Impossible de me retenir. Au dernier moment, j'avale une bouffée d'air.

J'enrage. Pourquoi ne suis-je pas foutue de me tuer ? Merde !

Tout à coup, je pense à Kim Seung Il. A-t-il survécu, lui aussi ? Probablement pas. S'il a réussi à croquer son ampoule, le cyanure a certainement eu raison de sa résistance. Et même s'il n'y a pas réussi, il y a de fortes chances pour qu'il n'ait pas survécu au choc de notre arrestation. Dans l'état de santé où il se trouvait, il me paraît peu probable qu'il ait tenu le coup.

Plus je pense à sa disparition, plus la terreur monte en moi. Je suis seule. Complètement. On ne peut pas trouver plus seule.

J'essaie de me stimuler : il faut être forte. Notre Leader Bien-Aimé en personne t'a donné sa confiance. Tu dois mourir. Pour ton pays. Pour la cause de la réunification. Il le faut. Tu ne peux pas trahir ton pays.

Au moins, une chose est sûre : nous avons réussi à faire sauter l'avion.

Mais, curieusement, à ce moment, je ne me sens plus si fière que cela d'avoir accompli ma mission. Juste avant mon arrestation, c'était encore la chose qui primait pour moi et j'avais très peu de problèmes de conscience. Maintenant, je me mets à penser aux vies humaines qui ont été sacrifiées et je commence à éprouver des remords.

Les infirmières bavardent à voix basse et je tends l'oreille pour essayer de capter ce qu'elles disent. Par chance, elles communiquent en anglais et je comprends une grande partie de leur conversation. J'apprendrai ultérieurement qu'elles sont philippines. Elles sont en train de dire que je vais m'en tirer. Elles disent aussi que Kim Seung Il est mort.

La nouvelle provoque en moi un choc indescriptible.

Des émotions contradictoires me déchirent. Je suis très affligée par sa mort et, en même temps, je l'envie. Il n'aura pas à subir mon sort. Je suis aussi furieuse car je suis toute seule maintenant. Sa mort me prive de mon vieil ami et je me sens totalement abandonnée. Malgré son mauvais état de santé, Kim Seung Il a toujours constitué une présence réconfortante pour moi en raison de sa grande expérience du terrain. Chaque fois que j'ai eu un moment de doute au cours de cette mission, je me suis reposée sur lui.

Et me voilà en train de faire une chose étrange, une chose que je n'ai encore jamais faite de ma vie. Je prie.

Je me souviens, une fois, avant la mort de Bum Soo, je suis passée à la maison et j'ai trouvé ma mère en train de disposer des bols emplis d'eau sur un autel de fortune qu'elle avait dressé dans sa chambre. C'était un acte très risqué car, en Corée du Nord, toute forme de cérémonie religieuse est rigoureusement interdite. Mais ma mère était prête à tout pour implorer la grâce de Dieu et essayer de sauver la vie de son enfant.

Et, aujourd'hui, je prie, moi aussi. Mon Dieu, je vous en prie, faites-moi mourir tout de suite. Je vous en prie!

Même cet acte me fait souffrir. Je suis en train de prier un être que je ne connais pas.

Ce qui me fait le plus peur dans le fait de rester en vie c'est que je doute de pouvoir garder le secret sur mon identité et la réalité de ma mission. Et le moment où je parlerai sera aussi celui où je deviendrai à jamais une traîtresse aux yeux de mes leaders et de mon pays. Le fait que j'aie été arrêtée ne remet pas en cause la réussite de ma mission. Kim Seung Il est mort et il a emporté son secret dans la tombe. Si je réussis à garder le silence, je peux rester le sauveur de la Corée du Nord.

Mais ce n'est pas la Corée du Nord qui me cause le plus de souci, c'est ma famille. Je constate, presque étonnée, que si j'ai imploré la pitié de Dieu, je n'ai pas, comme j'avais coutume de le faire par le passé, invoqué une seule fois le nom de notre Grand Leader Kim Il Sung. Pourtant, c'est l'être le plus proche de la divinité qu'il m'ait été donné de connaître à ce jour.

Les heures passent. Une infirmière philippine vient prendre la relève de ses deux collègues. Une femme policier monte maintenant la garde dans la chambre. Elles ont, sans aucun doute, reçu l'ordre de me maintenir en vie coûte que coûte et de surveiller mes moindres gestes car, dès que je ferme les yeux, elles me tapotent le visage en murmurant : « Mayumi ! Mayumi ! »

Elles ne veulent pas me laisser dormir de peur que je ne glisse à nouveau dans le coma.

Je ne peux m'empêcher de penser qu'elles ne font qu'exécuter les ordres de leurs supérieurs pour qu'on puisse m'arracher des aveux dès que je serai rétablie mais, pourtant, elles ont l'air de bien m'aimer. Au début, j'avais envie de les injurier. Et puis, au bout d'un moment, j'ai compris que ces infirmières, et même cette femme policier, ont pour principal souci de me sauver la vie.

Je regrette aujourd'hui de ne pas leur avoir témoigné ma gratitude pour la gentillesse dont elles ont fait preuve à mon égard. Moi, la meurtrière qui ai tué tant de personnes, je ne méritais pas de vivre mais elles ont refusé de me laisser mourir. Il ne me reste que les pages de ce livre pour leur exprimer ma reconnaissance.

Comme mes sens retrouvent leur acuité normale, je commence à ressentir des douleurs dans tout le corps. Mon genou droit, en particulier, me semble en mauvais état. Je ne peux le plier qu'au prix d'une douleur abominable. L'intérieur de ma bouche est tapissé de cloques causées par le poison, et ma langue est tellement gonflée que je ne peux rien avaler.

Je me mets à faire des cauchemars. Je rêve que ma famille se trouvait à bord du vol 858. Je me vois en train de placer la bombe dans le compartiment à bagages et de leur crier de quitter l'avion. Kim Seung Il, le visage entièrement bleu, la peau se détachant par plaques de son crâne, m'attrape de sa main de squelette et me tire hors de l'appareil. J'essaie de me libérer mais sa poigne est trop forte. Je hurle des mises en garde hystériques aux membres de ma famille, qui ne semblent pas comprendre ce que je leur dis. Finalement, Kim me traîne jusqu'à la porte de l'avion et me jette dehors. Au moment où je vais m'écraser sur la piste, je m'éveille.

J'ai hurlé et les infirmières se précipitent pour essayer de m'apaiser mais j'éclate en sanglots, et je pleure ainsi pendant des heures.

Dans un autre rêve, je me retrouve sur une montagne couverte de neige. Ma famille monte vers moi mais, au lieu de me rejoindre, ils passent à côté de moi et continuent leur chemin, après m'avoir jeté un regard hostile ou simplement indifférent. Comme si j'étais une étrangère. Bum Soo, lui, reste en arrière. Il me prend la main et, soudain, nous bondissons dans le ciel et nous volons comme des aigles par-dessus les montagnes. Nous tournons en rond au-dessus du cratère d'un volcan. Bum Soo m'adresse un large sourire puis me lâche la main. Là encore, je m'éveille en hurlant au moment où je plonge dans le vide.

Je n'ai plus aucune notion du temps. J'ai l'impression d'être hors du monde. De temps à autre, je reviens à la conscience et je m'aperçois que les infirmières et les femmes policiers qui me gardent ne sont plus les mêmes. L'une des infirmières, une Noire aux superbes yeux bruns, me lave le visage et me coiffe avec tellement d'attention et de délicatesse que je sens mon hostilité décliner malgré moi. Elle me prend la main et dit :

– Je suis votre amie, Mayumi. Vous devez le croire.

Au bout d'un moment, elle quitte la pièce pour laisser la place à deux hommes élégamment vêtus. Dès que je les vois, je fais semblant de dormir.

– Ouvrez les yeux! Nous savons que vous êtes éveillée!

Ils ont parlé en coréen. Je suis tellement surprise que je manque en ouvrir les yeux par réflexe. Je réfléchis à toute allure et conclus que je ne peux pas me permettre de leur révéler ma nationalité. Ils répètent leur injonction. Je ne réagis pas.

On pourra trouver la chose étrange mais cela me fait du bien d'entendre parler ma langue maternelle. Le silence qui suit est d'autant plus pesant.

On me parle alors en japonais. J'ouvre les yeux et je reconnais l'homme qui m'a interceptée avec Kim à l'aéroport. L'autre est l'un des deux Sud-Coréens qui sont venus interroger Kim à notre hôtel.

A partir de ce moment-là, je réponds uniquement aux questions posées en japonais. Je vois le Sud-Coréen qui s'énerve et se met à faire les cent pas de long en large.

– Écoutez, me dit l'homme de l'ambassade japonaise. Nous avons absolument besoin d'un certain nombre de renseignements. Nous cherchons simplement à vous aider, Mayumi-san, mais nous ne pourrons rien faire pour vous si vous vous murez dans le silence. Tout ce que nous vous souhaitons, c'est un prompt rétablissement.

Je hoche la tête en signe d'acquiescement mais je sais que derrière les belles paroles de cet homme se cachent des montagnes de suspicion. Cette compassion est visiblement de pure forme et de temps à autre j'intercepte un regard qui véhicule tout autre chose que de la sympathie. Au bout d'un moment, ils comprennent que je ne suis pas disposée à coopérer et quittent la chambre.

Je souffle. Je viens de passer la première épreuve. Mais ce n'est que la première.

Il est temps, me dis-je, au lieu de subir les choses, de tenter de trouver un moyen de me sortir de là. J'ai déjà décidé de saisir toutes les opportunités pour me suicider mais, avant d'y parvenir, je ne vais certainement pas pouvoir garder le silence intégral. Je dois donc déterminer ce que je peux dire et à qui. Je suis encore faible et secouée par l'intrusion des deux hommes. J'utilise les techniques de contrôle mental que l'on m'a enseignées et, lentement, je retrouve une allure d'agent spécial, tout au moins dans ma tête.

Pourquoi ne pas faire semblant d'être muette ? Je réfléchis et puis je me rappelle avoir parlé en présence des infirmières et de l'agent japonais.

Puisque je ne dois à aucun prix parler coréen, il me reste un choix simple : me faire passer pour une Japonaise ou pour une Chinoise. Mes geôliers savent déjà que mon passeport japonais est faux. Reste aussi à voir la question de mes relations avec Kim Seung Il.

Vont-ils décider de m'extrader vers le Japon ? Possible, si le seul délit retenu contre moi est celui de faux et usage de faux. J'ai entendu dire que les policiers japonais étaient brutaux et n'hésitaient pas à faire usage de la violence physique pour extorquer des aveux à leurs prisonniers. J'ai également entendu raconter qu'ils traitaient les Coréens comme des chiens et prenaient plaisir à les torturer.

Mais même cela serait préférable à une extradition vers la Corée du Sud. En Corée du Nord, on raconte que la police sud-coréenne pratique l'énucléation des yeux, le fraisage des dents et l'arrachage des ongles. Voilà sans doute pourquoi tout agent nord-coréen qui revient vivant d'une mission à Séoul est considéré comme un héros.

En y réfléchissant bien, j'ai peut-être intérêt à n'être ni coréenne ni japonaise. Ces hommes n'ont aucune preuve matérielle de mon implication dans l'attentat contre le vol 858 et n'en auront probablement jamais. Si j'arrive à leur faire croire que je suis chinoise, peut-être vont-ils finir par décider de m'expulser vers Pékin. Les gouvernements de la Chine et de la Corée du Nord étant très proches, c'est sans doute ma meilleure chance de revoir un jour Pyeong Yang. Si j'arrive à tenir bon face à leurs interrogatoires, il me reste peut-être un peu d'espoir.

J'essaie de me constituer un pedigree cohérent. Quand Sook Hee et moi avons séjourné à Macao, nous étions censées être chinoises. Je pourrais, par exemple, adopter l'identité d'une de ces deux femmes que nous incarnions alors, par exemple Pai Chui Hui, et agrémenter mon histoire en mentionnant mon amitié avec l'autre, Wu Eng, pour lui donner de la crédibilité. Je sais bien que la réussite est loin d'être garantie mais j'ai plus de chance de m'en sortir en tentant ce mensonge qu'en ne faisant rien.

Cette décision prise, mon état général s'améliore d'heure en heure. Les infirmières m'habillent d'un pyjama bleu et m'installent dans une chaise roulante, à laquelle, naturellement, je suis menottée. Ce sont également les infirmières qui me font ma toilette et m'accompagnent aux lavabos. Ce qui est particulièrement gênant. On ne me laisse jamais seule et des gardes armés se relaient en permanence à la porte de ma chambre. On me nourrit d'une substance laiteuse et, bientôt, je comprends que j'ai suffisamment récupéré pour subir un interrogatoire normal.

C'est à cela que je dois me préparer.

Quelques jours plus tard – je suis incapable de dire combien au juste –, on m'installe dans ma chaise roulante et on me pousse jusqu'à un fourgon de police qui attend devant l'hôpital. Il fait un temps superbe, chaud et clair. Le soleil est si éclatant que j'ai du mal à ouvrir les yeux. C'est la première fois depuis mon arrestation que je sors à l'air libre et, finalement, la chose est plus déprimante que réconfortante. Cela ne fait que confirmer ce que je comprenais déjà dans mon lit d'hôpital : le monde continue à tourner même si tout s'est arrêté pour moi. On m'a couvert la tête d'un voile, selon la coutume du pays et, pendant un moment, je crois qu'ils vont m'exécuter. Ils chargent la chaise roulante dans le fourgon et le véhicule démarre.

Bahreïn est un vrai paradis tropical. Comme j'aimerais aller lézarder sur la plage de sable blanc, nager dans l'eau bleue de la mer et oublier que j'ai été agent spécial chargée de faire sauter un avion plein de passagers. Je voudrais retrouver la vie que j'avais à Cuba quand je barbotais dans l'eau sans aucun souci en tête. Mais je ne suis plus une enfant et mes parents ne peuvent rien pour me sauver. Je vais être tenue pour responsable de mes actes, comme une adulte, et je serai seule pour faire face à la mort. Je regarde avec envie tous ces gens innocents qui marchent dans les rues, à seulement quelques mètres de moi, mais, en fait, à des années-lumière. Je les jalouse, même.

Nous roulons jusqu'à la sortie de Manama puis empruntons une route déserte et continuons jusqu'à une sorte d'enceinte policière ou militaire située à l'écart de la capitale. L'ensemble est ceint de hautes clôtures et l'entrée est gardée par des sentinelles en armes.

Le fourgon s'arrête dans la cour. On me pousse à l'intérieur d'un bâtiment puis on me roule jusqu'à une petite pièce sinistre meublée d'un bureau et d'un lit à cadre métallique. Là, on me jette sur le lit et on m'enchaîne au cadre. Les choses sérieuses ne vont pas tarder à commencer.

Un moment s'écoule puis entrent un homme et une femme d'un certain âge. Tous deux sont de race blanche avec des yeux bleus et des cheveux blonds. Ils me regardent avec curiosité mais, apparemment, sans mauvaises intentions. C'est l'homme qui rompt le silence.

– Mon nom est Ian Henderson, dit-il dans un anglais délibérément lent et articulé. Voici ma femme Maria. Je suis le chef de la police de l'Émirat de Bahreïn.

Il me demande comment je me sens. Pendant ce temps, Maria me fixe de ses grands yeux bleus et, allez savoir pourquoi, ce regard me fait craquer. J'éclate en sanglots. Elle s'approche, prend un mouchoir dans son sac et essuie les larmes qui roulent sur mon visage.

– Allons, petite, dit-elle en m'embrassant la joue, tout va bien se passer. Ne vous inquiétez pas.

Elle fait un signe aux infirmières qui sont restées près de la porte. Les deux femmes s'avancent et, avec des gestes exercés, me débarrassent de mon pyjama d'hôpital pour m'enfiler un costume-pyjama bleu comme en portent les Chinois.

J'entends l'une d'elles dire à sa collègue qu'elle me trouve belle et je suis persuadée que cette marque de fausse sympathie est un début de torture morale avant les mauvais traitements physiques. Je me raidis. Ils sont prêts à tout pour obtenir des aveux. Je dois être perpétuellement sur mes gardes.

Comme s'il lisait dans mes pensées, Henderson reprend :

– Le gouvernement de ce pays ne vous tient pas en très haute estime du fait que vous n'avez prononcé jusqu'ici pratiquement aucune parole. Si je puis me permettre de vous donner un conseil, c'est de coopérer davantage.

C'est une menace ou je n'y entends rien. D'un ton arrogant, je lui demande :

– Très bien. Que voulez-vous m'entendre dire ?

Son visage s'assombrit. Visiblement, il est déçu de ma réaction.

– Réfléchissez à ce que je vous ai dit, me conseille-t-il. Nous reviendrons vous voir demain.

Je ne me rappelle pas combien de temps dura mon séjour dans cette enceinte. Comme à l'hôpital, une infirmière m'accompagnait dans mes moindres déplacements. Tout le monde semblait s'intéresser beaucoup à moi, soit en raison de la gravité de mon crime soit tout simplement parce que j'étais une jeune fille. Chaque nuit, trois policiers et une infirmière montaient la garde au pied de mon lit. Mes poignets, perpétuellement menottés, étaient enflés et j'avais de plus en plus mal au genou mais mes gardiens n'en surent jamais rien. Ma façon à moi de conserver quelque dignité.

J'étais sous la surveillance attentive d'un médecin : on venait me prendre le pouls et la température et l'on me forçait à manger ainsi qu'à avaler mes médicaments.

Un jour, l'infirmière voulut me faire une prise de sang, ce qui me plongea dans une agitation presque hystérique. En Corée du Nord, on m'avait dit que, si on me capturait, on essaierait peut-être de m'injecter du sérum de vérité pour me faire dire malgré moi ce que je voulais cacher.

Stupéfaite de ma réaction, l'infirmière me regarda et me dit quelques paroles rassurantes. Puis elle chercha la veine, me piqua le bras et se contenta de tirer la quantité de sang dont elle avait besoin pour les analyses. A ce moment, je décidai que je ne pouvais plus rester muette. Si je persistais dans mon silence, ils pouvaient très bien me garder dans ce bâtiment jusqu'à la fin de mes jours.

Je dois leur dire quelque chose. Pour commencer, je demande à boire. Puis je montre mon poignet enflé. C'est tout juste si l'infirmière et les gardes qui me surveillent ne poussent pas des cris de victoire. Au brouhaha qui suit dans tout le bâtiment, je comprends que la nouvelle s'est répandue comme une traînée de poudre. Mayumi s'est mise à parler!

Henderson et sa femme viennent me rendre visite, comme chaque après-midi. Je me demande quelle est au juste la fonction officielle de Maria. Peut-être est-elle simplement là pour essayer de m'apprivoiser. Ils m'apportent des vêtements, des *cookies* et font tout ce qu'ils peuvent pour me mettre à l'aise. Ils parlent avec moi de tout et de rien. Puis, brusquement, sans transition, se mettent à m'interroger sur l'attentat. Soit je ne réponds pas, soit je dis que je ne sais rien.

Finalement, exaspérés, ils me tendent un questionnaire écrit en chinois, auquel je réponds comme suit :

Q. – Quel est votre nom ?
R. – Pai Chui Hui.
Q. – Quelle est votre nationalité ?
R. – Chinoise.
Q. – Votre date de naissance ?
R. – 27 janvier 1964.
Q. – Lieu de naissance ?
R. – Ville de Ho-jiang, province de Heilongjiang, Chine.
Q. – Votre dernière adresse ?
R. – 4-10-6 Shibaya, Tokyo, Japon.
Q. – Avez-vous encore vos parents ?
R. – Non.
Q. – Noms des éventuels frères et sœurs ?
R. – Fille unique.

Je leur raconte que je suis orpheline et que je n'ai rien à voir avec la catastrophe aérienne de la Korean Air.

– Je ne comprends pas pourquoi vous m'interrogez perpétuellement sur cet accident, dis-je, espérant noyer le poisson. Est-ce que c'est un crime d'avoir pris cet avion ?

Mais, plus je leur en raconte, moins ils ont l'air de me croire. Cependant, ils me traitent toujours avec la plus grande courtoisie et se montrent soucieux de mon état de santé.

Un matin, on m'emmène à la salle de bains sans me demander mon avis et l'infirmière me dit de me laver le visage, ce que je fais d'une main, comme un chat. Elle met ensuite une dose de dentifrice sur une brosse et me dit de me brosser les dents. De retour à la chambre, on me demande si je veux du thé ou du café. Je choisis le thé. Soudain, je me sens nerveuse. Je me demande à quoi ils jouent.

Je viens tout juste de finir mon thé quand le couple Henderson fait son entrée et me souhaite chaleureusement le bonjour. Je suis sur le point de leur retourner la politesse lorsque je vois un groupe de personnes dans leur dos. Une boule d'angoisse me descend au fond de l'estomac et je ferme les yeux. Ils ont amené la presse.

A peine entrés dans la pièce, les photographes m'aveuglent de leurs flashes. On m'ordonne de suivre leurs directives et je pose comme ils me demandent de le faire. Maintenant, mon visage va être à la une de tous les journaux du monde. Tout le monde va parler de l'odieuse terroriste qui a provoqué la mort de cent quinze innocents. Les seuls à ne rien savoir seront, encore une fois, les membres de ma famille. Comment la nouvelle pourrait-elle leur parvenir ? A moins que... Je me rappelle que dans sa dernière lettre ma mère m'annonçait que mon père allait passer un mois en Angola pour son travail. Je l'imagine, sortant de son hôtel, achetant le journal du matin et voyant la photo de sa fille en première page avec la mention « Terroriste ».

Sitôt les journalistes partis, ils sont remplacés par une paire d'agents sud-coréens qui approchent et examinent chaque centimètre carré de mon corps, comme si j'étais un animal de laboratoire. Je me mets à pleurer et cache mon visage entre mes mains. Quand les Coréens sont partis, Henderson vient s'asseoir sur le lit.

– Pourquoi avez-vous peur des Sud-Coréens, Mayumi ?

– Je n'ai pas peur, dis-je d'une voix claquante. Je ne supporte simplement pas leurs façons de faire !

– Alors, vous n'avez pas été surprise de les voir ?

– Pourquoi ? Vous m'accusez d'avoir détruit un avion sud-coréen ; il me paraît normal que les Sud-Coréens s'intéressent à mon cas.

Le lendemain, ce sont des Japonais qui viennent me voir et qui essaient de me faire parler. Comme ils ne semblent pas tout à fait sûrs que je sois coréenne, j'essaie de les convaincre du contraire en parlant un japonais impeccable. Et je m'en tire plutôt bien. Car, en repartant, ils semblent toujours aussi indécis qu'en arrivant.

Dès que la porte est refermée sur eux, je souffle longuement, épuisée mais satisfaite. J'ai l'impression que le jeu s'annonce difficile. Je l'ignore encore mais cette impression est très en dessous de la réalité de ce qui m'attend.

Sans doute à bout de patience, les gens qui me détiennent m'amènent une interprète. C'est une amie de Maria. Elle est anglaise, vient de Hong-kong et parle couramment le dialecte cantonais. Elle se présente sous le nom de Camilla, me dit qu'elle a trente-quatre ans et qu'elle s'est installée à Bahreïn il y a deux ans avec son mari, qui est chinois. Ils tiennent un restaurant chinois à Manama. C'est une très belle femme et je me prends à envier sa vie simple et sans histoire de restauratrice mariée. En fait, j'ai l'impression d'avoir devant moi la femme la plus heureuse de la terre.

Je me mets à pleurer avant même le début de l'interrogatoire, ce qui les incite à commencer en douceur.

– Et maintenant, si nous reprenions tout depuis le début, Mayumi, propose Camilla lorsque je suis calmée. Où es-tu née ?

– Je suis née à Ho-jiang. Mon père était cadre dans une entreprise du bâtiment. Il a été déclaré traître pendant la Révolution culturelle, torturé puis libéré. Mais il s'est suicidé peu après. Ma mère m'a abandonnée et s'est enfuie à Pékin où je crois qu'elle a épousé un autre homme. Je me suis retrouvée toute seule.

A ce moment je me remets à pleurer : je ne supporte pas, même pour les besoins de la cause, d'inventer de pareilles horreurs sur mes parents. Mais, bien sûr, les deux femmes pensent que cette réaction est liée à l'évocation de mes malheurs passés. Patientes, elles attendent que je me reprenne.

– Je n'avais plus de maison, plus d'endroit où aller. Finalement, j'ai été recueillie par ma grand-mère, qui travaillait comme vendeuse de journaux dans les rues de Canton. J'ai trouvé un travail de serveuse à Canton. C'est comme ça que j'ai fait la connaissance de ma camarade Wu Eng, une fille de mon âge. Toutes les deux, on a fui à Macao avec une bande de garçons qui avaient volé un bateau.

Elles ont l'air d'avaler mon histoire. Même moi, je commence à croire ce que je suis en train de raconter.

– J'ai trouvé du travail dans un casino à Macao. Et c'est là que j'ai rencontré un vieux Japonais du nom de Shinichi Hachiya qui a été très gentil avec moi. Quand je lui ai raconté ma vie, il a proposé de m'adopter si j'acceptais de partir au Japon avec lui et de m'occuper de sa maison. La vie était très difficile pour moi à ce moment-là et j'ai pensé que c'était une proposition de rêve. De toute façon, je ne pouvais plus retourner en Chine communiste. Alors, j'ai accepté de devenir la fille de Shinichi Hachiya. Sa maison était située dans le district de Shinbuyachu Ebishu, à Tokyo. Il m'a donné le nom de Mayumi. Il m'aimait comme une fille et me traitait bien mais il ne voulait pas que je sorte de la maison. Il disait que je risquais de me faire arrêter parce que je n'avais pas de permis de séjour. Donc je ne mettais pratiquement jamais les pieds dehors. Deux ou trois fois par an, il me promettait de m'emmener en Europe et peut-être même en Amérique. Il a fini par le faire. Nous avons visité l'Europe il y a quelques semaines. C'est lui qui s'est occupé des passeports et des billets. Et voilà où ça nous a menés. Mon père adoptif, le seul qui pourrait confirmer ce que je vous dis, est mort. Et moi, il va falloir que je paie un crime que je n'ai pas commis. On va m'emmener en Corée du Sud où on va me torturer puis me tuer.

De nouveau, j'éclate en sanglots et, à ma grande surprise, je vois que les deux autres femmes pleurent aussi. Camilla qui, apparemment, craint elle aussi que je ne sois exécutée à tort, me demande si elle peut faire quelque chose.

– Chui Hui, me dit-elle, utilisant mon « vrai » nom pour la première fois, vous devez tout faire pour ne pas être envoyée en Corée du Sud. Que vous soyez coupable ou non, ils vous extorqueront des aveux.

Je pleure de plus belle. Je me sens mal d'abuser ainsi de leur confiance et de leur gentillesse.

– Je sais, dis-je entre deux sanglots, mais vous n'allez pas les laisser m'emmener!

Maria et Camilla s'en tiennent là pour l'interrogatoire et je me retrouve seule avec ma garde habituelle. Je sombre dans un sommeil agité. J'ai peur de laisser échapper des paroles en coréen pendant mes cauchemars. La nuit, je rêve que je suis de retour à l'académie militaire de Keumsung et que je m'entraîne à nager le deux-mille-mètres. Je suis au milieu du lac et notre entraîneur, Park Ji Won, me précède dans un petit bateau à rames. Je nage, je nage de toutes mes forces mais je ne progresse pas d'un centimètre. Je m'épuise et je me mets à couler. L'eau entre dans ma bouche, dans mes poumons. Je gesticule de toutes mes forces et je crie pour que Ji Won vienne me secourir. Il tourne la tête et soudain ce n'est plus le visage de Ji Won, c'est celui de mon père. Il me regarde d'un œil indifférent et continue à ramer, me laissant me noyer. J'emploie ce qui me reste de force à hurler :

– Papa! Papa, au secours!

Et je m'éveille, en larmes, trempée de sueur froide. L'infirmière me pose une main apaisante sur le front. Je continue à pleurer. Je ne verrai plus jamais mon père. Plus jamais. Je ne serai plus jamais sa petite princesse.

Plusieurs fois par jour, la femme qui me garde égrène son chapelet puis étale sur le sol un *shiratarsahlza*, un tapis persan qui lui sert de tapis de prière et se prosterne en se tournant vers La Mecque. Pour moi, cette prière adressée à un dieu que l'on ne peut jamais voir est vraiment une étrange pratique. Dès leur naissance, les Nord-Coréens apprennent que la religion est aberrante, contre-nature et, surtout, contre-révolutionnaire. On leur raconte que les religieux pratiquants sont des hypocrites et moi, j'avais pris l'habitude de réagir par le mépris chaque fois que j'entendais prononcer le mot « foi ». Il me paraissait tellement plus logique de considérer comme notre héros et notre source d'inspiration notre Grand Leader que nous pouvions voir quotidiennement. Mais en observant l'expression de totale piété sur le visage de cette femme, je me demande si les Nord-Coréens sont aussi révérencieux quand ils s'inclinent devant les portraits de Kim Il Sung et Kim Jung Il.

Pour les enfants, c'est une chose qui est toute naturelle car on leur apprend à vénérer les Kim alors qu'ils ne savent même pas parler. Pour les adultes, c'est autre chose. Ils vénèrent les Kim par obligation, pour sauver les apparences. Leur enthousiasme est très souvent factice. Ils font cela parce qu'ils ne veulent pas être envoyés en camp de travail ou, pire, être roués. Car la loi est formelle en Corée du Nord. Quiconque insulte la famille Kim est battu à mort à coups de barre de fer.

La gardienne achève sa prière et roule son tapis. Elle s'approche ensuite de moi et applique son bras contre le mien.

– Je suis sûre que vous êtes japonaise, Mayumi. Votre peau est si pâle. Vous avez vu comme la mienne est brune en comparaison ?

Je souris mais je reste sur la défensive. Peut-être s'agit-il d'une manœuvre pour m'inciter aux confidences. Je sais que cette femme éprouve une forme d'amitié pour moi ; je sais aussi qu'elle me considère comme une dangereuse terroriste.

Il devient bientôt clair que Henderson n'est pas satisfait des résultats des interrogatoires. Il change de tactique et me fait interroger par une Japonaise. Je reconnais la femme qu'il m'amène. Elle est employée à l'hôtel où nous sommes descendus, Kim Seung Il et moi, à Manama. Je me souviens maintenant de l'avoir vue nous observer à la dérobée quand nous passions dans le hall et même de l'avoir remarquée dans notre sillage alors que nous nous promenions dans la rue. Comment ai-je pu être assez naïve pour ne pas comprendre que c'était une espionne et pour croire à une simple coïncidence ?

Cette femme, dont le nom est Okubo, commence par me questionner au sujet de « Shinichi » et de mon séjour au Japon. Je lui raconte ce que j'ai déjà dit à Camilla. Elle traduit mes réponses à Henderson puis me traduit les questions qu'il pose en retour.

Certaines contradictions commencent à apparaître dans mon histoire car je n'ai plus de trace de ce que j'ai déjà inventé, sauf dans ma mémoire. On me demande de décrire la maison de Shinichi. J'improvise ma réponse. Ils me questionnent ensuite sur ma scolarisation, mes habitudes alimentaires, mes loisirs. La sagesse voudrait que je me taise mais, sur le moment, je ne le comprends pas et je continue à bricoler des réponses.

A un moment, Henderson fait signe à Okubo de cesser son interrogatoire. Il se tourne vers moi et me regarde pensivement.

– Chui Hui, me dit-il en prenant soin de parler lentement, vous avez compris, je suppose, que les représentants de Corée du Sud à Bahreïn demandent à s'assurer de votre personne. Nous faisons tout notre possible pour vous aider et vous éviter cela. Si vous acceptez de coopérer avec nous, nous vous renverrons en Chine. Mais si vous persistez à nous mentir, nous nous verrons contraints de vous envoyer à Séoul. Réfléchissez bien à cela.

Il marque un long silence pour être sûr que j'ai bien compris puis indique à Okubo de continuer.

Les questions passent à mon voyage en Europe et je me sens en terrain plus favorable. Mais c'est une sorte de duel qui s'est engagé entre Hendreson et moi et je sais que je ne cesse de perdre des points. Quand il m'interroge sur l'embarquement à bord du vol 858, je lui réponds que la sécurité était plus que rigoureuse et que non seulement mes bagages ont été contrôlés mais que j'ai moi-même subi une fouille à corps.

Mais ce que Henderson ne croit pas dans ce que je lui raconte, c'est surtout que je suis orpheline, car je me mets généralement à pleurer chaque fois qu'il est question de ma famille. Le moment le plus délicat, bien sûr, est celui où ils m'interrogent sur le poison et me demandent pourquoi je l'ai avalé. La seule réponse qui me vient à l'esprit est digne d'une petite tête sans cervelle :

– Parce que Shinichi m'a dit de le prendre.

Okubo me questionne ensuite sur mes sentiments envers Shinichi. Bien que Kim Seung Il ait toujours fait preuve de la plus grande correction à mon égard, je suis une jeune femme adulte et, voyant comment les choses se passent dans les autres sociétés, je ne suis pas étonnée des soupçons qui pèsent sur nos relations. Je me souviens même d'y avoir pensé avant notre premier voyage en Europe et d'avoir évoqué la question devant le chef de section qui s'était alors mis à hurler :

– Comment peux-tu imaginer que nous avons de quoi vous payer deux chambres séparées ?

Il m'avait regardée comme si j'étais en train de commettre un crime de lèse-idéologie. C'était moi l'agent secret, c'était à moi de faire face à ces détails.

– Vous occupiez la même chambre d'hôtel mais je suppose qu'il ne se passait rien entre vous ? demande Okubo.

– Bien sûr que non, dis-je sèchement. Il était réellement comme un père pour moi.

– Aviez-vous un grand lit ou des lits jumeaux ?

– Des lits jumeaux.

– Comment faisiez-vous pour vous habiller ou vous déshabiller ?

– J'allais dans la salle de bains.

– Est-ce que vous tiriez le verrou quand vous preniez un bain ?

– Naturellement !

– Avez-vous déjà vu Shinichi nu ?

Les bras m'en tombent.

– Quoi !

– Aviez-vous remarqué la cicatrice opératoire sur le ventre de Shinichi ? poursuit Okubo sans ciller.

– Non, mais je savais qu'il avait subi une intervention à l'estomac.

Henderson me fixe. Les yeux d'Okubo se plantent dans les miens comme des scalpels.

– Avez-vous eu des relations sexuelles avec d'autres hommes que Shinichi ?

Je suis tellement abasourdie que je n'arrive pas à répondre. Considérant mon silence comme un aveu, Okubo enchaîne :

– Avec combien d'hommes avez-vous déjà eu des relations sexuelles ?

Pas de réponse.

– Avez-vous déjà eu un orgasme ?

Pas de réponse.

– Avez-vous déjà été amenée à séduire des hommes pour les besoins d'une de vos missions ?

Pas de réponse.

– Shinichi était-il votre amant préféré ?

C'en est trop. Je dois la moucher et sur son propre terrain.

– *Fuck you!*

C'est parti tout seul, en anglais. Indignée, j'ajoute :

– Enfin, tout de même ! C'était un vieil homme !

Henderson saisit la balle au bond :

– Vous voulez dire qu'il a tenté sa chance mais n'a pas réussi ?

Je le regarde, bouillonnante de rage. J'essaie de trouver une réponse à la hauteur mais la colère me domine et j'arrive tout juste à lâcher quelques syllabes incohérentes.

– Vous avez raté quelque chose, dit Okubo. D'après le rapport d'autopsie, il semblerait qu'il était très bien pourvu.

C'est la goutte d'eau qui fait déborder le vase. Je me jette en travers de la table et gratifie Okubo d'une attaque classique mais efficace : un coup frappé au nez avec la partie inférieure de la paume. J'entends le cartilage craquer. Du sang gicle partout. Okubo pousse un hurlement et s'étale les quatre fers en l'air sur le sol. Henderson aboie un ordre puis essaie de me maîtriser en me verrouillant le bras dans le dos. Je lui écrase les orteils d'un coup de talon, ce qui le fait desserrer sa prise et je lui expédie un coup de poing au bas-ventre suivi d'un coup de coude à la tempe. Il titube. Aussitôt, je le fouille, en quête d'une arme pour me suicider et en finir. Mais les gardes ont réagi et s'élancent. Je viens de mettre la main sur le pistolet de Henderson quand je me sens arrachée à lui et bloquée par une immobilisation au cou.

– Ne tirez pas! halète Henderson. C'est ce qu'elle cherche! Nous la voulons vivante!

Du coin de l'œil, je le vois, plié en deux, laissant le poids de son corps reposer contre le mur.

Il en faut plus que cette immobilisation pour me terrasser. D'une manchette sous la ceinture, je me libère de mon agresseur et, simultanément, je le retiens dans sa chute en l'empoignant par les cheveux. Je ramène ma main droite pour l'achever d'une pique de main au cou. A la seconde où je vais porter mon coup, une incroyable secousse me foudroie. Aussitôt après la douleur, je m'écroule au sol, anesthésiée, comme une poupée de chiffon. Je reste là, étalée sur le flanc et je vois, au-dessus de moi, un autre garde. Dans la main, il tient la matraque électrique avec laquelle il vient de me neutraliser. Sans me laisser le temps de revenir à moi, un troisième garde me menotte les mains derrière le dos. Ils m'ont maîtrisée.

Henderson se redresse péniblement. Son visage est

écarlate, sa respiration laborieuse. Il me regarde de la tête aux pieds avec une expression de stupeur et de dégoût.

– Vous l'aurez voulu, Mayumi. Je vous avais donné une chance.

Puis il s'éloigne et va parler à quelqu'un que je ne vois pas :

– Emmenez-la d'ici. Désormais, elle appartient aux Sud-Coréens.

12

Le fourgon cellulaire file vers l'aéroport à travers les rues crépusculaires de Manama. C'est un fourgon moderne, avec la télévision à bord, et l'appareil est en train de diffuser les informations du soir. Bien que le bulletin soit en arabe, je n'ai aucun mal à saisir que le sujet traite de la Corée du Sud.

Des étudiants aux visages couverts de mouchoirs lancent des cocktails Molotov vers les lignes de la police antiémeute. On a l'impression qu'une véritable bataille rangée se déroule dans les rues de Séoul. Ce spectacle ne fait que me renforcer dans mes convictions. Le régime sud-coréen est irrémédiablement fasciste et ferait mieux de s'inspirer du socialisme nord-coréen. Je me dis que c'est le début de la fin. Dans quelques heures, moi aussi je serai à Séoul et rien ne pourra me protéger contre la barbarie des autorités.

Henderson est assis près de moi dans le fourgon. Il ne dit pas un mot. Et je comprends que ce bulletin d'information n'est qu'une tentative de dernière minute pour me faire changer d'avis et m'inciter à passer des aveux complets. En y réfléchissant bien, je me rends compte que tout ce qui s'est passé depuis mon arrestation n'avait pas d'autre objectif que celui-là. Quand Camilla me conseillait de tout faire pour essayer d'échapper à l'extradition, elle ne faisait que jouer sur mes peurs. Puisque j'étais persuadée que si on me transférait à Séoul, j'y serais torturée avec une cruauté dépassant l'imagination, Henderson faisait tout pour aiguiser cette facette de ma paranoïa et essayer de m'extorquer des aveux. Je me rappelle les cadeaux de Maria, cookies, vêtements, bijoux; eux aussi n'avaient pour but que de m'acheter. Parmi les cadeaux de Maria, la tenue que je porte aujourd'hui, un ensemble de jogging, pantalon et sweat-shirt assortis, et un blouson de nylon. Tout le monde en Corée du Nord rêve de posséder une tenue semblable. Elles sont pratiquement introuvables dans le commerce et presque tous ceux qui en possèdent les ont achetées au marché noir. Les blousons de nylon sont particulièrement prisés. Cela doit paraître incroyable aux Occidentaux qu'un tel vêtement puisse être une marque de statut social. En 1987, l'un des cadeaux de Kim Il Sung à la nation fut d'en importer des quantités suffisantes pour que tous les collégiens et lycéens puissent s'en procurer. Ma mère s'était précipitée pour en acheter un à Bum Soo, qui devait mourir peu après. Elle savait qu'il lui restait peu de temps à vivre et elle voulait lui offrir tous les plaisirs possibles. Il fut enchanté par le cadeau et voulut le garder près de sa tête pour pouvoir le toucher quand il en avait envie. Entre deux plongées dans l'inconscience, il ouvrait les yeux, regardait ma mère et lui souriait avec reconnaissance. Il mourut en tenant le blouson dans la main sans jamais avoir eu l'occasion de le porter.

Aussi, quand Maria m'a apporté une tenue aussi précieuse à mes yeux n'ai-je pas pu éprouver autre chose que de la gratitude à son égard. En même temps, je me demandais si l'ensemble n'était pas une sorte de cigarette du condamné, un acte de générosité juste avant mon passage devant le peloton d'exécution. Dans ma position, je devais toujours m'interroger sur les motivations de ceux qui me détenaient et, souvent, mes efforts pour raisonner clairement, sans passion et avec recul étaient anéantis par les chocs émotionnels.

Et cette tenue, je la porte dans le fourgon qui m'emmène à l'aéroport, je la porterai en débarquant à Séoul. Symboliquement, ce n'est pas rien pour moi.

Maria se trouve également dans le fourgon cellulaire, avec quatre gardiens. Elle me regarde fréquemment et je lis de la pitié dans ses yeux mais elle ne dit rien. Nous n'avons plus rien à nous dire, excepté que j'aimerais pouvoir la remercier de toute la gentillesse qu'elle m'a témoignée. Même les infirmières qui m'ont habillée pour le voyage semblaient avoir du mal à retenir leurs larmes. Maria était déjà auprès de moi, une expression indéchiffrable sur le visage. Je crois qu'elle était très déçue par mon comportement avec Okubo et Henderson. Mais, en même temps, je suis pratiquement sûre qu'elle aussi éprouvait de la compassion.

Après l'incident de la prison, les gardiens, eux, se sont montrés beaucoup moins aimables avec moi et, quand le fourgon fut prêt à m'emmener, ils m'ont poussée dehors en m'immobilisant les deux bras par une clef particulièrement serrée. Ensuite, ils m'ont jetée sans ménagement à l'intérieur du véhicule. J'ai eu le temps de voir deux voitures de police qui s'apprêtaient à m'accompagner : une escorte princière pour me flanquer à la porte de l'émirat.

La nuit est tombée lorsque nous atteignons l'aéroport. Nous roulons directement jusqu'à l'aire de manœuvre, dépassons une rampe de feux de guidage et les véhicules de service. Quand j'entends le bruit des moteurs d'avion, je sens mon cœur s'affoler. Des sueurs froides me détrempent le visage. Cette fois, ça y est.

Le fourgon fait halte. On me tire dehors et je vois un jet de la Korean Air qui se dresse au-dessus de moi tel un énorme monstre métallique. Je sens alors une terreur incontrôlable, une sorte de peur animale, s'emparer de moi. Je hurle et j'essaie d'échapper à mes gardes mais ils sont solides et avertis, cette fois. J'ai les mains liées et je manque d'assise pour tenter quoi que ce soit avec les pieds. Je n'ai aucune chance. Ils me traînent jusqu'à la passerelle et là me remettent à deux agents sud-coréens qui s'emparent vivement de moi, me fourrent un tampon dans la bouche et le fixent avec du ruban adhésif. Je réalise vite que ce n'est pas un tampon mais une sorte d'appareil en plastique qui m'empêche de me mordre la langue.

Les Coréens me soulèvent littéralement et me chargent dans l'avion comme un sac. On me traîne au milieu de la cabine et on me jette dans un siège. Un homme et une femme prennent place de chaque côté de moi. Je me mets à pleurer et un troisième agent vient m'essuyer le visage. Il murmure quelque chose que je ne comprends pas, manifestement pour me réconforter, mais la femme qui est assise à ma gauche intervient :

– Laisse-la. Elle va se calmer toute seule.

Je me dis que je ferais mieux d'être morte que de subir tout cela. J'ignore encore que je vais subir bien pire encore.

Très peu de temps après mon transfert des mains des Bahreïnis à celles des Coréens, je commets une erreur. Ma première erreur face à mes nouveaux geôliers mais une erreur gravissime. Un agent s'approche de moi et m'examine les mains.

– Ce sont les mains d'un agent spécial entraîné aux arts martiaux, dit-il à l'homme et à la femme qui m'encadrent. Regardez comme elle les tient tendues et ouvertes.

Dans un réflexe incontrôlé, je ferme aussitôt les mains. Il me faut encore une seconde pour réaliser que je viens de leur faire un terrible aveu sans m'en rendre compte : ils savent maintenant que je comprends le coréen.

L'avion décolle sans aucune annonce officielle. Il n'y a pas de personnel de bord. Le vol a été organisé à ma seule intention. Quel honneur pour une jeune Nord-Coréenne d'avoir un avion pour elle seule ! Quand je pense que la grande majorité des Nord-Coréens ne prennent jamais l'avion et ne mettent même pas les pieds hors du territoire national! Pour avoir le droit de sortir du pays, il faut être directement pistonné par la famille de Kim Il Sung.

Dehors, l'obscurité est totale mais ils ont laissé les lumières allumées dans la cabine. Personne ne va dormir durant ce vol et moi encore moins que les autres.

J'essaie de faire un bilan de ce qu'ils savent déjà. Ils savent, sans aucun doute possible, que je voyageais avec un faux passeport japonais, que j'ai essayé de me suicider, que j'ai eu une formation de haut niveau en arts martiaux. Rien de tout cela ne constitue une preuve de ma culpabilité dans l'attentat mais il faudrait être aveugle pour ne pas voir que ces caractéristiques dessinent à un profil de coupable présumée.

– Vous n'êtes pas bien installée? me demande la femme en japonais.

– Parle-lui en coréen, dit l'homme.

Mais dès qu'ils se mettent à parler coréen, je fais semblant de ne pas comprendre. Et, de temps à autre, la femme me murmure des choses en japonais.

Le vol est très long et j'ai largement le temps d'imaginer les diverses sortes de tortures que je vais subir en arrivant à Séoul. La baignoire, les scorpions, les fers rouges, pour citer seulement quelques-unes des tortures qui, d'après les autorités de Pyeong Yang, sont d'un usage courant en Corée du Sud. De tout le vol, je ne cesse de trembler, même quand ils me jettent une couverture sur les épaules. A un moment, j'entends un agent dire :

– Pour quelqu'un qui a commis une pareille atrocité, je trouve qu'elle ressemble plutôt à une princesse endormie dans la forêt.

Cela me semble n'avoir ni queue ni tête. C'est seulement plus tard que je saurai qu'il faisait allusion à Blanche-Neige. Mais, pour le moment, cela n'a aucun sens car toute la littérature occidentale est interdite en Corée du Nord et les livres pour enfants ne sont consacrés qu'à la plus grande gloire de Kim Il Sung.

Pour passer le temps et m'aider à tenir bon, je ne cesse de me fredonner intérieurement un chant intitulé *Marche des commandos.*

Camarades, prenez vos armes à la main,
Détruisons l'envahisseur impérialiste,
En avant, toujours en avant, marchons bravement,
Détruisons l'ennemi même s'il en coûte mille et mille morts.
Marchons au combat,
Marchons au-devant de l'ennemi,
En tenant nos armes bien en main,
En avant, en avant, marchons bravement,
Détruisons l'ennemi même s'il en coûte mille et mille morts.

Je pense aussi à ma famille, encore et toujours. Je me souviens d'une de mes dernières visites à mes parents. Ma grand-mère maternelle s'était déplacée pour me voir. Elle en pleurait de joie. Cela faisait quinze ans qu'elle ne m'avait pas vue. Je me rappelle la façon dont elle m'a prise dans ses bras et serrée de toutes ses forces.

– Oh! Hyun Hee, cela valait la peine de vivre aussi longtemps simplement pour te revoir. Pendant toutes ces années, j'avais ton visage devant les yeux.

Le soir, nous avons eu du *shinshullo*, le régal des Coréens. L'ambiance était à la fête. Nous avons évoqué le bon vieux temps. Hyun Ok, qui vivait ailleurs avec son mari, avait fait un saut pour se joindre à nous.

Plus tard dans la soirée, nous avons entendu tambouriner frénétiquement à la porte. Ma mère est allée répondre. Un jeune homme ruisselant de sueur se tenait sur le seuil, l'air hagard. D'une voix altérée et ne sachant visiblement par où commencer, il nous a annoncé que le mari de Hyun Ok venait de mourir d'une crise cardiaque. Dans le cadre de son travail pour l'agence de tourisme, il avait emmené des visiteurs à Changgwangwon, le plus grand complexe balnéaire de

Pyeong Yang, et avait eu une défaillance alors qu'il nageait. Bien que très jeune, il se plaignait depuis quelque temps d'être fatigué et Hyun Ok le priait de se ménager.

Il était mort. Et, à tout juste vingt ans, Hyun Ok était veuve. Notre soirée de fête s'est transformée en veillée mortuaire.

Avec un sursaut, je reviens au présent. Le jour filtre à travers les hublots et je sens que l'avion descend rapidement. De nouveau, mon cœur se met à battre la chamade. Une voix annonce :

– Nous arrivons à Séoul.

13

L'avion touche la piste brusquement. Lorsqu'il roule au ralenti un agent s'avance vers moi, muni d'une fourrure.

– Mettez cela, dit-il, il fait froid dehors.

On m'autorise à me lever, on m'enlève les menottes, j'enfile la fourrure et on me remet les menottes aussitôt après.

L'avion s'arrête, une porte s'ouvre et une bourrasque d'air glacé me frappe le visage. Cela fait un changement avec les températures de Bahreïn. Quelque chose dans l'odeur de l'air me fait penser à Pyeong Yang et, pendant quelques instants, je m'imagine que nous avons atterri à l'aéroport de Soonan. Mais j'arrive à la porte et je regarde dehors. Ce n'est pas Soonan.

La taille de l'aéroport est ahurissante. Il y a des dizaines d'avions partout et cela décolle en permanence. Aussi impressionnant que ce que j'ai vu en Europe.

Je vois qu'une meute de journalistes se bousculent en bas, sur l'aire de manœuvre. On est en train de rouler une passerelle mobile vers l'avion. Je ferme les yeux, comme si en refusant de voir je pouvais échapper physiquement à ce moment redoutable.

On me fait descendre la passerelle. J'entends le cliquetis des appareils photo. Les journalistes devaient s'attendre à autre chose car mon apparition soulève des murmures. J'en entends même un s'exclamer :

– Ce qu'elle est belle ! Comment une fille pareille peut-elle être terroriste ?

Les agents qui m'escortent marquent une pause pour laisser les photographes faire leur travail. Tous m'appellent pour que je regarde dans leur direction. J'ai l'impression d'être une marchandise qu'on expose. Je vais sans doute devoir m'y habituer.

Enfin, on me pousse dans une limousine qui attend là. La voiture démarre et prend rapidement de la vitesse. Je suis étourdie par cet accueil et je me referme sur moi-même, tête baissée, yeux fermés. Je n'arrive pas à arrêter de pleurer.

– Pourquoi ne regardez-vous pas dehors ? me demande l'un des agents. Vous n'êtes pas curieuse de découvrir Séoul ?

Si, curieuse, je le suis. Malgré tout ce que l'on raconte sur la pauvreté, la violence, la corruption qui y règnent, Séoul est un mythe pour les Nord-Coréens. Dans la perspective de la réunification, Séoul sera considérée comme le plus beau joyau de la couronne. Mais je suis tellement écrasée par la fatigue et la peur que je ne supporte pas l'idée d'ouvrir les yeux.

– Nous avons encore du monde à nos trousses ? demande l'un de mes accompagnateurs au chauffeur.

– Non, nous les avons tous semés.

– Parfait. Alors, en route pour Namsan.

Je sens que nous roulons à vive allure pendant un moment puis que, brusquement, nous ralentissons, parfois jusqu'à l'arrêt complet. En permanence, j'entends des bruits de moteurs autour de nous. Si je regardais dehors, je constaterais avec stupeur que les conducteurs de ces voitures sont coréens. Mais, gardant la tête baissée et les yeux fermés, je présume que Séoul est envahie par les étrangers.

Je me sens comme une bête qu'on mène à l'abattoir et j'ai hâte que nous arrivions à destination. Je suis tellement lasse de vivre que j'attends la mort comme une bénédiction. Et puis, soudain, ce que j'ai entendu tout à l'heure prend forme dans mon esprit. L'agent a dit Namsan. Namsan, le centre d'interrogatoire le plus redouté des agents nord-coréens. On raconte que dans les sous-sols il existe une salle spéciale où sont conduites les séances de torture dont la cruauté dépasse l'imagination. Jamais un Nord-Coréen n'est ressorti de Namsan.

Je me sens faible tout à coup et je crois que je perds connaissance car, quand je reviens à moi, la voiture est à l'arrêt et on ouvre les portières.

Ça y est. J'y suis. Qu'ont-ils prévu pour moi ? L'eau qu'on vous force à avaler jusqu'à ce que votre estomac éclate ? Les tortures sexuelles avec une pique de bois ?

– Nous sommes arrivés, dit une femme de mon escorte. Vous allez pouvoir vous reposer maintenant.

On me conduit dans une petite salle et on me fait m'allonger sur une table. Un médecin ne tarde pas à venir m'examiner et je l'entends dire :

– Apparemment, tout va bien. Elle est simplement à bout de fatigue. Il faut qu'elle prenne quelques heures de sommeil.

– Entendu, fait une voix, mais faites-lui d'abord une injection de glucose. Elle doit être en hypoglycémie.

Je ferme les yeux en sentant l'aiguille pénétrer mes chairs. Peut-être s'agit-il d'un sérum de vérité. D'abord, je me sens agitée et puis je sombre dans un sommeil artificiel.

En m'éveillant, j'entends des voix dans la pièce voisine. Apparemment, il y a désaccord.

– Nous perdons du temps! crie un homme. Voilà ce qui ne va pas. Il faut lui retirer la canule buccale immédiatement et commencer l'interrogatoire!

– C'est beaucoup trop risqué! lance une femme. D'ailleurs nous n'avons pas encore le feu vert du directeur!

– Écoute, je prends la responsabilité des opérations,

fait l'homme, excédé. Il va bien falloir se décider à un moment ou à un autre.

Les voix s'atténuent puis se taisent. Quelques minutes plus tard, un homme entre dans la pièce et m'enlève le bâillon de plastique et la canule. J'ai la bouche sèche et la gorge me brûle. Mais la plus grande douleur est la brûlure provoquée par l'arrachage du sparadrap autour de ma bouche. L'agent m'a enlevé des bouts de peau en le décollant. Je n'ai pas bronché. J'ai été lamentable depuis le départ de Bahreïn et il est temps que je montre un peu de courage.

J'ouvre les yeux. La pièce est peinte en blanc. Il n'y a pas de fenêtres. Près du lit où je suis allongée se trouvent deux bureaux, un canapé et quelques chaises. Je sens la chair de poule hérisser ma peau. Combien de mes camarades révolutionnaires ont-ils succombé à leurs tortures dans cette pièce?

Trois nouvelles personnes entrent dans la salle. Je suis maintenant entourée par deux hommes et deux femmes. Je m'efforce de mobiliser toutes mes défenses psychologiques pour me préparer au combat mental qui ne va pas tarder à faire rage. Les agents me parlent poliment mais rien n'échappe à leur regard. Ce sont des professionnels accomplis de la KCIA, le service de renseignement sud-coréen.

On me force à boire une substance laiteuse et, peu après, je sombre dans un profond sommeil. Quand je m'éveille, ils sont là tous les quatre. J'ai même l'impression qu'ils n'ont pas bougé d'un centimètre. Un homme et une femme sont assis derrière les bureaux et prennent des notes. L'autre femme se tient debout au pied du lit et le quatrième agent est adossé au mur près de la porte. J'entends les échos d'une agitation fébrile dans les pièces voisines et je me demande si c'est le matin. Au bout d'un moment, la femme qui est au pied du lit me dit de me lever. J'essaie de le faire mais je suis trop faible et elle doit m'aider. Elle me fait sortir de la pièce et me conduit le long d'un couloir jusqu'à une salle de bains où l'on me déshabille et où on me lave soigneusement. Je suis gênée d'être nue mais l'eau chaude me fait du bien. Tout le monde se montre doux et gentil avec moi. Mais je suppose que c'est une ruse pour me mettre en confiance. Je remarque que le shampooing et le savon sont de marque étrangère. Dans le Nord, nous fabriquons ces produits nous-mêmes. Il faut dire qu'ils ne sont pas de grande qualité.

On m'autorise à me brosser les dents, ce que je n'ai pas pu faire depuis le départ de Bahreïn. Quand la toilette est terminée, on me donne une nouvelle tenue vestimentaire. Les sous-vêtements, la tenue de sport, tout porte des étiquettes de fabricants sud-coréens et la qualité est supérieure à tout ce que j'ai connu jusqu'alors. Pourquoi feraient-ils les frais de tels vêtements pour une criminelle, si ce n'est pour la pousser aux aveux ?

De retour dans la première salle, on me donne du café. Voilà des jours que je n'en ai pas pris. C'est un bonheur. Mais le café est brûlant et je dois souffler dessus pour le boire. Alors, l'un des agents fait remarquer à un collègue :

– Je suis sûr qu'elle est coréenne. Il n'y a que les Coréens pour souffler de cette manière sur une boisson chaude.

Sans avoir le temps de comprendre que c'est un piège, je repose le gobelet.

Les salauds! Ils m'ont eue!

Je reprends mon gobelet, je me lève et je vais le vider dans les toilettes.

Je suis en train de rincer mon gobelet au lavabo quand l'une des femmes vient me rejoindre et me dit de le jeter. Je n'en reviens pas. J'ai dans la main un gobelet de carton en parfait état et qui peut encore servir! Cela me semble un gâchis incroyable de le jeter. Je comprends un peu mieux pourquoi la Corée du Sud est un pays si pauvre et tellement criblé de dettes.

On me sert ensuite un copieux petit déjeuner : œufs,

riz et *kimchi*, le chou épicé qui est la drogue nationale des Coréens. J'essaie de ne pas manger mais, très vite, les délicieuses odeurs viennent à bout de ma détermination et j'avale le tout avec appétit. Tout en mangeant, je demande, en japonais, quel jour nous sommes. On me dit que nous sommes le 17 décembre. Dix-sept jours ont donc passé depuis mon arrestation à Bahreïn. Les dates me paraissent cohérentes. Ce que je me demande, c'est combien de temps je vais encore pouvoir tenir.

Je commets encore une erreur grave quand j'entends par hasard deux agents femmes se demander quand je vais avoir mes règles car il va falloir qu'elles me fournissent le nécessaire. Je marque le chiffre 24 sur un papier pour leur faire savoir que je les attends pour le 24 décembre. Apparemment, elles n'accordent guère d'importance à la chose et se mettent à bavarder des prochaines élections.

– Pour qui vas-tu voter ?

– A la maison, c'est la bataille des sexes. Les hommes veulent voter X et les femmes Y. Alors, je voterai Y.

Je ne comprends pas de quoi elles parlent. En Corée du Nord, nous nous estimons heureux d'avoir un solide candidat, qui est invariablement « élu » à la présidence à chaque scrutin. La simple notion de liberté de choix me semble de nature à engendrer le chaos et je me demande comment les Sud-Coréens arrivent à se mettre d'accord.

En Corée du Nord, les élections ont lieu tous les quatre ans. Pour chaque poste régional se présente un candidat unique choisi par le Parti des travailleurs. Ensuite ont lieu des meetings, des parades, des séminaires dont le but est d'obtenir une participation de cent pour cent des électeurs. Comme toute personne âgée de dix-sept ans et plus est tenue de voter de par la loi, les slogans et manifestations ne sont que du folklore.

Le jour des élections venu, les gens vont faire la

queue au bureau de vote. Généralement, une petite formation joue de la musique pour donner un air de fête à cette formalité. Après s'être fait enregistrer, l'électeur reçoit un bulletin estampillé « Affirmatif ». Il passe ensuite dans une sorte de hall où trois contrôleurs sont assis près des portraits de la famille Kim. L'électeur s'incline devant les Kim et dépose son bulletin « Affirmatif » dans une urne placée sous les portraits. Pour voter « Non », il faut s'abstenir de déposer le bulletin dans l'urne. C'est dire que, sous l'œil des trois contrôleurs, il est impossible de ne pas émettre de vote favorable.

Pour le déjeuner, on me sert de la bouillie de riz et des algues séchées qui constituent une gourmandise pour les Coréens. Mais, étant censée être chinoise, je demande à mes surveillants si les algues sont du papier brûlé. Ils sourient mais ne font pas de commentaires et se mettent à se raconter des blagues en coréen.

– Qui continue à parler sans s'occuper de savoir si on l'écoute ou non ?

– Un homme politique.

– Pas loin. Un maître d'école.

Ou bien :

– Un juge demande à un cambrioleur pourquoi il s'obstine à voler. « Parce que j'ai faim », répond le cambrioleur. Le juge lui fait remarquer qu'il a volé une paire de chaussures. « Vous croyez que je peux aller cambrioler les pieds nus ? », demande le voleur.

Ou encore :

– Un Russe est déporté en Sibérie pour comportement antipatriotique. « Hé ! dit-il au juge. Pourquoi ne m'envoyez-vous pas en Amérique, si c'est aussi horrible qu'on le dit ? »

Je dois filer dans le cabinet de toilette pour étouffer mes rires. Pour les Coréens, ce genre de blagues est hilarant. Et, même dans ma situation, je ne suis pas vaccinée contre le rire. Au contraire. Je dois faire couler l'eau pour couvrir le bruit de mes gloussements. Je n'ai pas ri comme cela depuis des semaines.

Les agents sud-coréens sont d'authentiques professionnels. Ils me traitent avec le plus grand respect. Ils savent que, ce faisant, ils obtiendront des résultats plus rapides que par la violence physique ou les questions directes. Je suis coréenne comme eux, ils le savent et, en m'obligeant à vivre avec eux, ils savent aussi que je ne vais pas pouvoir faire autrement que d'abaisser ma garde.

Un jour, les femmes proposent que nous chantions au lieu de rester assis à ne rien faire. L'une d'elles, qui se nomme Park Lin, attaque avec une chanson que je connais : *Petit lapin de la montagne*. C'est le genre de chansonnettes qui ont été interdites par Kim Jung Il et remplacées par des hymnes de propagande. Je les écoute chanter et je vois des images de mon enfance défiler dans ma mémoire.

> Je vivais dans un village au fond d'une vallée fleurie parmi les collines.
> Le village que j'habitais occupait une vallée fleurie dans les collines.
> Pêchers, abricotiers et petites azalées aux fleurs épanouies
> Donnaient à mon village les couleurs vives d'un palais.
> Ah, qu'il est loin le temps où je jouais dans le palais des fleurs épanouies!

Intérieurement, je chante avec elle. Je me rappelle la maison de ma grand-mère, une maison traditionnelle à toit de lauzes, dans des collines d'une beauté sans pareille. Un ruisseau passait juste devant la porte et, au printemps, les azalées en fleur tapissaient la vallée de rouge, comme dans la chanson.

Bientôt, c'est à mon tour de chanter. J'entonne une chanson populaire de Chine qui s'intitule *Fleurs de prunier*.

Fleurs de prunier, fleurs de prunier, partout,
Plus il fait froid, plus elles sont belles.
Fleurs de prunier résistant à l'hiver,
Vous êtes le symbole de notre esprit,
Fleurs de prunier, fleurs de prunier, grandes fleurs de Chine.

Quand j'ai fini, un des hommes me demande en japonais :

– Pourquoi ne chanteriez-vous pas une chanson coréenne puisque vous êtes en Corée, maintenant ? Par simple politesse, bien sûr...

Les autres agents battent des mains et m'encouragent. Je proteste, prétendant ne pas connaître de chanson coréenne. Mais ils insistent. Finalement, je capitule et je leur fredonne quelques mesures d'une chanson que j'ai entendue. Cela me semble mieux que de ne pas participer.

Ensuite, l'une des femmes chante une chanson coréenne d'une grande beauté.

Les cloches sonnent, les fleurs éclosent,
Les oiseaux chantent, les visages sourient,
Je me languis de mon amour dans la belle Séoul,
Dans la belle Séoul, c'est là que je vivrai.

Cette chanson déclenche quelque chose tout au fond de moi. Je me prends à me demander si Séoul est réellement belle. A l'expression des agents qui m'entourent, il me semble soudain possible qu'elle le soit. Et puis, je me semonce intérieurement. Où est passé l'esprit révolutionnaire que j'ai entretenu en moi pendant ces huit dernières années ? Où est passée cette dévotion exclusive que j'avais à l'égard de mon pays ? Je suis en train de me laisser séduire par ces gens-là et je n'ai pas la force de résister.

Au bout d'un certain temps, les Sud-Coréens s'autorisent à glisser incidemment des questions concernant mon passé mais il ne s'agit absolument pas d'un interrogatoire en règle. Ils font cela dans la conversation, comme si nous étions entre amis, et je leur conte les mêmes choses qu'à Henderson à Bahreïn. Ils font mine de me croire. En tout cas, ils ne réagissent ni agressivement ni en montrant une quelconque forme de doute au sujet de ce que je leur dis. De temps à autre, ils prennent des notes. Certaines de leurs questions sont pour moi de véritables casse-tête.

– Vous vous rappelez certains films que vous avez vus à Macao ?

– Bruce Lee.

– Avez-vous croqué cette capsule de poison parce que Shinichi vous avait dit de le faire ?

– Mmmm...

– Si vous êtes chinoise, vous avez dû rencontrer un certain nombre de Coréens au cours de votre vie. Et vous prétendez ne pas connaître un seul mot de coréen ?

– Euh... *Gan Na* (salope).

L'un des agents me montre une photo de Kim Il Sung.

– Connaissez-vous cette personne ?

Je regarde pensivement la photo.

– Je crois que je l'ai vu à la télévision.

– Vous connaissez son nom ?

Je réponds en prononçant à la chinoise :

– Jin Reu Chung.

Plus tard dans la nuit, alors que j'essaie de trouver le sommeil, je les entends bavarder à voix basse :

– Utiliser une fille comme ça pour en faire un outil politique, c'est une honte !

– Je sais. Un crime est un crime mais je me sens vraiment navré pour elle.

– C'est ce salaud de Kim Il Sung qui mériterait d'être châtié !

A ce moment-là, j'ai envie de bondir hors de mon lit et de hurler :

– Salauds vous-mêmes! Comment osez-vous parler ainsi de notre Grand Leader ?

Dans mon pays, il n'existe pas de faute plus grave. Pour les Nord-Coréens, Kim Il Sung est comme le soleil pour la terre. Mais, bien sûr, je reste dans mon lit. Que pourrais-je faire ?

Le lendemain, ils commencent à m'interroger véritablement. Ils restent corrects mais demandent avec fermeté des détails que je suis bien en peine de leur donner. Ils veulent connaître les noms des rues dans lesquelles je suis censée avoir vécu, les noms des cinémas où j'allais voir des films. Ils me demandent de faire un croquis de la maison de Schinichi et posent des flots de questions sur mon séjour au Japon. N'ayant jamais mis les pieds dans ce pays, je me sens bien incapable de fabriquer des réponses qui soient un tant soit peu crédibles. Pendant toutes les séances d'interrogatoire, ils discutent entre eux en coréen et font des remarques à mon sujet.

– Cette fille est trop bête pour être agent secret, fait l'un des hommes en surveillant de près ma réaction.

Le jour suivant est un vrai cauchemar. Un nouvel enquêteur se joint au groupe. C'est un bel homme dans la cinquantaine qui porte un costume noir de bonne coupe et fume sans discontinuer des cigarettes américaines. Il me demande, en chinois, de lui faire par écrit un récapitulatif de toute ma vie avec noms, dates et événements marquants.

– Nous savons que vous êtes coréenne, déclare-t-il tandis que je m'attelle à la tâche. Ce serait beaucoup plus simple de le reconnaître tout de suite.

Sans répondre, je termine mon résumé et je le fais glisser vers lui sur le bureau. Il le regarde et ricane avant de le froisser et de le jeter au panier.

– Cette fille ment, dit-il en coréen aux autres agents. Cela saute aux yeux.

C'est plus fort que moi, je demande en chinois :

– Et à propos de quoi est-ce que je mens ?

L'homme me regarde d'un air narquois en haussant les sourcils comme pour dire : « Ai-je besoin d'ajouter quelque chose ? »

Il allume une nouvelle cigarette et se penche vers moi.

– Dites-moi, reprend-il en soufflant la première bouffée par les narines, sur quoi regardiez-vous la télévision quand vous étiez au Japon ? Je veux dire quelle était la marque du poste ?

– Azalée.

Il ricane. Les autres agents éclatent de rire. « Azalée » est la traduction d'une marque nord-coréenne. Ils ont réussi à me déstabiliser. Je suis furieuse et je n'arrive plus à penser de façon cohérente.

– Quelles chaînes aviez-vous l'habitude de regarder ?

Je me lève, les mâchoires serrées.

– Je suis fatiguée de répondre à toutes ces questions ! Pourquoi me posez-vous toujours et toujours les mêmes questions ? Si vous êtes si sûrs de ma culpabilité, vous n'avez qu'à me fusiller tout de suite, et merde !

Je me jette sur mon lit où j'éclate en sanglots. Je ne mérite même pas le nom d'agent spécial. Je manque de cette assurance psychique et de cette rapidité d'analyse qui sont les qualités premières de la profession. Tout ce dont j'ai envie, c'est de rentrer chez moi retrouver ma famille et oublier que j'ai été un jour choisie par le Parti. Je veux que Bum Soo soit encore en vie. Je veux être morte.

De jour en jour, le questionnaire se fait plus dur. Ils me demandent combien Shinichi me payait, combien j'ai d'économies, le nom de la banque où j'avais mes comptes. Ils me demandent si j'ai déjà pris le taxi au Japon. Je réponds par l'affirmative et ils me demandent de leur dessiner la disposition des sièges à l'intérieur du véhicule, et quelle est la couleur intérieure de l'aérogare de Narita [1], et combien elle a d'étages, et, quand j'étais à Canton, si je suis allée dans un endroit du nom de Shawmen.

Ils me demandent d'écrire mon nom. J'écris Pai Chui Hui en idéogrammes chinois. Ils prennent le papier, sortent de la pièce et, quelques instants plus tard, reviennent avec mon nom imprimé en caractères de différentes tailles. C'est la reproduction de ce que je viens d'écrire à la main! Comment ont-ils fait pour avoir des caractères aussi petits qu'un grain de sésame et d'autres grands comme des panneaux publicitaires? Je regarde les feuilles, bouche bée, incapable de dissimuler ma confusion. Ma réaction semble les amuser mais ils n'insistent pas sur ce point et passent à une question qui me donne des frissons dans le dos :

– Qui avez-vous rencontré à l'aéroport de Bagdad? Il y avait plus d'une personne, n'est-ce pas? Est-ce que le nom de Choi vous dit quelque chose?

La question a été posée en coréen mais elle m'a tellement prise à contre-pied que je ne peux pas rester sans réaction. Mes yeux se dilatent et je sens mon visage blêmir.

– Ça devient pénible, n'est-ce pas? demande l'enquêteur en chinois.

Puis en japonais :

– Ça devient pénible, n'est-ce pas?

Puis en coréen, d'une voix assourdissante :

– Ça devient pénible, n'est-ce pas?

Il me jette mon passeport au visage.

– Qui est cette personne?

Je me remets à pleurer. Je me lève et lui arrache le passeport, qu'il a repris. Je hurle en serrant les poings :

– Comment voulez-vous que je le sache?

Il se lève à son tour et s'approche de moi. Je recule jusqu'au mur. Son visage est dur comme de la pierre. Il

1. Aéroport de Tokyo.

se remet à parler, en coréen, sans hausser le ton mais d'une voix sifflante :

– Cent quinze personnes se trouvaient à bord de cet avion. La plupart d'entre eux étaient de braves travailleurs sans aucun engagement politique. Des hommes qui se tuaient au labeur dans ces déserts brûlants pour nourrir et vêtir leurs familles et pour donner une éducation à leurs enfants. Ils étaient loin des leurs depuis des mois et revenaient au pays apporter l'argent pour lequel ils suaient sang et eau. Nous ne savons pas pour quelle raison vous avez fait cela mais vous méritez la damnation !

Il marque un silence, tire une bouffée de sa cigarette et me souffle la fumée au visage avant de poursuivre :

– Nous savons que vous n'avez pas agi seule. Nous savons aussi que vous y avez probablement été contrainte, même si c'est par la douceur et la persuasion, sous peine de mort. Mais, bon Dieu, vous devez passer des aveux ! Vous le devez aux familles des victimes ! Vous devez avouer de manière que nous puissions entreprendre des actions contre les vrais responsables de ce crime. Si nous perdons le sens des valeurs essentielles qui font de nous des hommes, que serons-nous de plus que des animaux ? Que serons-nous de plus que des bêtes étrangères à toute notion de civilisation ?

Je suis maintenant à bout de nerfs et je pleure à chaudes larmes. Mais il n'en a pas encore fini avec moi.

– Et vous, jeune fille, vous avez pratiquement perdu le sens de ces valeurs qui caractérisent l'homme, reprend-il en agitant un doigt dans ma direction. Comment voulez-vous, dans ce cas, que nous vous traitions comme un être humain ? Au nom de quoi le devrions-nous ? Il y a un temps pour tout. Le temps du repentir est en train de vous filer entre les doigts. Si vous laissez passer cette chance, vous n'en aurez sans doute pas d'autre !

Ses yeux se verrouillent sur les miens. Son visage, si

proche du mien, ne me paraît plus du tout aussi beau que tout à l'heure.

– Votre gouvernement a bien peu de respect pour la vie humaine, dit-il. Je le regrette mais vous avez été son instrument, une marionnette entre ses mains. Si vous aviez commis un acte de bravoure, on pourrait estimer vous devoir des honneurs. Mais l'assassinat d'innocents n'a rien d'honorable. C'est un acte ignoble et fou. Et, pour ne pas avoir compris combien cet acte était fou, vous devez être considérée comme folle vous-même. Est-ce que vous comprenez ? Une personne qui, d'une vie juste, passe à une vie criminelle mérite le nom de traître ou de scélérat. Mais une personne qui, après avoir commis le mal, décide de choisir le bien devient juste. Conditionner une jeune fille comme vous, lui faire subir un lavage de cerveau est une chose abjecte. Il vous reste encore la possibilité de demander le pardon et le rachat de votre crime. Mais, comme je vous l'ai dit, le temps passe. Cette chance ne sera pas éternelle.

Il me fixe encore un moment droit dans les yeux puis fait volte-face. Je crois que c'est terminé mais je me trompe. Arrivé à la porte, il se tourne de nouveau vers moi et me décoche une dernière flèche :

– Vous pourriez voir les choses comme ceci : soit vous passez des aveux, vous reconnaissez vos fautes face aux familles qui ont perdu un être cher, et recevez une sorte d'absolution; soit vous mourez, avec sur votre conscience le sang de cent quinze innocents, pour un pays qui se soucie de votre vie autant que de celle d'une mouche. Et, dans ce cas, pas même Dieu n'aura de miséricorde pour vous!

Il sort dans le couloir mais continue à parler en s'en allant :

– Réfléchissez bien à cela, Chui Hui! Ou, peut-être, devrais-je dire Ok Hwa...

14

Je suis vaincue.

J'ai résisté à deux semaines d'interrogatoire serré à Bahreïn. J'ai résisté à huit jours de questionnaire encore plus intensif à Séoul. J'ai déployé tous les artifices dont je suis capable. J'ai menti pour rester fidèle à notre Grand Leader. Et j'ai encore menti pour étayer mes premiers mensonges. Surtout, j'ai menti pour sauver ma famille d'un sort que je sais funeste.

Mais c'est fini maintenant. Je suis à bout de résistance. Les Sud-Coréens m'ont vaincue. Ils n'ont pas eu recours à la violence, contrairement à ce que je pensais. Il leur a suffi de faire preuve d'une patience déterminée et inébranlable. Je leur ai raconté que j'étais une orpheline chinoise adoptée par le brave Shinichi Hachiya et que je faisais un voyage touristique avec lui. Je ne les ai pas trompés longtemps. Même avant que je ne le leur avoue, ils savaient parfaitement que j'étais un agent nord-coréen. Ils savaient aussi que j'étais à l'origine de la mort des cent quinze innocents, un crime impardonnable.

Oui, je suis vaincue. Et, curieusement, c'est la ville de Séoul qui a eu raison de mes dernières résistances. On m'avait éduquée dans la croyance que les Sud-Coréens étaient des pantins indigents victimes d'un régime capitaliste sans pitié. Et, en arrivant à Séoul, je m'accrochais désespérément à cette croyance.

Mais maintenant, je suis née à une nouvelle vie. L'enfant éduquée pour devenir une disciple inconditionnelle de Kim Il Sung est morte dans l'aéroport de Bahreïn. Progressivement, tout doucement, une personne différente est en train de prendre sa place. Et Séoul, plus que tout autre élément, est la mère de cet enfant nouveau.

Je l'ignore encore mais c'est demain que je vais passer aux aveux. Mes gardes m'annoncent que nous allons faire une pause d'une journée dans les séances d'interrogatoire et que nous allons visiter la ville.

On me donne un tailleur deux pièces noir et, ainsi vêtue, je me fais l'impression d'être une petite fille à son premier jour d'école. Je me demande pourquoi ils me traitent si gentiment.

Quittant l'enceinte de Namsan, nous gravissons une colline. Les arbres ont quelque chose de familier, les roches granitiques et la terre rouge aussi... Tout est là pour que je me sente chez moi. Le ciel au-dessus de moi – un ciel bleu atténué d'une très légère brume blanche – est le même qu'à Pyeong Yang. Et puis, nous atteignons le sommet de la colline et je vois la ville qui s'étale à mes pieds. Séoul. Une splendeur. Là, je n'arrive plus à croire que je suis en Corée.

Le flot des automobiles ne tarit pas. Je n'ai jamais vu autant de voitures défiler dans de si larges avenues, pas même en Europe occidentale. Abasourdie, j'observe bien les conducteurs. Ce sont des Coréens, pas des étrangers.

J'en reste muette pendant un long moment. Le spectacle est si différent de ce que je m'attendais à trouver que les mots me font défaut. Finalement, je réussis à murmurer d'une toute petite voix :

– Je n'arrive pas à le croire.

L'un de mes accompagnateurs fait un geste vers l'extérieur.

– Toutes ces voitures sont fabriquées en Corée, me dit-il. Aujourd'hui, pratiquement chaque ménage a sa voiture. On raconte même en riant que les mendiants vont faire la manche en voiture. A la vérité, la croissance a été telle que les rues sont de plus en plus embouteillées et que nous manquons sérieusement de places de stationnement. La voiture est devenue un problème dans notre société.

La nôtre avance, s'arrête, avance, s'arrête, selon les à-coups capricieux de la circulation. Je ne suis pas complètement naïve et je comprends les problèmes posés par la surabondance mais c'est tout de même autre chose que la pauvreté. En Corée du Nord, seuls les ministres ou les membres importants du Parti ont des voitures et les étudiants s'inclinent respectueusement quand elles passent dans les rues. Le métier de chauffeur est l'un des plus recherché, tout au moins chez les hommes. Il ne viendrait même pas à l'esprit d'une femme nord-coréenne d'imaginer pouvoir un jour conduire une voiture. Il arrive parfois qu'on confie à une femme la responsabilité d'un trolleybus mais cela ne va pas plus loin.

A Séoul, je remarque que nombre d'automobilistes sont des femmes. Je suis tellement subjuguée que, pendant un long moment, je ne peux pas faire autre chose que coller mon visage à la vitre et regarder dehors.

Nous franchissons la porte sud de la ville, passons devant l'hôtel de ville, le siège du gouvernement, le village olympique, nous traversons le centre commercial de Jamsil. Je suis très impressionnée par le comportement ouvert des gens, leur côté vivant, leurs vêtements colorés. Mais ce qui me frappe le plus, ce sont les colporteurs. Il y en a à tous les carrefours. Dans le Nord, on raconte que ces marchands de rues sont les derniers des derniers de la société sud-coréenne. Or je constate *de visu* qu'il n'en est rien. Les marchandises qu'ils proposent à la vente sont des montres luxueuses, des outils de qualité, des vêtements et des souliers élégants. Ces commerces seraient inimaginables en Corée du Nord, où le prix d'une belle montre permet de nourrir une famille de cinq personnes pendant sept mois. Ici, j'ai l'impression que les colporteurs gagnent des fortunes. Comment peut-on les traiter de pauvres ?

A la tombée de la nuit, nous repartons vers la montagne de Namsan, de sorte que je peux voir les lumières de la ville scintiller derrière nous. La vision est tellement merveilleuse que je sais déjà que j'en suis tombée amoureuse.

Accepter de me faire promener dans Séoul aura été ma dernière erreur mais aussi ma libération. Mes gardiens avaient sans aucun doute prévu que la ville aurait cet effet sur moi.

En regagnant ma cellule, je ne peux plus m'enlever de l'esprit que les vingt-six premières années de ma vie n'ont été qu'une mystification.

Je ressens une incroyable bouffée de haine contre Kim Il Sung en découvrant ainsi, en si peu de temps, que tout mon travail, mes projets, mon entraînement – en définitive, ma vie entière – n'étaient fondés que sur le mensonge.

Le lendemain matin, je suis de nouveau assise à la table des interrogatoires face à l'agent spécial qui m'a fait la leçon deux jours plus tôt. Il me demande poliment si j'ai aimé la visite de Séoul. Je souris, incapable de trouver de réponse adaptée.

– Maintenant, écoutez-moi bien, dit-il. Réfléchissez et, cette fois, ne mentez plus. Je vais pointer l'un après l'autre les mensonges que nous avons relevés dans vos affirmations. Il n'y a qu'une vérité et nous la connaissons déjà. Est-ce que vous me suivez ?

Il observe un silence, allume une cigarette et enchaîne :

– Vous n'êtes absolument pas chinoise. Voulez-vous savoir pourquoi ? Vous nous avez dit avoir vécu quinze ans dans la ville de Wuchang. Or aucune ville ne porte le nom de Wuchang. Il existe seulement un district appelé Wuchang-hsieu. De plus, si vous avez vraiment passé votre enfance dans le Nord, comme vous le prétendez, vous devriez savoir que le verbe *tungsu* (« devenir adulte ») ne s'emploie que dans le sud de la Chine. Vous avez personnellement utilisé ce mot plusieurs fois. Vous avez également employé le mot *wuimei* pour parler de la bouillie de blé ; c'est également un mot du Sud. Les Chinois du Nord parlent de *paomei*, terme que vous ne semblez pas connaître. Vous avez également dit avoir vécu une enfance d'orpheline errante et que votre nourriture de base était alors le pain de Hoppang. Or ce type de pain est réservé aux gens aisés. Et quand vous avez dit que votre tante gagnait sa vie en vendant des journaux et des beignets dans les rues de Wuchang, vous n'étiez apparemment pas avertie que, dans le district de Wuchang, les journaux ne se vendent pas dans la rue.

L'homme marque un nouveau temps de silence pour me permettre de digérer tout cela. Puis il poursuit :

– J'aurais encore bien d'autres incohérences à citer mais inutile de perdre du temps. Tout cela nous ramène à une constatation simple : vous n'êtes pas chinoise.

Il allume une autre cigarette sans me quitter des yeux. Tout en libérant la fumée, il reprend :

– Vous prétendez avoir vécu un an au Japon avec monsieur Hachiya. Pourtant, lorsqu'on vous a servi des algues grillées, un mets recherché des Japonais, vous nous avez demandé si c'était du papier brûlé.

Cela semble l'amuser tout particulièrement. Les autres agents présents ricanent.

– Vous rappelez-vous aussi le croquis que vous nous avez fait de la maison de Shinichi ? Ce plan n'a rigoureusement rien à voir avec celui d'une habitation japonaise. Les rues que vous avez dessinées ne ressemblent pas non plus à des rues japonaises. Vous avez prétendu regarder souvent la télévision. Et quand nous vous avons demandé quelle était la marque du poste de Shinichi, vous avez répondu Jindalrae, ce qui, en coréen, signifie « azalée ». Il se trouve que Jindalrae est une marque nord-coréenne. Mais, je pense que vous ne l'ignorez pas. En outre, les Jeux asiatiques de Séoul ont été diffusés au Japon pendant toute la période où vous étiez censée vous y trouver et vous ne savez même pas quel pays a été le vainqueur de cette rencontre internationale. Vous avez déclaré que, dans un taxi japonais, le chauffeur était assis à gauche alors qu'il est assis à droite. Et, pour finir, si vous avez quitté le Japon le 14 novembre, comme vous l'avez prétendu, vous sauriez que leur Premier ministre changé à cette époque. Cependant, vous avez dit que c'était Nakasone alors qu'il s'agit de Takeshita, une erreur de taille. Alors? conclut-il en écrasant sa cigarette. Après toutes ces déclarations contradictoires – et je puis vous garantir qu'il y en a eu beaucoup d'autres –, comment pouvez-vous encore prétendre avoir vécu au Japon?

J'ai l'impression désagréable qu'un nœud coulant se resserre autour de mon cou. J'ai épuisé mon stock de mensonges et je ne trouve rien de mieux à faire que de baisser piteusement la tête. Mais l'enquêteur ne me tient pas quitte :

– Nous vous avons observée de près depuis votre arrivée, à vrai dire pratiquement tous vos gestes ont été analysés. Et nous avons remarqué, entre autres choses, votre façon experte de faire votre lit au carré, comme les gens qui ont suivi une instruction militaire soutenue. Vous prétendez ne pas comprendre le coréen mais plusieurs fois en vous voyant pianoter avec les doigts nous avons dit : « Pianoter sur la table est un signe de nervosité. » Aussitôt, vous avez cessé de pianoter. Quand, parlant coréen entre nous, nous avons dit que vous mentiez, vous redoubliez de conviction pour nous persuader que vous disiez la vérité. Et quand nous racontions des blagues en coréen, vous vous éclipsiez aux toilettes pour ne pas éclater de rire devant nous. Et puis, il y a eu le test final.

Son visage se durcit et il se penche en avant. Son regard me transperce.

– Quand je vous ai montré une déposition en coréen disant que vous étiez un agent secret nord-coréen, j'ai aussitôt vu une expression de malaise et de peur envahir votre visage. Dois-je continuer ?

J'ai l'impression d'être mise à nu, comme si l'on m'avait enlevé tous mes vêtements l'un après l'autre. Je ne vois pas l'intérêt de lui dire de continuer. J'en ai déjà assez entendu. Je suis honteuse, furieuse, humiliée. Bref, je suis totalement vaincue et je sais que je ne pourrai pas résister plus longtemps. Désormais ce n'est pas le silence qui me sauvera la vie.

Mais que va-t-il se passer si je révèle ce que je sais ? La mort pour moi. Assurément. Car je suis une meurtrière. Et pour ma famille ? Je me souviens de Ku Jahyang, une amie de collège. Sa famille possédait un poste de télévision en noir et blanc et il y avait toujours des sucreries en abondance chez elle. Je passais souvent la soirée chez elle car on pouvait regarder la télévision et manger des caramels. Les jeunes frères de Ku Jahyang étaient d'excellents élèves à l'école, chefs d'équipes à la section Jeunesse.

Un jour de 1974, Ku Jahyang ne reparut plus au collège. Bientôt des bruits coururent selon lesquels l'un de ses frères était allé raconter au département des Affaires sociales [1] que sa mère était une espionne. Une enquête avait été ouverte, à l'issue de laquelle ses deux parents et son oncle avaient été accusés d'espionnage. Peu après, toute la famille a été internée dans un camp de concentration à Yanggang-do et les voisins ont craint d'être accusés de collusion et enfermés à leur tour.

J'ai entendu dire que ces camps sont des bagnes où le

1. La police secrète.

travail vous tue à petit feu. Je ne veux pas que mes parents, mon frère et ma sœur aient à subir cela.

En Corée du Nord, les femmes s'inquiètent de voir leurs maris boire. Mais ce n'est pas du tout pour leur santé qu'elles se font du souci. C'est parce qu'elles craignent qu'ils prononcent des paroles imprudentes sous l'emprise de l'alcool et soient dénoncés aux autorités. Un mot de travers et tout l'avenir d'une famille peut être compromis.

Telle est la vie en Corée du Nord, et ce qu'il adviendra de ma famille si je passe aux aveux ne fait aucun doute pour moi. Je vois déjà mon père, ma mère, Hyun Soo et Hyun Ok se faire arrêter par la police secrète et emmener dans un camp.

Le doute commence à me tourmenter. Ma mission a-t-elle eu une quelconque utilité ? Est-ce que mon action et les morts qu'elle a causées ont contribué à la réunification de la Corée ? Le pays restera-t-il divisé si les Olympiades n'ont pas lieu à Séoul ? La destruction d'un seul avion fera-t-elle que les Jeux n'auront pas lieu à Séoul ?

Petit à petit, il m'apparaît plus clairement que la position que j'ai défendue jusqu'à maintenant n'est pas la bonne et que, sauf à être stupidement bornée, j'ai intérêt à en changer.

Au stade où j'en suis, il ne reste plus qu'un obstacle entre moi et la confession : ma famille. Si je garde le silence jusqu'à la mort, ils pourront vivre le reste de leur vie dans l'honneur. Mais est-ce bien sûr ? Est-il bien sûr qu'on les laissera ? Les Sud-Coréens en savent déjà beaucoup et il est très probable qu'ils arrivent à reconstituer l'affaire pièce par pièce sans avoir besoin de mon aide. Il n'y aura pas de discussion possible avec eux. Ils n'accepteront jamais de me supprimer tranquillement pour épargner ma famille. Au contraire, ils rendront l'histoire publique quand ils le voudront.

Autre chose, aussi, me vient à l'esprit. Ces aveux qu'on me demande, ne sont-ils pas une dette que j'ai envers les familles des victimes ? Ne dois-je pas reconnaître avec honnêteté et repentir l'horreur de mes actes afin d'être simplement considérée comme autre chose qu'un monstre ? Oui, je le dois à ces gens.

Je regarde l'enquêteur. Lentement, je prononce les mots fatidiques :

– Pardonnez-moi, je regrette. Je vais tout vous dire.

15

Je me sens vidée.

Je reste allongée sur mon lit dans une sorte de brouillard. C'est le contrecoup de ma confession. Mon corps, mon esprit sont complètement engourdis. En passant aux aveux, je me suis libérée du poids qui pesait sur mes épaules mais maintenant, je dérive entre deux eaux, sans cap, sans boussole. A demi consciente, déprimée, sans ressort, je m'attends à être rapidement exécutée mais cette idée ne me fait pratiquement ni chaud ni froid. J'ai atteint le point où l'on ne ressent plus rien, le point où tout ce qui peut arriver laisse indifférent.

Il m'a fallu huit heures pleines pour tout leur raconter. Maintenant, ils savent tout de moi. En jetant un coup d'œil à la montre d'un enquêteur, je me suis rendu compte que nous avons parlé sans interruption jusqu'à trois heures du matin. L'atmosphère était beaucoup moins pesante dans la pièce où j'étais détenue. J'ai même pris un certain plaisir à parler en coréen. Mais ce plaisir était entamé par l'idée que ma famille et moi-même étions condamnés.

Il me faut deux jours pour commencer à reprendre vie. Je dois dire que les agents sud-coréens m'aident beaucoup. Ils me font participer à leurs discussions, nous échangeons des remarques sur la différence de nos modes de vie. L'homme au beau visage qui a mené le questionnaire en chinois se nomme Nark Jong. Il est accompagné d'un homme plus jeune du nom de Seng Ju et d'une femme très jolie qui s'appelle Li Ok.

Séoul a eu raison de ma résistance. Pourtant, le doute me tourmente encore. J'ai vu de nombreux bâtiments impressionnants, j'ai été baignée dans une ambiance de bonheur. Mais à quoi ressemblent vraiment les habitants de Séoul ? Le vrai bonheur se cache-t-il derrière les façades de ces bâtiments, derrière cette opulence ?

J'ai envie de voir comment vivent les gens ordinaires dans ce pays et je demande à Li Ok si c'est possible. Elle me répond que oui ; il lui faut simplement en aviser ses supérieurs.

Durant mes séjours en Europe, j'ai eu l'impression de n'avoir qu'une vue très superficielle de la vie locale. Nous avions pour instruction de ne jamais parler aux étrangers, sauf en cas d'absolue nécessité. Ajoutez à cela la tension de la mission à accomplir et vous comprendrez pourquoi il était pratiquement impossible de sentir, au sens fort du terme, les pays que nous visitions. Maintenant, à Séoul, c'est cela que je veux faire. Par le passé, je devais me contenter d'émettre des jugements à partir d'aperçus rapides ou de scènes de rue. Si j'allais sur un marché et voyais des produits en abondance, je concluais que le pays était plus riche que la Corée du Nord. Si je voyais de nombreux bars et cafés, j'en déduisais que le mode de vie était décadent et immoral. Si je voyais beaucoup de mendiants dans les rues, alors le pays était forcément pauvre et incapable de nourrir convenablement ses habitants.

Les formalités et préparatifs furent réglés en quelques minutes.

– Voulez-vous voir un endroit en particulier ? me demande Li Ok.

– Non... Je ne sais pas. Allons où vous voulez. Un endroit qui soit typique de Séoul.

Nous commençons la visite par les étroites ruelles du

district de Myung Dong. Li Ok marche à côté de moi, Nark Jong derrière et Seng Ju devant. On m'a donné vingt-cinq mille *wons* d'argent de poche. Cela représente une vingtaine de dollars et la somme me paraît énorme. Nous arrivons à un grand magasin du nom de Lotte's. On m'explique que ce nom est inspiré de l'œuvre de l'écrivain allemand Goethe. Nous entrons dans le magasin. Je suis curieuse de voir si les articles sont fabriqués en Corée. Leur qualité me paraît irréprochable mais les noms sont étrangers. Je le fais observer à Li Ok.

– Non, me dit-elle, ils sont fabriqués en Corée. La plupart de ces produits sont exportés vers d'autre pays, c'est cela qui explique leur nom. Mais pourquoi ne faites-vous pas quelques achats ?

Très émue, je me dirige vers le rayon des cosmétiques. L'amabilité de la vendeuse me laisse abasourdie. En Corée du Nord, les commerçants sont généralement cassants et à peine aimables car, de toute façon, ils n'ont pas grand-chose à vendre. Ici, les gens semblent vraiment désireux de vous aider.

Je montre une crème pour le visage et, en essayant de ne pas bégayer, je demande à la vendeuse si c'est un produit d'importation.

Elle prend le flacon et l'examine.

– Non. Ce produit est fabriqué par la société Lucky ici, à Séoul. Il coûte six mille cinq cents *wons*.

Je m'attendais à un prix astronomique. Pas du tout. Je suis ravie d'avoir les moyens de me l'offrir. J'ai du mal à évaluer le pouvoir d'achat réel de la petite somme d'argent qu'on m'a donnée. Mais, en même temps, je sais bien que les agents sud-coréens m'ont donné une somme raisonnable, ni trop faible ni trop élevée. Finalement, je me sens trop timide pour acheter le pot de crème. Ce n'est pas si facile qu'on pourrait le croire de s'habituer à cette atmosphère de liberté et d'aisance.

Li Ok m'offre un foulard. Je ne sais plus où donner

de la tête tellement le choix est grand et je n'ose pas acheter quoi que ce soit pour moi. Nous ressortons du magasin. Les rues grouillent de monde mais les gens ne semblent pas faire la course. Des groupes d'hommes et de femmes passent en devisant et en riant entre eux. A un moment, nous tombons nez à nez avec un homme qui tend une marmite en agitant une cloche. Il porte un étrange uniforme. Je pense que c'est une sorte de mendiant mais Li Ok m'explique qu'il fait la quête pour l'Armée du Salut, une organisation qui aide les pauvres.

– C'est Noël, dit-il en m'invitant à faire un don. C'est un bon moment pour se montrer généreux.

L'ambiance de fête et de bonne humeur est communicative mais je suis toujours un peu désemparée. Dans le Nord, on ne fête pas Noël et la plupart des gens ne savent même pas ce que c'est. Pourquoi la Corée du Sud, un pays oriental, fête-t-elle Noël? La réponse toute trouvée serait qu'elle copie l'impérialisme yankee. Mais il y a trop de sincérité chez ces gens pour que je m'en satisfasse. Ils semblent authentiquement heureux, portent sous leurs bras des paquets enveloppés dans du beau papier. Certains même fredonnent des chants de Noël. Tout à coup, je me sens triste. Comme si j'étais exclue de tout cela.

Je suis étonnée de voir les commerçants sur le seuil de leurs boutiques, guettant le client. Il me faudra encore du temps pour comprendre que la concurrence est la force qui fait marcher le commerce ici et qu'elle est à la base de la prospérité de Séoul.

– J'ai faim, dis-je. Peut-on manger quelque chose?

– Bien sûr, répond Li Ok.

Elle me pilote vers une ruelle où les restaurants s'alignent les uns à côté des autres. Les plats sont exposés en devanture. C'est un alléchant étalage de gâteaux de riz, de *tempurs,* de fromage de tête, de boudin. Il y a même du *shop swey,* un plat coréen composé de nouilles, de légumes et de viande. Je suis, encore une fois, surprise par cette abondance. En Corée du Nord, cela fait dix ans qu'on ne trouve plus de fromage de tête. Ma mère s'estimait heureuse quand elle avait la chance de trouver une pastèque blette.

Si seulement je pouvais amener ma famille ici ! Cela me fait mal de penser à leurs conditions de vie alors que moi, je suis là devant cette corne d'abondance.

– Qu'est-ce qui vous tente ? demande Li Ok. Vous avez le choix.

J'adore le boudin coréen et je pointe le doigt vers un petit établissement qui en a fait sa spécialité. La salle est bondée. La plupart des gens boivent du *soju*, une liqueur de riz coréenne. Nous prenons nos plats et allons nous asseoir non loin d'un groupe d'hommes d'affaires d'âge mûr qui discutent avec animation des récentes élections.

– On ne peut pas jeter la pierre au gouvernement, dit l'un d'eux. On ne peut pas attendre grand-chose quand les gens ne pensent qu'à leurs intérêts personnels.

– Moi, je pense que si les partis minoritaires s'étaient entendus pour former une coalition, ils auraient pu gagner les élections.

Je regarde les agents qui m'accompagnent et je m'attends presque à ce qu'ils arrêtent ces gens qui critiquent si ouvertement le gouvernement de leur pays. Mais ils semblent n'en avoir cure.

Plus tard, sur la route de retour vers Namsan, alors que je me sens de plus en plus mal à l'aise dans cette société démonstrative, je demande aux agents comment il se fait que les gens se permettent de critiquer le gouvernement avec autant de liberté.

Ils éclatent de rire.

– Nous sommes dans un pays démocratique, me dit Li Ok quand elle est de nouveau en mesure de parler. Nous avons le droit de nous exprimer librement. Aucune loi n'interdit de critiquer le gouvernement. Mais je suis imperméable à cet argument.

– Je ne comprends pas. J'ai du mal à comprendre comment les choses peuvent avancer dans ce pays. A propos, j'ai remarqué autre chose, tout à l'heure, quand nous sommes passés devant ce grand chantier de construction. Je n'ai vu qu'un petit nombre d'ouvriers. Où étaient les autres ? Est-ce qu'ils travaillent de nuit ?

– Mais enfin, dit Nark Jong, visiblement déconcerté par ma question, comment cela se passe-t-il dans le Nord ?

– Tout le monde est mobilisé, l'armée, le conseil du peuple, les étudiants. Tous participent aux fondations, au gâchage du ciment, au transport des briques. Dans l'ordre et dans la discipline.

Moi-même, j'entends les échos de la fierté sonner dans ma voix. En Corée du Nord, on est fier de participer à la construction d'un bâtiment.

– Je vois, dit Nark Jong. Ce n'est pas pareil ici. Ce sont des machines qui font les gros travaux.

Je me dis alors que je ne pourrai jamais évaluer l'avance technique de ce pays sur le mien. Les unités de mesure ne sont pas les mêmes. J'ai l'impression d'être sur une autre planète.

J'ai tellement de questions à poser ! Mais il est peu probable que je vive assez vieille pour avoir le temps de le faire.

Quelques jours plus tard, ils m'emmènent visiter le palais de Buksoo. On m'avait raconté que la culture coréenne avait été, dans le Sud, complètement balayée par les Américains. Mais je constate que le palais est parfaitement conservé. Devant, se dresse une statue du roi Séjong, l'inventeur de l'alphabet coréen. Cela me fait du bien de sortir de la ville mais je ne me suis pas totalement débarrassée de cette sensation de déprime qui me taraude depuis le lendemain de mes aveux. Je suis ravie de voir la statue. Jusqu'à ce jour, j'ignorais tout des origines de l'alphabet coréen.

Après la visite du palais, nous allons faire un tour dans la campagne. Nous nous arrêtons dans un village, que je ne trouve pas très différent des villages ruraux de Corée du Nord.

– Nous sommes à Wondang, m'apprend Li Ok. L'endroit commence à avoir du succès auprès des banlieusards car l'air y est très pur.

Le paysage hivernal est particulièrement désolé. Nous arrêtons la voiture devant une vieille ferme. La cour n'est pas fermée, nous la traversons et allons regarder à la porte de la maison s'il y a du monde. Apparemment, il n'y a personne. Nous entrons dans la maison. Là, j'ai une surprise de taille en découvrant deux réfrigérateurs et un poste de téléphone dans la cuisine. Les paysans du Nord n'ont pas droit à ce confort.

En repartant, mes compagnons bavardent entre eux.

– C'est intéressant de constater que même ici les gens dont toutes les commodités, observe Seng Ju. Electricité, télévision, téléphone. Si vous voulez mon avis, la campagne est en train de disparaître.

– Tu l'as dit, approuve Nark Jong. Cela perd de son charme. Moi, ce que j'adore, c'est un bon feu de bois et des patates douces sous la cendre.

– N'empêche, observe Li Ok, vous avez vu que ce n'était pas fermé. Combien de personnes à Séoul sortiraient de chez elles sans boucler la porte ?

Nous passons encore un moment dans la campagne avant de regagner Séoul. Li Ok propose que nous allions visiter le marché de la porte de l'Est. Nous y allons et entrons dans une boutique de tissu. Aussitôt, je suis encerclée par les vendeuses qui me font l'article. Elles sont aimables, habillées de vêtements colorés et je me sens un peu gênée par leur débauche d'attentions. Et puis, soudain, l'une d'elles me lance :

– Mais... Mais vous ne seriez pas Kim Hyun Hee ?

Mon cœur tressaille. Un long silence suit. Un frisson glacé me traverse le corps. Des clients approchent en murmurant :

– Qui ça ?
– Kim Hyun Hee. Vous savez, celle qui a fait sauter l'avion.
On se bouscule maintenant pour mieux me voir. Aussitôt, mes accompagnateurs s'interposent et me font sortir. Au moment où nous déguerpissons pour éviter l'émeute, j'entends une vendeuse crier :
– Revenez quand vous voulez, Hyun Hee. Je vous offre gratuitement la robe que vous voulez !
Malgré l'incident, je ne suis pas pressée de retourner à Namsan et je propose que nous continuions à visiter le marché qui est en fait un grand centre commercial composé de boutiques et de restaurants. Après un moment de lèche-vitrines, je fais observer à Li Ok :
– Je ne vois aucune boutique qui vende des vêtements de nylon. Est-ce que c'est une denrée rare ?
Déjà, j'imagine que les Sud-Coréens ne sont pas assez avancés techniquement pour maîtriser la fabrication du nylon qui, en Corée du Nord, est un produit de luxe.
– Nous ne portons pratiquement plus de nylon, me répond Li Ok tandis que nous louvoyons dans la foule. On a découvert il y a déjà quelque temps que ce n'était pas recommandé pour la santé. Nous préférons les fibres à base de coton qui sont plus confortables, plus solides et moins combustibles. Aujourd'hui, le nylon est considéré comme un matériau de basse qualité.
Je manque éclater de rire.
– C'est incroyable ! Tout se passe ici exactement à l'inverse de ce qu'on voit en Corée du Nord ! Là-bas, les gens n'ont pas les moyens de se demander ce qui est recommandé ou non pour leur santé. Ils sont bien heureux quand ils trouvent des vêtements de nylon.
Nous allons jusqu'au marché de Joongbu, dont la spécialité est le poisson séché. Partout, ce ne sont que montagnes d'encornets, algues alimentaires, anchois, etc. Tout au fond du marché, je remarque un petit restaurant dont la terrasse est occupée par une seule table, tout en longueur, flanquée d'un banc de chaque côté. Curieuse, je vais voir.

– Qui vient manger dans ce genre d'endroit ?

– Essentiellement des travailleurs, me répond Li Ok. Colporteurs, dockers, camionneurs.

J'observe le grand choix de riz, nouilles, fromage de tête et *soojebie*, une soupe coréenne préparée avec des galettes brisées.

– Eh bien, dis-je, ils mangent mieux que ma famille. Pouvons-nous dîner ici ?

Li Ok se tourne vers les deux hommes pour les interroger.

Ils secouent la tête.

– C'est trop exposé ici, dit Nark Jong. Vous risqueriez encore de vous faire reconnaître. Allons plutôt dans un restaurant de *nangmyun*, près d'ici.

Tandis que nous traversons le marché en sens inverse, Li Ok m'explique que les restaurants de *nangmyun* (soupe froide aux nouilles) de ce quartier sont réputés dans tout Séoul. Le premier que nous voyons doit être particulièrement recherché car des voitures de luxe sont garées devant la porte et il faut tout simplement faire la queue pour entrer. Nous prenons notre place dans la file qui a l'air d'avancer assez rapidement. De nouveau, je suis frappée par cette atmosphère d'aisance et de simplicité qui règne dans Séoul. En comparaison, le Nord est un vrai désert. Il y a beaucoup moins de monde, pratiquement pas de voitures et les gens qui ne se connaissent pas ne s'adressent pas la parole dans la rue. La vie quotidienne est monotone. En comparaison, Séoul me semble vibrante, pleine de vie et de tonus.

Au bout de quelques minutes, nous entrons dans le restaurant et une hôtesse nous pilote vers une table d'angle. Je regarde la salle en écarquillant les yeux. Il n'existe pas d'établissements comparables en Corée du Nord. Le restaurant est plein à craquer et bourdonnant de conversations. Des serveurs s'empressent dans tous les coins en portant des plateaux chargés de mets. Nous commandons tous du *nangmyun* et, sitôt servis, attaquons notre repas avec délectation.

Un groupe d'hommes bien habillés dînent à la table voisine en parlant haut. Il est impossible de ne pas entendre et j'écoute distraitement ce qu'ils disent.

– Vous avez vu Lee Woong Pyung? demande l'un deux. Il a gagné une vraie fortune simplement en désertant!

– Il faut dire que l'avion soviétique avec lequel il a déserté devait valoir son pesant d'or. Enfin, je trouve que le gouvernement dépense beaucoup pour ces transfuges.

– A propos du Nord, est-ce que vous avez vu la photo de cette Kim Hyun Hee?

– Ouais. Une sacrée petite nymphomane, paraît-il. On raconte qu'elle est capable de se faire plusieurs hommes en même temps.

– C'est à cause de sa petite frimousse que tout le monde s'est entiché d'elle. Si ç'avait été une vieille bique toute moche, ils l'auraient déjà exécutée à l'heure qu'il est!

Ma main s'arrête à mi-chemin entre mon bol et ma bouche. Je me mets à trembler et les nouilles suspendues à mes baguettes décrivent des ondulations qu'en d'autres circonstances je trouverais du plus haut comique. Les agents qui m'accompagnent, voyant mon état, essaient de m'apaiser.

– Je crois que nous n'aurions pas dû venir ici, dit Li Ok. Venez, partons.

Mais ma fureur est trop grande pour se calmer comme ça. Je pose mes baguettes sur la table et je prends mon bol de soupe. Et soudain, sans avertir, je me tourne vers nos voisins et je balance le bol au milieu de leur tablée. Ils me regardent, ahuris. Je suis tellement furieuse que je ne peux pas me dominer et, d'une voix sourde, je leur jette :

– Bande de salauds! Qui vous autorise à parler des gens comme ça?

L'un d'eux me dévisage avec l'air de tomber des nues.

– Bon Dieu ! Mais c'est elle !

– Oui, c'est moi ! Et estimez-vous heureux que je ne vous colle pas une déculottée en plein milieu de ce restaurant !

Un silence de mort fait suite à l'altercation. Les clients commencent à regarder dans notre direction et Li Ok me pousse vers la sortie avant que les choses ne se gâtent davantage. Nark Jong couvre notre retraite et Sen Ju jette quelques billets sur la table. On me regarde, on me reconnaît, des commentaires fusent. Je ne suis pas mécontente quand, enfin, j'arrive dans la rue.

Li Ok hèle le premier taxi qui passe et nous nous entassons à l'intérieur. Pendant un bon moment, Seng Ju regarde par la vitre arrière pour s'assurer que nous ne sommes pas suivis.

– Ce coup-là pourrait bien faire la une des journaux, grommelle-t-il en scrutant la rue derrière nous.

Encore sous le coup de la fureur, je réplique :

– Je m'en fous ! Comment avez-vous pu les laisser dire des insanités pareilles ?

C'est Li Ok qui répond, d'une voix apaisante :

– Nous ne sommes pas en Corée du Nord, Hyun Hee. Nous ne pouvons pas intervenir parce que des gens disent des choses qui ne nous plaisent pas, encore moins les arrêter. Dans les faits, c'est vous qui avez pratiquement provoqué une émeute.

Le taxi nous dépose près du marché de la porte de l'Est où nous avons laissé la voiture. Comme nous reprenons la route de Namsan, Li Ok demande :

– Alors ? Comment avez-vous trouvé notre sortie d'aujourd'hui, exception faite de l'incident du restaurant ?

Je suis encore très perturbée et au bord des larmes.

– Je ne veux plus ressortir.

– Pourquoi ? Parce que les gens vous reconnaissent ? Parce que vous avez peur de ce qu'ils vont dire de vous ?

– Peut-être, dis-je en me séchant les yeux. Mais ce n'est pas seulement cela. C'est un plaisir de prendre l'air frais quand nous sortons. J'aime les promenades dans la campagne, en ville, mais ce monde – je fais un geste vers l'extérieur – m'est complètement étranger. Ces gens ont leur vie. Je veux dire, à quoi cela sert-il de me faire voir tout cela alors que, de toute façon, je vais bientôt mourir ?

Cette fois je craque et je fonds lamentablement en larmes.

Li Ok essaie de me réconforter.

– Nous n'avons aucun pouvoir sur votre destin, Hyun Hee, c'est sûr. Ce sont les tribunaux qui en décideront. Tout ce que nous pouvons faire, c'est vous rendre heureuse dans la mesure du possible.

– Mais je ne veux pas être heureuse ! Tuez-moi et qu'on n'en parle plus !

Mais je suis loin d'avoir tout vu. Un matin, Li Ok vient m'annoncer que le 15 janvier je devrai rendre mes aveux publics lors d'une conférence de presse.

Je suis scandalisée.

– Mais enfin, est-ce que je ne vous ai pas tout dit déjà ? Pourquoi faut-il tout recommencer ? Je vous en prie, tuez-moi !

– Suffit ! coupe sèchement Nark Jong. Ce n'est ni à toi ni à moi de dire si tu dois vivre ou mourir ! C'est compris ? Ce qu'il te reste encore à faire c'est à te repentir de ton acte. Si tu éprouves un peu de sympathie pour les familles de tes victimes, eh bien, coopère comme on te le demande. Et je ne veux plus entendre cette chanson « Tuez-moi ! Tuez-moi ! » C'est lamentable !

Cette explosion qui lui ressemble si peu me calme comme une douche froide. Nark Jong, Li Ok et Seng Ju n'ont jamais montré autre chose que de la gentillesse à mon égard. Ces paroles n'en ont que davantage de poids.

– Pardonnez-moi, dis-je. Je ferai de mon mieux.

15 janvier 1988.

Les trois agents sud-coréens ont travaillé pendant plusieurs jours à la préparation d'une déclaration publique révélant le résultat de leur enquête. La déclaration doit avoir lieu dans une salle de conférence du bureau de la Sûreté, et des journalistes du monde entier y ont été invités.

La matinée est froide et pluvieuse, ce qui n'est pas fait pour me remonter le moral tandis que nous traversons Séoul. A peine la voiture s'est-elle arrêtée devant le siège de la Sûreté qu'elle est entourée de journalistes. Outre les trois agents, deux gardes du corps ont été spécialement affectés à ma protection et je remarque une forte présence policière partout.

La portière s'ouvre et l'on m'escorte à travers la cohue. On me bouscule, on me pousse, j'ai l'impression que tout le monde crie mon nom. Le crépitement des appareils photo est incessant. Mes gardes me fraient un passage jusqu'au bâtiment. Dès que nous sommes à l'intérieur, Li Ok et une autre femme me prennent chacune par le bras tandis que Nark Jong prend position derrière nous.

Quand nous entrons dans la salle de conférence, cela recommence à mitrailler de plus belle. Je suis aveuglée par les flashes. A tel point que je manque perdre l'équilibre. On me conduit jusqu'à une chaise, face à la salle, et l'on me demande de lever les yeux. Aussitôt les flashes éclatent à nouveau et je suis obligée de baisser les yeux.

Impossible de me rappeler les détails de la conférence de presse. On me pose question sur question, auxquelles je réponds de mon mieux mais je perds rapidement pied. Je ne dissimule rien de ce que je sais et pourtant je suis accablée à la pensée que, maintenant que ma confession est publique, le sort de ma famille est probablement réglé. A la fin de la conférence, je me sens vidée et je suis contente de retrouver la tranquillité de Namsan.

Quelques jours plus tard, les enquêteurs essaient de m'égayer avec une sortie au parc du Sud. Et à mon étonnement je me divertis beaucoup. Le parc du Sud de Séoul est un parc d'attractions et j'éprouve un plaisir primaire à me faire secouer et malmener par les roues, chenilles et embarcations diverses. Cela m'arrache complètement à ma dépression et, pendant quelques heures, je ne vis que dans le moment présent. Je me sens un peu puérile de pousser des cris comme une gamine mais je crois que j'en ai besoin et je suis sûre que je ne me suis jamais autant amusée de ma vie.

Mes compagnons sont enchantés de mon changement d'état d'esprit. Depuis la conférence de presse, ils se sont montrés encore plus empressés avec moi et m'ont même fait apporter la télévision dans ma chambre. Cela m'a permis de regarder avec le plus grand intérêt la diversité des bulletins de presse et émissions d'information. Un intérêt d'autant plus marqué que, ces derniers jours, je suis souvent au menu. De temps à autre, les journalistes font état de choses totalement fausses ou montent en épingle des détails sans importance. Furieuse, je m'en plains auprès de Li Ok qui s'efforce toujours de calmer le jeu.

– Il faut traiter ces abus par le mépris, me dit-elle. Tu ne pourras jamais contrôler tout ce qu'on raconte à ton sujet. De toute façon, je n'ose pas imaginer ce qu'on dit de cette affaire en Corée du Nord. Ce doit être bien pire.

– Possible. Mais dans le Nord, en tout cas, on ne raconte pas d'histoires diffamatoires sur les gens!

Nark Jong intervient, sur un ton passablement narquois :

– Non, c'est vrai. Ils ont des procédés plus expéditifs. On vous colle en prison et on n'en parle plus.

– Quand on ne vous passe pas tout simplement par les armes, ajoute Seng Ju.

Ce genre de propos me met immédiatement sur la défensive : une sorte de réflexe. Bien que Séoul m'ait envoûtée, on ne gomme pas en un tournemain toute une vie de conditionnement et je me sens agressée par leurs remarques perfides.

– Regardez-moi ce Kim Il Sung, dit un jour Seng Ju. Ce salopard est vieux comme les rues mais il refuse de passer l'arme à gauche.

– Les vieilles peaux de vaches sont les plus dures à cuire, approuve Nark Jong. C'est bien connu.

Je ne peux pas m'empêcher de prendre sa défense :

– Ce n'est pas sa faute. Ce sont ses subordonnés qui le trompent ou qui n'exécutent pas convenablement ses consignes.

Ma réplique les fait hurler de rire. Je bouillonne de rage. Mais le plus difficile à supporter pour moi c'est lorsqu'ils se mettent à critiquer les Nord-Coréens en tant que groupe. Cela m'attriste, à vrai dire. Je voudrais pouvoir leur dire que les Nord-Coréens sont des êtres de chair et de sang comme eux. Je trouve effarantes l'ignorance et l'incompréhension dont chacun des deux pays fait preuve à l'égard de l'autre. Comment un peuple qui a un si long passé commun peut-il être ainsi divisé ? Nous avons la même langue, les mêmes habitudes de vie, la même histoire et pourtant nous sommes comme chien et chat.

Mais les attaches que je garde avec la Corée du Nord se brisent un matin alors que je suis en train de regarder la télévision. Quelques jours plus tôt, les bulletins d'information ont présenté une cérémonie au cours de laquelle j'offrais des fleurs à une délégation sud-coréenne. J'étais enfant à l'époque mais je m'en souviens très bien. Les médias ont retrouvé des photos de l'événement et les ont diffusées. Et voilà que la Corée du Nord vient de diffuser une vidéo dans laquelle une femme du nom de Chung Hee prétend être la fillette qui offre les fleurs aux Sud-Coréens. Elle déclare que les Sud-Coréens font de la propagande mensongère en disant que je suis cette fillette.

Mais ce n'est pas le pire. Elle ajoute qu'en montrant les photos de la cérémonie les médias sud-coréens ont déclaré que la fillette a été par la suite entraînée pendant des années en vue de faire sauter un avion en vol. Exemple typique du double langage à la nord-coréenne, la nommée Chung Hee prétend que, puisque c'est elle la fillette de la photo, les Sud-Coréens ont inventé toute cette histoire pour lui faire porter la responsabilité de la catastrophe aérienne. En d'autres termes, puisque la fillette de la photo c'est elle, c'est aussi elle la terroriste. Mais alors comment a-t-elle pu aller placer une bombe dans cet appareil de la Korean Air alors qu'elle ne s'est jamais absentée de son poste d'institutrice à Pyeong Yang ? En voyant ce reportage bien monté à la télévision, le Nord-Coréen moyen conclura que son pays n'a rien à voir avec l'attentat de la Korean Air et que c'est encore la Corée du Sud qui fabrique des histoires pour faire accuser la Corée du Nord de terrorisme. Mon nom n'étant pas une seule fois mentionné, je deviens un personnage de fiction inventé par la Corée du Sud pour étayer cette fable.

Je suis atterrée à la fin de l'émission. Mon pays, pour lequel j'ai tué cent quinze personnes et pour lequel j'ai bien failli mourir, non seulement me laisse tomber mais me dénigre ! Ils m'ont utilisée et, comme l'affaire ne tourne pas à leur avantage, ils me lâchent. Je me sens totalement abandonnée. Je suis trop secouée pour même éprouver un sentiment de colère. Tout ce que je suis capable de faire, c'est de regarder l'écran en secouant la tête, incrédule.

« Qu'est-ce que tu penses de ça ? », me dis-je intérieurement.

– Qu'est-ce que tu penses de ça ? dit à haute voix Li Ok.

– Cette femme !

– Il ne s'agit pas d'elle. C'est juste un coup comme les Nord-Coréens en ont le secret.

– Tu trouves qu'elle me ressemble ?

– Elle ressemble à la petite fille qui porte les fleurs sur la photo. Elle ne ressemble pas du tout à ce que tu es devenue aujourd'hui. Mais ça leur suffit. C'est pour cette ressemblance-là qu'elle a été choisie. C'est de la pure propagande.

– Les salauds, dis-je d'une voix presque inaudible. Tu penses qu'on doit diffuser un démenti ?

– Certainement pas. C'est ce qu'ils attendent. Ils veulent distraire l'attention de l'attentat en la dirigeant sur une histoire sans queue ni tête. Ils sont acculés, tu vois, et ils essaient de trouver une porte de sortie. Le mieux est de traiter leur mensonge par le silence. Tu verras.

Je ne trouve pas de mots assez forts pour dire combien je me sens trahie par cette mystification. J'ai l'impression d'avoir vécu pour rien pendant ving-six ans. D'ailleurs, c'est clair, en Corée du Nord, je n'existe plus. Comme d'autres avant moi, je suis devenue une « non-personne ». Le gouvernement a tiré un trait sur moi. Et aussi sur ma famille.

Je n'oublierai jamais ma famille. Je vivrai toujours dans l'espoir que leur vie aura été épargnée. Mais, en même temps, je n'arrive plus à me voir comme une citoyenne nord-coréenne. Cette nouvelle naissance que j'ai vécue après avoir pris le poison à Bahreïn a fait de moi une autre femme. Et, bien que j'éprouve un grand déchirement en le faisant, je suis pleine de fierté quand je prononce soudain ces mots à haute voix :

– Kim Hyung Hee, sud-coréenne.

16

En passant des aveux complets, je pensais que les choses allaient devenir plus simples et que je serais rapidement exécutée. Mais, un beau jour, une semaine plus tard environ, Nark Jong vient m'annoncer que je vais bientôt passer devant un tribunal qui va décider de mon sort.

– Un procès ? Mais je vous ai tout raconté ! Je suis coupable ! Que peut-on encore dire de plus ?

– C'est ainsi que cela doit se passer, répond Nark Jong. Et tu devrais t'estimer heureuse de ne pas avoir été abattue, comme cela aurait certainement été le cas en Corée du Nord. Dans ce pays, toute personne accusée d'un crime a droit à un procès équitable au cours duquel sa culpabilité ou son innocence est établie et à l'issue duquel il se voit infliger une condamnation appropriée. C'est ce que nous appelons la justice.

– Moi, j'appelle ça une histoire à dormir debout. Puisque j'ai tout avoué, reconnu et signé, cela me semble être une perte de temps complète.

Selon toutes les apparences, les choses ne sont pas près de changer en ce qui me concerne et je me résigne à vivre encore un long séjour à Namsan. Un peu plus tard dans la journée, je tombe sur un rapport que Nark Jong a oublié dans ma chambre et, naturellement, je le feuillette. Il s'agit d'une description de mon comportement depuis mon arrivée ici et de quelques détails sur son enquête. Mais quand j'arrive à un paragraphe intitulé « Opinion », je fais un bond sur mon siège et je sens mon sang se glacer dans mes veines :

> Tous les éléments rassemblés à ce jour concourant à étayer la culpabilité de Kim Hyun Hee sur chacun des chefs d'inculpation, mon opinion est que le châtiment envisagé est parfaitement adapté.

Salaud ! Espèce d'infâme salaud ! Je ne peux pas penser autre chose de cet hypocrite de Nark Jong. Et, une fois de plus, je me mets à sangloter. Pourquoi Nark Jong est-il si gentil avec moi, alors que, dans ses rapports, il se prononce en faveur de mon exécution ? Est-ce que la sympathie dont il a fait preuve à mon égard ces dernières semaines n'est rien d'autre qu'un faux-semblant ?

Je pleure un long moment. Je me sens seule, si seule. Tout cela est d'autant plus pénible que, quelle que soit la gentillesse des agents sud-coréens, il reste au fond de l'affaire un certain nombre de faits indiscutables : je suis une meurtrière et les meurtriers doivent être exécutés. Toutes les plaisanteries échangées, les bons moments passés ensemble ne riment à rien. Toutes ces promenades dans Séoul n'ont servi qu'à me faire désirer un mode de vie que je ne pourrai jamais avoir. Mais le plus dur à digérer, c'est la désillusion. J'étais persuadée que Nark Jong était de mon côté. Je pensais que lui, plus encore que les autres, comprenait ma souffrance et qu'il allait me soutenir. Apparemment, je me trompais.

Il me fallut attendre plus d'un an le début de mon procès, qui eut lieu le 7 mars 1989. Entre-temps, les mois passèrent avec une lenteur intolérable. Après avoir lu les recommandations du rapport de Nark Jong, je refusai de parler aux agents sud-coréens. Je restai cloîtrée plusieurs semaines dans ma chambre. Ce changement les inquiéta et ils envoyèrent un médecin m'examiner. Le médecin ne trouva rien d'anormal, excepté une dépression permanente, tout à fait compréhensible étant donné mes conditions de vie. Je passais mon temps à regarder la télévision et à lire les journaux. Je lisais aussi de la littérature occidentale que les agents m'apportaient. Mais c'était une existence sans joie. Certes, j'étais née à une nouvelle vie mais je n'étais rien d'autre qu'une orpheline.

Quand le procès arriva enfin, il se déroula très rapidement. La présence d'un jury n'était pas nécessaire puisque je plaidais coupable pour tous les chefs d'accusation retenus contre moi. On me contraignit à répéter tout ce que j'avais déjà raconté aux agents de Namsan. Mais ce procès fut beaucoup plus qu'une simple formalité. La sentence fut prononcée le 25 avril et, comme je l'ai indiqué plus haut, je fus condamnée à la peine capitale.

La date de l'exécution ne fut pas immédiatement fixée. Je fus donc obligée de retourner à Namsan et d'attendre encore. J'étais condamnée à mort, et je ne pouvais plus m'enlever cette idée de l'esprit. Je passais des journées entières à simplement fixer le plafond blanc de la chambre. Vouloir la mort est une chose; s'entendre dire qu'elle va bientôt arriver en est une autre. Ma nouvelle vie à Séoul allait, de toute évidence, être de courte durée. J'étais née à une nouvelle vie dont je n'aurais jamais que quelques aperçus fugaces. Désormais ma seule perspective était le froid de la mort.

Je m'intéressais peu aux articles des journaux qui pariaient sur une grâce gouvernementale. Les familles des victimes exigeaient l'exécution de ma sentence, et comment leur en vouloir ? Personne ne pouvait leur rendre leurs parents disparus et la seule réparation possible, même si elle était peu satisfaisante, était mon exécution. Seul cet acte de purification leur permettrait de poursuivre leur vie avec un tant soit peu de sérénité.

Chaque journée me paraissait dénuée de sens, pur exercice de vaine futilité. J'appris que la sentence serait exécutée dans les six mois. Au moins, cela me permettait d'estimer le temps maximal qui me restait à vivre. Je refusais toujours de parler aux agents et sombrais dans une profonde dépression. Je me disais que j'aurais dû mourir à Bahreïn et que le sursis qui m'était accordé n'était que le fait du hasard. Pourtant, tout le monde, d'instinct, s'accroche à la vie. Je n'échappais pas à cette règle et j'avais peur.

Nous avons tous connu dans notre vie des gens frappés par de grands malheurs et, bien que nous compatissions, nous ne pouvons nous empêcher de nous réjouir que ce soient eux les victimes et pas nous. Les gens ont des accidents, attrapent des maladies, meurent. Ce sont eux qui paient le prix de l'horreur, pas nous.

Mais, cette fois, c'était moi. Cette fois, c'étaient les autres qui allaient regarder le spectacle, en toute sécurité, tandis que je serais mise à mort.

Curieusement, Nark Jong me dit un jour qu'il espérait que je serais graciée. Je me demandai s'il avait recommandé mon exécution en se fondant sur un point de vue purement juridique. Peut-être était-il convaincu dès le début que je serais graciée. Peut-être, après tout, la sentence ne constituait-elle qu'une formalité. Ou peut-être Nark Jong avait-il tout simplement changé d'avis. En tout cas, ses paroles me parurent sincères et j'en éprouvai un grand réconfort.

Plus tard, le même jour, Li Ok appela sa mère de ma chambre. Je l'écoutai bavarder à bâtons rompus, décontractée, comme si elle n'avait aucun souci en tête. Je l'enviais. Si j'avais simplement eu la chance de naître sud-coréenne, j'aurais peut-être été moi aussi en train de bavarder au téléphone avec ma mère, peut-être dans ma propre maison, avec un mari à mes côtés et des enfants pour compléter le décor. Mon plus cher désir, à ce moment, fut était de posséder une chose qui m'avait toujours été refusée : une vie ordinaire.

Je me souvins de ma mère qui m'avait dit qu'elle pleurait chaque soir après que j'eus été recrutée par le Parti. Elle prenait ma photo et la regardait en pleurant avant de s'endormir. C'était une chose rigoureusement interdite. Dès lors que j'étais devenue agent spécial, elle aurait dû détruire toute photo de moi. Mais elle n'avait pu s'y résoudre. Et ma sœur m'avait raconté qu'elle espérait secrètement me voir un jour mariée.

Si ma mère avait connu la vérité ! Je me demandai si elle aurait pu la croire.

Au cours de cette période d'attente, il se passa une chose qui marqua un grand changement dans ma vie. Je me mis à prier Dieu. Les religions occidentales étaient relativement répandues en Corée du Sud et j'avais glané de-ci, de-là, des éléments de ces pratiques dans les livres que je lisais, les émissions de télévision ou les conversations. Je pris donc l'habitude de prier Dieu pour lui demander de me permettre d'expier mes fautes. Je lui demandais de me permettre de vivre pour pouvoir servir mon prochain. Sans le soutien de la prière, je pense que j'aurais à jamais perdu tout espoir.

Le printemps approchait. Mais, tandis que Séoul espérait la fin du long hiver, j'étais cloîtrée dans ma geôle humide et froide. J'attendais.

17

Avril est arrivé à Séoul et partout la vie renaît. Autour de Namsan, les collines sont tapissées du rouge, du rose et du jaune des fleurs d'azalées et de forsythias. La splendeur des cerisiers en fleur semble vouloir faire oublier qu'un jour l'hiver a été là, lui aussi.

Les bruits d'une éventuelle grâce se font de plus en plus insistants et je sors peu à peu de ma dépression. L'espoir renaît. J'attends. Malgré mes réticences, les agents ne cessent de me proposer des sorties. Avec les odeurs de printemps qui flottent dans l'air, il est impossible de ne pas accepter.

C'est ainsi qu'un jour je sors dans la chaleur du soleil admirer la beauté de la campagne. La Corée du Sud, à cet égard au moins, ressemble à celle du Nord : elle est d'une beauté à couper le souffle. Partout, ce sont vallées luxuriantes, hautes montagnes, plaines fertiles. Comme j'aimerais pouvoir un jour profiter en toute liberté de ces merveilles.

De retour à Namsan, j'enlève mes chaussures et j'allume la télévision pour avoir les informations de dix-neuf heures.

– Encore une journée de perdue, dis-je à Li Ok, qui est de service pendant encore deux heures.

Mais elle ne me répond pas. Elle a les yeux rivés sur la télévision.

– Aujourd'hui, annonce le présentateur, le gouvernement a accordé la grâce à Kim Hyun Hee récemment condamnée pour l'attentat contre le vol 858 de la Korean Air. Le président a déclaré que la jeune Kim Hyun Hee n'était pas la véritable responsable de cet attentat mais plutôt la victime d'une société qui persiste à bafouer les droits de l'homme et ne survit qu'en imposant sa terreur. Selon le président, c'est Kim Il Sung lui-même qui devrait...

La voix continue mais je ne l'entends plus. A ce moment, Li Ok bondit littéralement dans les airs en hurlant :

– Tu es graciée !

Elle se jette sur moi, me serre dans ses bras, me donne de grandes claques dans le dos. Bientôt, la nouvelle se répand dans Namsan comme une traînée de poudre : tout le monde passe chez moi pour me féliciter. Ils semblent sincèrement heureux pour moi, et Nark Jong n'est pas le dernier.

Je suis trop submergée par mes émotions pour réussir à parler et, tandis que tout le monde jacasse et discute des détails de la décision présidentielle, je vais m'allonger sur mon lit et je me mets à pleurer. Je ne peux pas décrire le flot d'émotions et de sentiments qui me submerge. La gratitude envers le gouvernement. La peine pour ma famille. L'espoir en l'avenir. En même temps, je me sens seule face à mon destin. Et pleine de joie. Je ne puis que prier.

« Merci, mon Dieu, d'avoir accordé un sursis de vie à la pécheresse que je suis. Je vous en prie, faites que mes parents apprennent cette bonne nouvelle et accordez-leur votre clémence à eux aussi. »

Nark Jong s'approche de moi, sourire aux lèvres. Il semble étonné de me voir pleurer. Mais je crois qu'il comprend la complexité de mon état émotionnel et juge préférable de ne pas chercher à en savoir plus.

– C'est un jour de joie, Hyun Hee. Il faut que tu te fasses une nouvelle vie ici, à Séoul. Mais je passerai te voir demain et nous en bavarderons ensemble.

Je hoche la tête. Son visage est brouillé par mes larmes.

– Merci, dis-je. Merci beaucoup. Je croyais que tu étais contre moi.

Il semble abasourdi et il lui faut un moment pour répondre.

– Cela a été une dure épreuve pour nous tous, Hyun Hee. Il y avait bien longtemps que nous n'avions pas eu à traiter de cas semblable. Je dois reconnaître que j'ai dû faire face à des doutes, à des sentiments contradictoires. Mais, tu le sais bien, rien n'était tout blanc ou tout noir dans cette affaire. A mon avis, la décision du Président se fonde sur des motifs politiques au moins autant que sur des considérations morales. Tu symbolises parfaitement le drame de la Corée du Nord et je pense que cette grâce te sera profitable à toi mais à de nombreuses autres personnes. Honnêtement, je ne vois pas l'intérêt que nous aurions pu tirer de ton exécution. Elle ne nous aurait pas rendu nos morts. Elle n'aurait pas non plus puni les véritables criminels que sont Kim Il Sung et Kim Jung Il. Cette société ne t'a jamais donné ta chance, Hyun Hee, et je pense que cela aurait été une erreur stupide de te tuer. Cela n'aurait rien résolu. De plus, je suis convaincu aujourd'hui que tu regrettes sincèrement ce que tu as fait. En outre, je sais que tu ne constitues pas un danger pour notre pays.

Il marque une pause et sourit.

– Malgré ce conditionnement et cette instruction qui t'ont été infligés, je suis sûr que tu n'as absolument pas la fibre d'une criminelle. N'importe lequel d'entre nous aurait certainement agi comme tu l'as fait s'il avait été à ta place.

– Oui, je le pense aussi, dit Li Ok qui s'est approchée et m'a pris la main. Tu sais, je crois qu'un étranger aurait du mal à comprendre cette décision. A mon avis, il faut avoir vécu cette douloureuse division de la Corée pour l'apprécier pleinement. Les autres ne peuvent pas imaginer ce que cela fait de voir son pays coupé en deux, avec l'une des deux moitiés à la botte d'un tyran cruel. Nous sommes nombreux ici à avoir des parents que nous n'avons jamais vus en Corée du Nord. Sait-on jamais ? peut-être que, finalement, cette monstrueuse mission qui t'a été confiée contribuera au rapprochement des deux Corées. Mais ce qui compte pour l'instant, c'est cette grâce, Hyun Hee. Tu es une femme libre maintenant.

18

Comme la lumière qui revient après une longue nuit noire, le jour est revenu dans ma vie. On m'a installée dans une nouvelle chambre, elle a des fenêtres, et le soleil du matin inonde la pièce. Je vais en ouvrir une pour laisser entrer l'air frais du matin. Dehors, je vois une vallée profonde aux versants couverts de fleurs printanières. Leurs couleurs me paraissent aujourd'hui plus éclatantes que jamais.

Dans le lointain, des alpinistes font de l'escalade dans la montagne. J'entends l'écho de leurs voix par-dessus la vallée. J'ai une envie folle de les appeler mais je me réfrène pour ne pas déranger Li Ok qui dort non loin de moi.

Quelqu'un a glissé le journal du matin sous la porte. Je le déplie : « Grâce présidentielle pour Kim Hyun Hee », annonce fièrement la manchette. La vue de ces grosses lettres m'emplit de joie car elles confirment la réalité de la nouvelle. Mais, en même temps, j'ai peur de lire l'article qui m'est consacré.

Ce jour-là, nous descendons à Séoul et allons nous promener dans le Grand Parc qui grouille d'étudiants et de groupes de touristes. Aujourd'hui, je suis heureuse de pouvoir me mêler à la foule. Je ne me sens plus étrangère parmi ces gens. Je suis des leurs. Quelle sensation grandiose !

Nous passons devant un groupe de fillettes qui jouent à la chandelle. Je les regarde un moment puis je raconte à Li Ok que, moi aussi, j'y jouais quand j'étais enfant. Et j'adorais cela, beaucoup plus que les jeux auxquels on nous obligea à jouer par la suite, après que Kim Jung Il eut interdit la chandelle et autres amusements enfantins. Les jeux officiels nous faisaient toujours scander des comptines guerrières comme par exemple : « Marchons, marchons, allons écraser les Américains! »

Nous allons ensuite visiter un musée. Comme je m'y attendais, cela n'a rien à voir avec les musées que j'ai connus en Corée du Nord. Pour commencer, une bonne moitié des œuvres exposées sont des nus. Le nu est tabou dans le Nord. Cela me rappelle un documentaire que les formateurs nous ont projeté un jour au camp d'instruction et dont le titre pourrait se traduire par *Le Monde où l'homme est un loup pour l'homme.* C'était un documentaire qui voulait nous montrer la décadence perverse de la société occidentale. On y voyait des artistes se couvrir de peinture et se rouler nus sur leurs toiles. Quand de telles scènes passaient à l'écran, on nous demandait de répéter :

– Quelle société de porcs!

Ce que je vois dans ce musée est une exposition d'art très variée et raffinée. Li Ok et les autres, pour qui ce genre de manifestation n'a rien d'exceptionnel, se fatiguent rapidement et vont m'attendre sur un banc tandis que je prolonge ma visite de trois bonnes heures.

Petit à petit, ma nouvelle vie prend forme. Bien qu'officiellement je sois « libre », il va me falloir passer encore quelque temps à Namsan. Des bruits courent au sein des services secrets selon lesquels des agents nord-coréens ont été envoyés à Séoul pour m'assassiner. Il serait trop risqué de me laisser sans protection. Cela ne m'ennuie pas d'être ici. J'ai ma nouvelle chambre, la télévision, et la compagnie permanente de Li Ok, de Seng Ju et de Nark Jong. Je me suis aussi mise à étudier la religion avec le révérend Han, qui m'a déjà rendu visite pendant mon procès et m'a enseigné quelques versets de la Bible.

– Tu viens de gagner un nouveau bail sur la vie, me dit-il un jour alors que nous nous promenons dans les collines autour de Namsan, tandis que des agents nous suivent de quelques pas pour nous protéger. Pourquoi ne prononcerais-tu pas ta profession de foi devant l'assemblée des fidèles ? Nous serions si heureux de te compter parmi nous.

Cette proposition me semble presque incongrue.

– Oh, mon révérend, je ne pourrais jamais! Je ne le mérite pas. J'ai été graciée, bien sûr, mais nous savons tous que je suis une pécheresse.

– Nous sommes tous des pécheurs, Hyun Hee. De plus, je trouve que tu es une preuve vivante des miracles de Dieu, si tu veux tout savoir.

– Mais... Comment faire cette profession de foi ?

– C'est très facile. Il te suffira de déclarer devant l'assemblée que tu te joins à nous grâce à Dieu qui t'a accordé sa miséricorde. Tu parleras de ta conversion au christianisme et de ta foi en la miséricorde de Dieu.

J'y réfléchis tandis que nous poursuivons notre promenade. Dans le Nord, la religion est traitée avec mépris, tournée en ridicule. Mais je sais que les passages de la Bible que le révérend Han m'a fait étudier ont une grande valeur, au moins pour moi. J'ai bien compris que le christianisme était une foi et non une science. Et les Saintes Écritures me touchent au plus profond de mon cœur. Je me mets à trouver des signes de l'œuvre de Dieu partout autour de moi. Cela me fait du bien de me qualifier moi-même de chrétienne.

En même temps, je ne me juge pas digne de l'amour de Dieu. Et j'ai toujours eu peur de prendre la parole en public, quelle qu'en soit la raison. Mais le révérend Han a toujours été bon avec moi. Jamais il ne m'a jugée et il m'a toujours donné un certain espoir. Devant son insistance, j'accepte l'idée de la profession de foi.

Cette idée m'enchante bientôt autant qu'elle a pu m'inquiéter et nous arrêtons la date du 16 mai. Le jour venu, Li Ok m'apporte un ensemble deux pièces à la mode qu'elle a acheté à mon intention. Mais la jupe courte me fait hésiter. Au cours de ma vie, j'ai souvent entendu dire que j'étais belle mais, pour ma part, je n'ai jamais cru que c'était vrai. La sexualité étant strictement encadrée en Corée du Nord, je n'ai jamais eu grande confiance dans le pouvoir de mon charme. Le domaine des relations physiques est un mystère total pour moi.

Mais, sur l'insistance de Li Ok, je finis par mettre l'ensemble. Je viens d'achever de m'habiller quand Nark Jong nous rejoint et marque un temps d'arrêt en me regardant.

– Mais, tu me fais tourner la tête! dit-il.

Je souris.

Nark Jong est un bel homme de cinquante ans. Il est célibataire et c'est à peu près tout ce que je sais de lui. Ses paroles, bien que prononcées sur le mode de la plaisanterie, m'emplissent de fierté et de confusion en même temps. Je ne sais que répondre à sa remarque.

Nous partons pour l'église. La circulation est particulièrement dense et c'est à un cheveu près que nous arrivons à l'heure. Le révérend Han me demande d'attendre dans une petite pièce, me murmure des encouragements puis me laisse pour aller prononcer quelques paroles de présentation.

Quand, enfin, je suis introduite, c'est un tonnerre d'applaudissements chaleureux qui m'accueille. J'en suis stupéfaite. Même ici, nombre de journalistes sont venus me guetter mais, sans bien savoir pourquoi, je ne suis pas troublée. Je m'avance jusqu'au pupitre. Ma gorge est sèche et je toussote.

– Bonjour.

J'entends ma voix résonner sous la voûte de l'église. Soudain, voilà que je me sens plus grande que nature. Stimulée, je commence à prononcer le discours que j'ai préparé :

– Le Seigneur m'a montré la grandeur de Ses œuvres et de Ses miracles...

La suite vient d'elle-même et, quand j'ai terminé, un chœur de « *Amen!* » résonne sous la voûte. De nombreux fidèles sont émus aux larmes. Je suis moi-même remuée de découvrir la puissance du pardon que l'on m'accorde et je rends grâce pour avoir trouvé ce sanctuaire de Dieu qui m'aidera dans ma nouvelle vie.

L'événement le plus bouleversant et sans doute le plus heureux depuis mon arrestation survient quelques jours plus tard. C'est le soir et je suis à la fenêtre en train de regarder le ciel virer au rouge feu quand Nark Jong fait irruption dans ma chambre. J'aime la sensation de l'air du soir sur mon visage. Le soleil coule une lumière dorée sur les collines fleuries et je suis heureuse, simplement heureuse, d'être vivante pour pouvoir profiter de ces merveilles.

– Regarde ça! dit Nark Jong en me tendant une photo. Tu reconnais quelqu'un?

Je prends la photo et j'ai l'impression que mes jambes vont se dérober sous moi.

– Mon Dieu! Mais où as-tu trouvé cela?

– J'en conclus que tu reconnais quelqu'un, déclare Nark Jong.

– Évidemment.

C'est une photo de classe de ma mère. Cette photo, elle me l'a montrée il y a des années. Son visage d'enfant me saute immédiatement aux yeux et j'ai l'impression que nous sommes à nouveau réunies. Comme elle m'a manqué! Je sens les larmes me monter aux yeux.

Puis je reviens à la réalité et je demande :

– Comment avez-vous pu avoir cette photo?

Un grand sourire s'affiche sur le visage de Nark Jong.

– Ah, en voilà une belle histoire, miss Kim! Il semblerait bien que vous ayez de la famille à Séoul...

21 juillet 1990.

Une rencontre a été organisée au centre administratif des cinq provinces du Nord. Je sais déjà que les journalistes y seront en nombre mais cela ne me fait plus ni chaud ni froid. Ils ont retrouvé un homme du nom de Im Kwan Ho, qui serait un cousin de mon grand-père maternel.

J'ai du mal à contrôler les battements de mon cœur quand nous entrons dans le bâtiment. Nous traversons le hall, et l'on m'introduit dans une grande salle de conférence. Je fends la cohue des reporters, pratiquement sans les voir et sans entendre leurs questions. Mes yeux regardent plus loin.

Et, enfin, je le vois. Pendant un instant, j'ai l'impression de me trouver en présence de mon grand-oncle Kwan Shik, le frère de mon grand-père. Aucun doute, il a un air de famille qui ne trompe pas. Il me voit et me fait un signe mais il semble que nous ne soyons pas encore autorisés à nous parler. Des policiers sont là et ils veulent s'assurer que nous sommes bien parents. Ils nous posent un certain nombre de questions sur notre vie et notre famille. Moi, je n'ai pas besoin de preuve. Cet homme est le portrait craché de Kwan Shik.

Lorsque les formalités sont expédiées, je me précipite vers lui et je me jette dans ses bras.

– Oh, mon oncle, dis-je d'une voix mouillée par les larmes. Pourquoi avez-vous cherché à me voir ? Rien ne vous obligeait à subir toute cette odieuse publicité.

Lui aussi pleure d'émotion mais quand je lui dis cela, il se met à rire.

– Comment aurais-je pu ne pas le faire, Hyun Hee ?

On nous conduit alors dans une autre pièce, à l'écart de la presse. Kwan Ho me présente sa sœur et ses enfants qui nous attendaient là. Nous nous asseyons et Kwan Ho commence à raconter :

– Hyun Hee, ton grand-père était un grand calligraphe. C'était l'un des hommes les plus riches de Gaesung. Il possédait une maison de soixante-dix pièces. Comme tu le sais, Gaesung a été intégrée à la Corée du Nord après la guerre et ton père a été dépouillé de la fortune familiale. Mais quelques-uns d'entre nous ont réussi à fuir vers le Sud. Ta maman qui, soit dit en passant, était une danseuse de grand talent, fréquentait alors une école chrétienne, la Houston Girls' High School. La photographie qu'on t'a montrée appartient à madame Kim Bong Sook, une de ses camarades de classe de l'époque.

Toutes ces révélations m'étourdissent. Mais il est tout à fait compréhensible que ma mère m'ait toujours dissimulé ces faits. Ces choses, christianisme, richesse, fuite vers le Sud, sont des crimes honteux pour le gouvernement nord-coréen. Je suis tout particulièrement émue d'apprendre que ma mère a été élevée dans la religion chrétienne. Je me souviens que, tout enfant, j'ai attrapé la poliomyélite et que je m'en suis miraculeusement remise. Après cela, ma mère ne cessait de dire : « Dieu l'a sauvée. Dieu nous a couverts de ses bontés. » Aujourd'hui je comprends le sens réel de ces paroles.

Nous parlons pendant plusieurs heures de nos vies respectives. Ils sont ravis d'avoir des nouvelles de mes parents et de mes frères et sœurs. Quant à moi, je déborde de bonheur de m'être découvert des parents dans mon pays d'adoption. Mais, bien sûr, une ombre sinistre plane sur notre rencontre : ma famille est toujours dans le Nord, dans les griffes des tyrans.

Ce jour-là, je me fais une promesse. Ma liberté doit être consacrée au but le plus élevé qui soit. A chaque fois que je le pourrai, je parlerai contre Kim Il Sung et Kim Jung Il. Et je ferai tout ce qui est en mon pouvoir pour activer la réunification de la Corée, mais à partir du Sud, cette fois. Je ferai des conférences, donnerai des interviews pour révéler la vérité sur la Corée du Nord et sur ceux qui la tiennent sous leur joug. J'ai visité de nombreux pays, Russie, Hongrie, Autriche,

Italie, Chine et bien d'autres encore. Dans aucun de ces pays je n'ai rencontré de gens vivant moins bien que les habitants de Corée du Nord.

Kim Il Sung et sa famille n'ont rien fait d'autre que de dépouiller le peuple nord-coréen de sa culture et de son droit de vivre dans la liberté et le bonheur. Ils ont divisé une nation, causé des préjudices irréparables à son peuple. C'est une tragédie et une honte incommensurables.

Et là, à Séoul, où je suis née à une nouvelle vie, j'ai aussi retrouvé le sang de mes ancêtres. Il y a des larmes de peine, des larmes de joie aussi. Car si nous sommes enfin réunis, beaucoup manquent à l'appel. Nous ne pourrons jamais dormir tranquilles tant que le fossé entre le Nord et le Sud ne sera pas comblé, tant que la blessure n'aura pas cicatrisé. Nous ne pouvons que vivre et œuvrer dans l'espoir de voir le jour où nos familles, où tous les Coréens seront enfin unis.

Épilogue

Mes chers père et mère,

C'est moi, Hyun Hee, votre fille. Oui, je suis en vie, saine et sauve, même si cela vous paraît incroyable. Mais sans doute avez-vous déjà reconnu mon écriture. J'imagine votre étonnement devant cette lettre, pour autant qu'elle vous soit parvenue.

Trois ans déjà que nous sommes séparés. Trois ans que j'ai vécus dans les larmes en pensant à vous.

Maintes fois, je me suis éveillée en pleurs après vous avoir vus dans mes rêves, déchirée de ne pas vous trouver près de moi dans la vie réelle.

Papa, maman, je sais que votre fille aînée n'a pas été un modèle pour le reste de la famille. J'ai commis de nombreuses fautes. Après notre dernière rencontre, à l'époque où j'étais en poste à Macao, en Chine, on m'a confié une mission secrète de la plus haute importance pour notre pays. C'est pourquoi je n'ai pas pu revenir vous voir. On ne me laissait même pas quitter la cour de notre camp d'instruction.

Pendant les années qui ont suivi mon recrutement par le Parti, j'ai suivi une formation pour devenir agent secret pour le service de renseignement extérieur. Mes missions m'ont amenée à voyager dans le monde entier. C'est ainsi qu'après ma mission à Macao, on m'a confié la tâche de détruire un avion coréen. L'objectif était d'empêcher les Jeux olympiques de 1988 de se dérouler à Séoul et, au bout du compte, de favoriser la réunification de notre pays. Comme vous le savez sans doute, ces deux objectifs ont été manqués.

Cette mission que je croyais de toute première importance pour notre patrie m'a laissé un sentiment de grande honte et de terribles regrets. Car je dois dire que la tâche confiée a été exécutée : l'avion a explosé et cent quinze personnes sont mortes.

J'ai été prise quelques jours plus tard par des agents sud-coréens et extradée vers Séoul. Ici, j'ai été jugée, j'ai passé des aveux et ai été condamnée à mort.

Miraculeusement, je viens d'apprendre que je suis graciée. Aujourd'hui, je suis une femme libre, comme on dit.

Comment puis-je vous expliquer tout cela? Comment vous expliquer que tout ce que j'ai appris dans le Nord était mensonge? La Corée du Sud est un pays merveilleux et est aujourd'hui capable de concurrencer l'Amérique, le Japon et l'Europe sur le plan économique. Je crois que j'aurais beau m'y employer de toutes mes forces, je ne pourrai jamais vous expliquer l'ampleur des progrès qui ont été réalisés dans ce pays. Un ménage ordinaire possède un téléviseur couleur, un magnétoscope, un téléphone, un réfrigérateur et, bien souvent, une voiture.

Il serait aussi difficile de trouver ici une famille ayant des difficultés à s'offrir trois repas par jour, comme c'est fréquemment le cas dans le Nord.

Les gens ici sont tellement libres qu'au début, j'ai eu du mal à comprendre comment il était possible de conduire un pays où peuvent s'exprimer tant d'idées et tant d'opinions. Et pourtant, cela marche.

J'ai entendu des touristes russes dire que la Corée du Sud était un paradis terrestre. Et tout le monde ici désire la réunification de notre terre et de notre peuple. Moi-même, j'étais tellement pénétrée de cet idéal que je me suis laissé entraîner dans une action funeste et inqualifiable et qu'aujourd'hui, j'ai à jamais la mort de cent quinze innocents sur la conscience.

Ici, les gens sont très compréhensifs. Ils ne cessent de me dire que je ne suis pas seule en cause dans cette triste affaire. Ils disent que la responsabilité en incombe surtout à Kim Il Sung et Kim Jung Il qui m'ont ordonné de commettre ce crime. Hélas, je ne peux rien faire pour rendre mes victimes à l'affection de leurs proches. Mais la gentillesse des gens d'ici m'a aidée à comprendre que, tout bien considéré, je ne suis pas un monstre sans cœur.

J'ai lu récemment l'histoire d'un certain Kim Man Chul qui a pu fuir le Nord en bateau avec sa famille et franchir le trente-huitième parallèle. J'envie son bonheur. Comme j'aimerais que vous soyez ici avec moi.

J'ai une surprise pour toi, maman : j'ai fait dernièrement la connaissance de personnes de ta famille, ton oncle Im Kwan Ho mais aussi Hwang Im Sook, Hwang Moon Sook, Hwang Young Sook et Kim Bong Sook. Ils m'ont accueillie comme si j'étais des leurs depuis toujours et, depuis, je les vois très souvent. Cela m'aide à me sentir moins seule. Je sais qu'ils aimeraient bien vous voir.

Aujourd'hui que l'Allemagne est réunifiée, j'espère sincèrement que notre tour viendra bientôt. Je serai tellement heureuse de vous revoir ce jour-là. Alors, de nouveau, nous pourrons former une vraie famille. Car derrière les nuages noirs se cache une étoile étincelante et le sol gelé recèle des graines pleines de vie qui ne demandent qu'à s'épanouir. Nous ne pouvons perdre l'espoir.

J'aurais encore des milliers de choses à vous dire mais je vais m'arrêter là. Vous me manquez énormément.

Votre fille aînée,
Kim Hyun Hee
Qui se languit de vous à Séoul
Mai 1991.

Cet ouvrage a été réalisé par la
SOCIÉTÉ NOUVELLE FIRMIN-DIDOT
Mesnil-sur-l'Estrée
pour le compte des Presses de la Cité
12, avenue d'Italie, 75013 Paris
en avril 1994

Imprimé en France
Dépôt légal : avril 1994
N° d'édition : 6229 – N° d'impression : 26272